BUR ragazzi
rizzoli

Emilio Salgari

Le Tigri di Mompracem

Postfazione di Antonio Faeti

BUR ragazzi
rizzoli

Emilio Salgari (1862 – 1911), giornalista, viaggiatore mancato, scrittore prolifico, è autore di una lunga serie di romanzi ambientati nei mondi esotici in cui avrebbe voluto viaggiare, ma che riuscì a raggiungere solo con la fantasia.

Pubblicato per
BUR Rizzoli
da Mondadori Libri S.p.A.

Quinta edizione Bur ragazzi gennaio 2019

ISBN 978-88-17-04353-3

I pirati di Mompracem

La notte del 20 dicembre 1849 un uragano violentissimo imperversava sopra Mompracem, isola selvaggia, di fama sinistra, covo di formidabili pirati, situata nel mare della Malesia, a poche centinaia di miglia dalle coste occidentali del Borneo.

Nel cielo, spinte da un vento fortissimo, correvano, mescolandosi confusamente, nere masse di vapori, che di quando in quando lasciavano cadere sulle cupe foreste dell'isola furiosi acquazzoni; sul mare s'urtavano disordinatamente e s'infrangevano furiosamente enormi ondate, confondendo i loro muggiti con gli scoppi ora brevi e secchi e ora interminabili delle folgori.

Né dalle capanne allineate in fondo alla baia dell'isola, né sulle fortificazioni che le difendevano, né sulle numerose navi ancorate al di là delle scogliere si scorgeva alcun lume; chi però, venendo da oriente, avesse guardato in alto, avrebbe scorto sulla cima di un'altissima rupe tagliata a picco sul mare due punti luminosi, due finestre illuminate.

Chi mai vegliava a quell'ora nell'isola dei sanguinari pirati?

In un labirinto di trincee sfondate, di terrapieni

cadenti, di stecconati divelti, di gabbioni sventrati, presso i quali si scorgevano ancora armi infrante, si innalzava una vasta e solida capanna adorna sulla cima di una grande bandiera rossa, che aveva al centro una testa di tigre.

Una stanza di quell'abitazione era illuminata; le pareti erano coperte di pesanti tessuti rossi, di velluti e di broccati di gran pregio, ma qua e là sgualciti, strappati e macchiati, e il pavimento scompariva sotto tappeti di Persia, sfolgoranti d'oro, ma anch'essi laceri e imbrattati.

In un angolo c'era un divano turco con le frange qua e là strappate; in un altro un *armonium* di ebano con la tastiera sfregiata e intorno, in una confusione indescrivibile, erano sparsi tappeti arrotolati, splendide vesti, quadri, lampade rovesciate, bottiglie, bicchieri interi o infranti e poi carabine indiane arabescate, tromboni di Spagna, sciabole, scimitarre, pugnali, pistole.

In quella stanza così stranamente arredata, un uomo sedeva su una poltrona zoppicante: era di statura alta, slanciata, dalla muscolatura robusta, dai lineamenti energici, fieri, e d'una bellezza strana.

Lunghi capelli gli cadevano sugli omeri: una barba nerissima gli incorniciava il volto leggermente abbronzato.

Aveva la fronte ampia, ombreggiata da due folte sopracciglia, una bocca piccola che mostrava dei denti acuminati come quelli delle fiere e scintillanti come perle, due occhi nerissimi, d'un fulgore che affascinava.

Stava, da alcuni minuti, con lo sguardo fisso sulla

lampada, con le mani chiuse nervosamente attorno alla ricca scimitarra che gli pendeva da una larga fascia di seta rossa, stretta alla vita su una casacca di velluto azzurro e oro.

Uno scroscio formidabile, che scosse la grande capanna fino alle fondamenta, lo strappò bruscamente da quella immobilità. Si gettò indietro i lunghi capelli, si assicurò sul capo il turbante adorno di uno splendido diamante, grosso quanto una noce, e si alzò di scatto, gettando all'intorno uno sguardo nel quale si leggeva un non so che di tetro e di minaccioso.

– È mezzanotte – mormorò. – Mezzanotte, e non è ancora tornato!

Vuotò lentamente un bicchiere pieno di un liquido color ambra, poi aprì la porta, s'inoltrò con passo fermo fra le trincee che difendevano la capanna e si fermò sull'orlo della gran rupe, alla cui base ruggiva furiosamente il mare.

Stette là alcuni minuti con le braccia incrociate, fermo come la rupe che lo reggeva, aspirando con piacere i soffi della tempesta e scrutando il mare sconvolto, poi rientrò nella capanna e si arrestò dinanzi all'*armonium*.

Fece scorrere le dita sulla tastiera, traendo dei suoni rapidissimi, strani, selvaggi che si spensero fra gli scrosci della pioggia e i fischi del vento.

A un tratto volse vivamente il capo verso la porta lasciata semiaperta. Stette un momento in ascolto, curvo, con gli orecchi tesi, poi uscì rapidamente, spingendosi fin sull'orlo della rupe.

Al rapido chiarore di un lampo vide un piccolo

legno, con le vele quasi ammainate, entrare nella baia e confondersi in mezzo ai navigli ancorati.

L'uomo accostò alle labbra un fischietto d'oro e mandò tre note stridenti; un fischio acuto rispose un momento dopo.

– È lui! – mormorò con viva emozione – Era tempo!

Cinque minuti dopo, un uomo, avvolto in un ampio mantello grondante acqua, si presentava dinanzi alla capanna.

– Yanez! – esclamò l'uomo dal turbante, abbracciandolo.

– Sandokan! – rispose il nuovo venuto, con un accento straniero marcatissimo – Brr! Che notte d'inferno, fratello mio.

Attraversarono rapidamente le trincee ed entrarono nella capanna.

Sandokan riempì due bicchieri e i due uomini brindarono al loro incontro.

Il nuovo arrivato era un uomo sui trentatré o trentaquattro anni, di poco più anziano del compagno. Di media statura, robustissimo, aveva la pelle bianca, i lineamenti regolari, gli occhi grigi, astuti, le labbra beffarde e sottili, indizio di una ferrea volontà. A prima vista si capiva che era un europeo e che doveva appartenere a qualche razza meridionale.

– Ebbene, Yanez, – chiese Sandokan, con una certa emozione – hai visto la fanciulla dai capelli d'oro?

– No, ma so quanto volevi sapere.

– Non sei andato a Labuan?

– Sì, ma capirai che su quelle coste, guardate dagli incrociatori inglesi, riesce difficile lo sbarco a gente della nostra specie.

– Parlami di questa fanciulla. Chi è?

– Ti dirò che è una creatura meravigliosamente bella, tanto bella da essere capace di stregare il più formidabile pirata.

– Ah! – esclamò Sandokan.

– Mi hanno detto che ha i capelli biondi come l'oro, gli occhi più azzurri del mare, la pelle bianca come l'alabastro.

– Ma a che famiglia appartiene?

– Alcuni dicono che sia figlia di un colono, altri di un *lord*, altri ancora che sia nientemeno che parente del governatore di Labuan.

– Strana creatura – mormorò Sandokan, comprimendosi la fronte con le mani. Si era bruscamente alzato in preda a una viva emozione e si era portato dinanzi all'*armonium*, facendo scorrere le dita sui tasti.

Yanez si limitò a sorridere e, staccata da un chiodo una vecchia mandola, si mise a pizzicarne le corde, dicendo:

– Sta bene! Facciamo un po' di musica.

Aveva però appena cominciato a suonare un'arietta portoghese, allorché vide Sandokan avvicinarsi bruscamente alla tavola, puntandovi sopra le mani con estrema violenza.

Non era più lo stesso uomo di prima: la sua fronte era burrascosamente aggrottata, gli occhi mandavano cupi lampi, le labbra mostravano i denti convulsamente stretti, le membra fremevano. In quel momento egli era il formidabile capo dei feroci pirati di Mompracem, era l'uomo che da dieci anni insanguinava le coste della Malesia, l'uomo che in ogni luogo aveva dato terribili battaglie, l'uomo a cui la straordinaria audacia e l'indomito coraggio avevano valso il feroce e sanguinario nomignolo di «Tigre della Malesia».

– Yanez! – esclamò con tono truce – Che cosa fanno gli inglesi a Labuan?

– Si fortificano – rispose tranquillamente l'europeo.

– Forse tramano qualche cosa contro di me?

– Lo credo.

– Ah! Tu lo credi? Che osino alzare un dito contro la mia Mompracem! Di' loro che si provino a sfidare i pirati nei loro covi! La Tigre li distruggerà fino all'ultimo. Dimmi, che cosa dicono di me?

– Che è ora di finirla con un pirata così audace.

– E mi odiano molto?

– Tanto che s'accontenterebbero di perdere tutte le loro navi, pur di impiccarti.

– Ah!

– Dubiti forse? Fratello mio, sono molti anni che tu ne commetti una peggiore dell'altra. Tutte le coste portano le tracce delle tue scorrerie; tutti i villaggi e tutte le città sono state da te assaltate e saccheggiate; tutti i forti olandesi, spagnoli e inglesi hanno subito i tuoi assalti e il fondo del mare è irto di navi da te mandate a picco.

– È vero, ma di chi è la colpa? Gli uomini di razza bianca non sono forse stati inesorabili con me? Non mi hanno forse detronizzato con il pretesto che io diventavo troppo potente? Non hanno forse assassinato mia madre, i miei fratelli e le mie sorelle, per distruggere la mia discendenza? Quale male avevo io fatto a costoro? La razza bianca non aveva mai avuto di che dolersi di me, eppure mi volle schiacciare. Ora io li odio, siano spagnoli od olandesi o inglesi o portoghesi tuoi compatrioti, io li esecro e mi vendicherò terribilmente di loro, l'ho giurato sui cadaveri della mia famiglia e manterrò il giuramento! Se sono però stato spietato con i miei nemici, qualche voce spero si alzerà per dire che talvolta sono stato generoso.

– Non una, bensì cento, mille voci possono ben dire che tu sei stato con i deboli perfino troppo generoso – disse Yanez. – Possono dirlo tutte quelle donne cadute in tuo potere che tu hai condotto, a rischio di farti colare a picco dagli incrociatori, nei porti degli uomini bianchi; possono dirlo le deboli tribù che tu hai difeso contro le razzie dei prepotenti, i poveri marinai privati dei loro legni dalle tempeste e che tu hai salvato dalle onde e coperto di regali, e cento, mille altri che ricorderanno sempre i tuoi benefici, Sandokan ma dimmi ora, fratello mio, che cosa vuoi concludere?

La Tigre della Malesia non rispose. Si era messo a passeggiare per la stanza con le braccia incrociate e la testa china sul petto.

Il portoghese allora si alzò, accese una sigaretta e si diresse verso una porta nascosta dalla tappezzeria, dicendo:

– Buona notte, fratello mio.

Sandokan a quelle parole si scosse e, fermandolo con un gesto, disse:

– Una parola, Yanez.

– Parla, dunque.

– Sai che voglio andare a Labuan?

– Tu!... A Labuan!...

– Perché tanta sorpresa?

– Perché tu sei troppo audace e commetteresti qualche pazzia nel covo dei tuoi più accaniti nemici. Fratello mio, non tentare troppo la fortuna. Sta in guardia! L'affamata Inghilterra ha messo gli occhi sulla nostra Mompracem e forse non aspetta che la tua morte per gettarsi sui tuoi tigrotti e distruggerli. Sta in guardia, poiché ho visto un incrociatore irto di cannoni e zeppo d'armati ronzare nelle nostre acque, e quello è un leone che non attende altro che una preda.

– Ma incontrerà la Tigre! – esclamò Sandokan, stringendo i pugni e fremendo da capo a piedi.

– Sì, la incontrerà e forse soccomberà nella battaglia, ma il suo grido di morte giungerà fin sulle coste di Labuan e altri muoveranno contro di te. Moriranno molti leoni, poiché tu sei forte e tremendo, ma morirà anche la Tigre!

– Io!...

Sandokan aveva fatto un salto innanzi, con le braccia contratte per il furore, gli occhi fiammeggianti, le mani strette come se impugnassero delle armi. Fu però un lampo: sedette dinanzi alla tavola, tracannò d'un sol fiato un bicchiere rimasto pieno e disse con voce perfettamente calma:

– Hai ragione, Yanez; tuttavia io andrò domani a Labuan. Una forza irresistibile mi spinge verso quelle spiagge, e una voce mi sussurra che io devo vedere la fanciulla dai capelli d'oro, che io devo...

– Sandokan!...

– Silenzio, fratello mio: andiamo a dormire.

Ferocia e generosità

L'indomani, qualche ora dopo il sorgere del sole, Sandokan usciva dalla capanna, pronto a compiere l'ardita impresa.

Era vestito da guerra: aveva calzato lunghi stivali di pelle rossa, il suo colore preferito; aveva indossato una splendida casacca di velluto pure rosso, adorna di ricami e di frange, e larghi calzoni di seta azzurra. Ad armacollo portava una ricca carabina indiana arabescata e da lungo tiro; alla cintura una pesante scimitarra dall'impugnatura di oro massiccio e un *kriss*, quel pugnale dalla lama serpeggiante e avvelenata tanto caro alle popolazioni della Malesia.

Si arrestò un momento sull'orlo della gran rupe, scorrendo con il suo sguardo d'aquila la superficie del mare, diventata liscia e tersa come uno specchio, e scrutò l'oriente.

– È là – egli mormorò, dopo alcuni istanti di contemplazione. – Strano destino che mi spingi laggiù, dimmi se mi sarai fatale! Dimmi se quella donna dagli occhi azzurri e dai capelli d'oro, che ogni notte turba i miei sogni, sarà causa della mia fine!...

Scosse il capo come se volesse scacciare un cattivo pensiero, poi a lenti passi discese una stretta scaletta aperta nella roccia, che conduceva alla spiaggia.

Un uomo lo attendeva da basso: era Yanez.

– Tutto è pronto – disse questi. – Ho fatto preparare le due migliori imbarcazioni della nostra flotta, rinforzandole con due grosse spingarde.

– E gli uomini?

– Tutte le bande sono schierate sulla spiaggia, con i loro capi. Non avrai che da scegliere le migliori.

– Grazie, Yanez.

– Non ringraziarmi, Sandokan; forse ho preparato la tua rovina.

– Non temere, fratello mio; le palle hanno paura di me.

– Sii prudente, molto prudente.

– Lo sarò e ti prometto che, appena avrò visto quella fanciulla, ritornerò qui: vieni.

Attraversarono una spianata, difesa da grandi bastioni e armata di grossi pezzi d'artiglieria, di terrapieni e di profondi fossati, e giunsero sulle rive della baia, nella quale galleggiavano dodici o quindici velieri, detti *praos*.

Dinanzi a una lunga fila di capanne e di solidi fabbricati, che parevano magazzini, trecento uomini stavano schierati in bell'ordine, in attesa d'un comando qualunque per slanciarsi sulle navi e spargere il terrore su tutti i mari della Malesia.

Sandokan gettò uno sguardo di compiacenza sui suoi tigrotti, come amava chiamarli, e disse:

– Patan, fatti innanzi.

Un malese di statura piuttosto alta, dalle membra poderose, vestito d'un semplice sottanino rosso adorno di alcune piume, avanzò.

– Quanti uomini conta la tua banda? – chiese.

– Cinquanta, Tigre della Malesia.

– Imbarcati su quei due *praos* e cedine la metà al giavanese Giro-Batol.

– E si va?...

Sandokan gli lanciò uno sguardo che fece fremere l'imprudente, quantunque fosse uno di quegli uomini che ridono della guerra.

– Ubbidisci e non una parola, se vuoi vivere – gli disse Sandokan.

Il malese s'allontanò rapidamente, portandosi dietro la sua banda composta di uomini coraggiosi fino alla pazzia e che a un cenno di Sandokan non avrebbero esitato a saccheggiare il sepolcro di Maometto, quantunque fossero tutti maomettani.

– Vieni, Yanez – disse Sandokan, quando vide che tutti erano imbarcati.

Stavano per scendere alla riva, quando furono raggiunti da un brutto negro con la testa enorme, le mani e i piedi di grandezza sproporzionata, un vero campione di quegli orribili *negritos* che s'incontrano nell'interno di quasi tutte le isole della Malesia.

– Che cosa vuoi e da dove vieni, Kili-Dalù? – gli chiese Yanez.

– Vengo dalla costa meridionale – rispose il *negrito*, respirando affannosamente.

– E che cosa ci rechi?

– Una buona nuova, capo bianco; ho veduto una grossa giunca bordeggiare verso le isole Romades.

– Era carica? – chiese Sandokan.

– Sì, Tigre.

– Sta bene; sono del tutto certo che fra tre ore cadrà in mio potere.

– E poi andrai a Labuan?

– Direttamente.

Si erano fermati dinanzi a una ricca baleniera, montata da quattro malesi.

– Addio, fratello – disse Sandokan, abbracciando Yanez.

– Addio, Sandokan. Bada di non commettere pazzie.

– Non temere; sarò prudente.

– Addio e che la tua buona stella ti protegga.

Sandokan balzò nella baleniera e con pochi colpi di remo raggiunse i *praos*, che stavano spiegando le loro immense vele.

Dalla spiaggia si alzò un immenso grido:

– Evviva la Tigre della Malesia!

– Partiamo – comandò il pirata, rivolgendosi ai due equipaggi.

Le ancore vennero levate da due squadre di demoni color verde oliva o giallo sporco, e le due imbarcazioni, fatte due bordate, si slanciarono al largo, boccheggiando sulle azzurre onde del mare malese.

– La rotta – chiese Sabau a Sandokan, che aveva preso il comando del legno maggiore.

– Diritti alle isole Romades – rispose il capo.

Poi rivolgendosi verso gli equipaggi gridò:

– Tigrotti, aprite bene gli occhi; abbiamo una giunca da saccheggiare.

Il vento era buono, soffiando da sud-ovest, e il mare, appena mosso, non opponeva resistenza alla corsa dei due velieri che, in breve, raggiunsero una velocità superiore ai dodici nodi, velocità veramente non comune ai bastimenti a vela, ma niente affatto straordinaria per le navi malesi, che portano vele immense e hanno scafi strettissimi e leggeri.

I due velieri con i quali la Tigre stava per intraprendere l'audace spedizione non erano due veri *praos*, i quali ordinariamente sono piccoli e sprovvisti di ponte. Sandokan e Yanez, che in fatto di cose di mare non avevano uguali in tutta la Malesia, avevano modificato tutti i loro velieri, onde affrontare vantaggiosamente le navi che inseguivano.

Sebbene i due *praos* si trovassero ancora a una grande distanza dalle Romades, verso le quali si supponeva veleggiasse la giunca scorta da Kili-Dalù, i pirati si misero subito all'opera, per essere pronti al combattimento.

I due cannoni e le due grosse spingarde vennero caricati con la massima cura; sul ponte si disposero palle in gran numero e granate da lanciarsi a mano, poi fucili, scuri, sciabole d'abbordaggio, e sulle murate vennero collocati i grappini d'arrembaggio che si gettavano sulla nave nemica per agganciarla.

Fatto ciò, quei demoni, i cui sguardi già s'accendevano di desiderio, si misero in osservazione chi sui bastinaggi, chi sulle griselle, e chi a cavalcioni dei pennoni.

Anche Sandokan pareva che prendesse parte all'ansietà e irrequietezza dei suoi uomini. Camminava da prua a poppa con passo nervoso, scrutando l'immensa distesa d'acqua e stringendo con una specie di rabbia l'impugnatura d'oro della sua splendida scimitarra.

Alle dieci del mattino Mompracem scompariva all'orizzonte, ma il mare appariva ancora deserto.

Una viva impazienza cominciava a invadere gli equipaggi delle due imbarcazioni: gli uomini salivano e scendevano dagli attrezzi imprecando, tormentando le batterie dei fucili, facevano lampeggiare le lucenti lame dei loro avvelenati *kriss* e delle scimitarre.

A un tratto, poco dopo il mezzodì, dall'alto dell'albero maestro s'udì una voce gridare:

– Ehi, guarda sottovento!

Sandokan interruppe la sua passeggiata. Lanciò un rapido sguardo sul ponte del proprio veliero, un altro su quello comandato da Giro-Batol poi comandò:

– Tigrotti! Ai vostri posti di combattimento!

In meno che non si dica i pirati, che si erano arrampicati sugli alberi, scesero in coperta, occupando i posti loro assegnati.

– Ragno di Mare, – disse Sandokan, rivolgendosi all'uomo rimasto in osservazione sull'albero – che cosa vedi?

– Una vela, Tigre.

– È una giunca?

– È la vela d'una giunca, non m'inganno.

– Avrei preferito un legno europeo – mormorò Sandokan, corrugando la fronte. – Nessun odio mi spinge contro gli uomini del Celeste Impero. Ma chissà!... – Riprese la passeggiata e non parlò più.

Passò una mezz'ora, durante la quale i due *praos* guadagnarono cinque nodi, poi la voce del Ragno di Mare si fece ancora udire.

– Capitano, è una giunca! – gridò – Badate che ci ha scorti e che sta virando di bordo.

– Ah! – esclamò Sandokan – Giro-Batol, manovra in modo da impedirle di fuggire.

I due velieri un momento dopo si separarono e, descritto un ampio semicerchio, mossero a vele spiegate incontro all'imbarcazione mercantile.

Era questa una di quei pesanti vascelli chiamati giunche, dalle forme tozze e di dubbia solidità, usati nei mari della Cina.

Appena accortasi della presenza di quei due velieri sospetti, contro i quali non poteva lottare in velocità, la giunca si era fermata, inalberando un gran drappo.

Al vedere quel vessillo, Sandokan fece un salto innanzi.

– La bandiera del *rajah* Brooke, dello sterminatore dei pirati! – esclamò, con accento d'odio. – Tigrotti! All'abbordaggio, all'abbordaggio!...

Un urlo selvaggio, feroce, s'alzò fra i due equipaggi, ai quali non era ignota la fama dell'inglese James Brooke, diventato *rajah* di Sarawak, nemico spietato dei pirati.

Patan con un balzo fu al cannone di prua, mentre gli altri puntavano la spingarda e armavano le carabine.

Improvvisamente una detonazione echeggiò a bordo della giunca, e una palla di piccolo calibro passò con un acuto fischio attraverso le vele.

Patan si chinò sul suo cannone e fece fuoco; l'effetto fu immediato: l'albero maestro della giunca, spaccato alla base, oscillò violentemente innanzi e indietro e cadde in coperta, con le vele e tutti i suoi cordami. A bordo della disgraziata giunca si videro degli uomini correre sulle murate e poi sparire.

– Guarda, Patan! – gridò il Ragno di Mare.

Un piccolo canotto, montato da sei uomini, si era staccato dalla giunca e fuggiva verso le Romades.

– Ah! – esclamò Sandokan, con ira – vi sono degli uomini che fuggono, invece di battersi! Patan, fa immediatamente fuoco su quei vili!

Il malese lanciò a fior d'acqua un nembo di mitraglia che sfondò il canotto, fulminando tutti quelli che erano a bordo.

– Bravo, Patan! – gridò Sandokan – E ora distruggi quella nave, sulla quale vedo ancora un numeroso equipaggio. Dopo la manderemo a riaddobbarsi nei cantieri del *rajah*, se ne ha!

I due velieri corsari ripresero l'infernale musica, lanciando palle, granate e nembi di mitraglia contro la povera giunca, spaccando l'albero di trinchetto, sfondando le murate e le costole, recidendo le manovre e uccidendo i marinai che si difendevano disperatamente a colpi di fucile.

I due velieri corsari, avvolti da fitte nuvole di fumo, dalle quali uscivano lampi, avanzavano sempre e in brevi istanti furono sotto i fianchi della giunca.

– Barra sottovento! – gridò allora Sandokan che aveva impugnato la scimitarra.

Il suo veliero abbordò il mercantile sotto l'anca di babordo, e vi rimase attaccato, essendo stati lanciati i grappini d'abbordaggio.

– All'assalto, tigrotti! – tonò il terribile pirata.

Si raccolse su se stesso, come una tigre che sta per lanciarsi sulla preda, e fece atto di saltare, ma una mano robusta lo trattenne.

Si volse, gettando un urlo di furore, ma l'uomo che aveva osato fermarlo gli era saltato dinanzi, coprendolo con il proprio corpo.

– Tu, Ragno di Mare! – gridò Sandokan, alzando su di lui la scimitarra.

Proprio in quell'istante un colpo di fucile partiva dalla giunca e il povero Ragno cadeva sul ponte fulminato.

– Ah, grazie, mio tigrotto! – esclamò Sandokan – mi hai salvato!

Si scagliò innanzi come un toro ferito, si aggrappò alla bocca di un cannone, si issò sul ponte della giunca e si precipitò fra i combattenti con quella pazza temerarietà che tutti ammiravano.

L'intero equipaggio della nave mercantile gli si gettò addosso per contrastargli il passo.

– A me, tigrotti! – egli gridò, abbattendo due uomini con il rovescio della scimitarra.

Dieci o dodici pirati, arrampicandosi come scimmie su per gli attrezzi e saltando le murate, si slanciarono in coperta, mentre l'altro *prao* gettava i grappini d'abbordaggio.

– Arrendetevi! – gridò la Tigre ai marinai della giunca.

I sette od otto uomini che ancora sopravvivevano, vedendo altri pirati invadere la tolda, gettarono le armi.

– Chi è il capitano? – chiese Sandokan guardandosi ferocemente in giro.

– Io – rispose un cinese, facendosi innanzi tremando.

– Tu sei un prode, e i tuoi uomini sono degni di te – disse Sandokan.

– Dove andavi?

– A Sarawak.

– Ah! – esclamò con voce sorda – Tu vai a Sarawak. E che cosa fa il *rajah* Brooke, lo sterminatore dei pirati?

– Non lo so, perché manco da Sarawak da parecchi mesi.

– Non importa, ma gli dirai che un giorno andrò a gettare l'ancora nella sua baia e che là attenderò le sue navi. Oh, la vedremo se lo sterminatore dei pirati sarà capace di vincere i miei!

Poi si strappò dal collo una fila di diamanti di grande valore e, porgendola al capitano della giunca, disse:

– Prendi, mio valoroso. Mi rincresce di averti malmenato la giunca, ma potrai con questi diamanti comperartene dieci nuove.

– Ma chi siete, voi? – chiese il capitano, stupito.

Sandokan gli si avvicinò e, posandogli le mani sulle spalle, gli disse:

– Guardami in viso: io sono la Tigre della Malesia.

Poi, prima che il capitano e i suoi marinai potessero riaversi dallo sbalordimento e dal terrore, Sandokan e i pirati ridiscesero nei loro velieri.

– La rotta? – chiese Patan.

La Tigre tese il braccio verso est, poi, con voce metallica, gridò:

– Tigrotti, a Labuan, a Labuan!

L'incrociatore

Il vento si manteneva in direzione di nord-ovest e assai fresco, e il mare era ancora tranquillo, favorendo la corsa dei due *praos*, i quali filavano a dieci o undici nodi all'ora.

Sandokan, dopo aver fatto ripulire il ponte, riannodare le manovre tagliate dalle palle nemiche, gettare in mare il cadavere del Ragno e di un altro pirata ucciso da una fucilata e caricare i fucili e le spingarde, accese uno splendido *narghilè*, proveniente senza dubbio da qualche bazar indiano o persiano e chiamò Patan.

Il malese fu pronto a ubbidire.

– Dimmi, malese, – disse la Tigre, piantandogli in viso due occhi che mettevano paura – quando io monto all'abbordaggio, sai qual è il tuo posto?

– Dietro di voi.

– E tu non c'eri e qui il Ragno è morto in vece tua.

– È vero, capitano.

– Dovrei farti fucilare per questa tua mancanza, ma tu sei un prode e io non amo sacrificare inutilmente i coraggiosi. Al primo abbordaggio però tu ti farai uccidere alla testa dei miei uomini.

– Grazie, Tigre.

Ciò detto, attraversò a lenti passi il ponte e discese nella sua cabina.

Durante la giornata i due *praos* continuarono a veleggiare in quel tratto di mare compreso fra Mompracem e le Romades a ovest, la costa del Borneo a est, a nord-est Labuan e le Tre Isole a nord, senza incontrare alcuna imbarcazione mercantile.

La sinistra fama di cui godeva la Tigre si era sparsa in quei mari e pochissime navi ardivano avventurarsi in quei luoghi.

Appena cadde la notte, i due velieri ripiegarono le loro grandi vele per premunirsi contro gli improvvisi colpi di vento, e si avvicinarono l'uno all'altro per non perdersi di vista ed essere pronti a soccorrersi vicendevolmente.

Verso la mezzanotte, nel momento in cui passavano dinanzi alle Tre Isole che sono le sentinelle avanzate di Labuan, Sandokan comparve sul ponte.

Era sempre in preda a una viva agitazione. Si mise a passeggiare da prua a poppa, con le braccia incrociate, chiuso in un feroce silenzio. Però di tratto in tratto si arrestava per scrutare la nera superficie del mare, e poi si curvava e stava in ascolto. Cosa cercava di udire? Forse il brontolio di qualche macchina che indicasse la presenza di un incrociatore, oppure il fragore delle onde che si infrangevano sulle coste di Labuan.

Alle tre del mattino, quando gli astri cominciavano a impallidire, Sandokan gridò:

– Labuan!

Infatti, verso est, là dove il mare si confondeva con l'orizzonte, appariva confusamente una sottile linea scura.

– Labuan – ripeté il pirata, respirando come se gli fosse stato levato un gran peso che gli opprimeva il cuore.

– Dobbiamo proseguire? – chiese Patan.

– Sì – rispose la Tigre. – Entreremo nel fiumicello che già conosci.

Il comando fu trasmesso a Giro-Batol e i due velieri si diressero silenziosamente verso l'isola sospirata.

Labuan, la cui superficie non oltrepassa i centosedici chilometri quadrati, non era in quei tempi l'importante stazione navale che è oggi.

Occupata nel 1847 da Sir Rodney Mandy, comandante dell'«Iris», per ordine del governo inglese che mirava a sopprimere la pirateria, non contava allora che un migliaio di abitanti, quasi tutti di razza malese, e forse duecento bianchi. Avevano appena fondato allora una cittadella alla quale avevano dato il nome di Vittoria, munendola di alcuni fortini per impedire che venisse distrutta dai pirati di Mompracem, che parecchie volte ne avevano devastato le coste. Il resto dell'isola era ricoperto di fitti boschi popolati ancora di tigri e solo rare fattorie erano state costruite sulle alture o nelle praterie.

I due *praos*, dopo aver costeggiato per alcune miglia l'isola, entrarono silenziosamente in un piccolo fiume, le cui rive erano coperte da una ricchissima vegetazione, e lo risalirono per sei o settecento metri, ancorandosi sotto l'oscura ombra di grandi alberi.

Un incrociatore che avesse battuto la costa non sarebbe riuscito a scoprirli, né avrebbe mai potuto sospettare la presenza di quei tigrotti, imboscati come le tigri delle *sunderbunds* indiane.

A mezzogiorno Sandokan, dopo aver mandato due uomini alla foce del fiume e due altri nelle foreste per non venire sorpreso, armatosi della sua carabina, sbarcò, seguito da Patan.

Aveva percorso circa un chilometro inoltrandosi nella fitta foresta, quando si arrestò bruscamente.

– Avete visto qualche uomo? – chiese Patan.

– No, ascolta – rispose Sandokan.

Il malese tese l'orecchio e udì un lontano abbaiare.

– È qualcuno che caccia – disse rialzandosi.

– Andiamo a vedere.

Riprese il cammino cacciandosi sotto le piante di pepe, i cui rami erano carichi di grappoli rossi, sotto gli *artocarpus* o alberi del pane e le areche, fra le cui foglie svolazzavano dei battaglioni di lucertole volanti.

I latrati del cane si avvicinavano sempre più e ben presto i due pirati si trovarono in presenza di un brutto negro, vestito d'un paio di calzoni rossi e che teneva a guinzaglio un mastino.

– Dove vai? – gli chiese Sandokan, sbarrandogli la via.

– Cerco la pista di una tigre – rispose il negro.

– E chi ti ha dato il permesso di cacciare nei miei boschi?

– Sono al servizio di Lord Gultek.

– Sta bene! Dimmi ora, hai udito parlare di una fanciulla che si chiama la Perla di Labuan?

– Chi non conosce in quest'isola quella bella creatura? È il buon genio di Labuan che tutti amano e adorano.

– È bella? – chiese Sandokan con viva emozione.

– Credo che nessuna donna possa uguagliarla.

Un forte sussulto agitò la Tigre della Malesia.

– Dimmi – riprese dopo un istante di silenzio. – Dove abita?

– A due chilometri da qui, in mezzo a una prateria.

– Basta così; va e se ti preme la vita, non volgerti indietro.

Gli diede un pugno d'oro e quando il negro fu scomparso si gettò ai piedi di un grande *artocarpus* mormorando:

– Aspettiamo la notte e poi andremo a spiare i dintorni.

Patan lo imitò, sdraiandosi all'ombra di un'areca, ma con la carabina sottomano.

Dovevano essere le tre pomeridiane, quando un avvenimento inatteso venne a interrompere la loro aspettativa.

Un colpo di cannone era echeggiato verso la costa, facendo bruscamente tacere tutti gli uccelli che popolavano i boschi.

Sandokan balzò in piedi con la carabina stretta fra le mani: il suo volto appariva completamente trasfigurato.

– Hai sentito? Un colpo di cannone! – esclamò – Vieni, Patan; vedo del sangue!...

Si scagliò a balzi di tigre attraverso la foresta, seguito dal malese che, quantunque fosse agile come un cervo, stentava a tenergli dietro in quella sua folle corsa.

Tigri e leopardi

In meno di dieci minuti, i due pirati giunsero sulla riva del fiume. Tutti gli uomini erano saliti a bordo dei *praos* e stavano abbassando le vele, essendo caduto il vento.

– Capitano, siamo assaliti – disse Giro-Batol. – Un incrociatore ci sbarra la via alla foce del fiume.

– Ah! – disse la Tigre – Vengono ad assalirmi anche qui, questi inglesi? Ebbene, tigrotti, impugnate le armi e usciamo in mare. Mostreremo a questi uomini come combattono le tigri di Mompracem!

– Viva la Tigre! – urlarono i due equipaggi, con grande entusiasmo.

– All'abbordaggio! All'abbordaggio!

Un istante dopo i due velieri scendevano il fiume e tre minuti più tardi uscivano in pieno mare. A seicento metri dalla costa, un grande vascello, della portata di oltre millecinquecento tonnellate e potentemente armato, navigava a piccolo vapore chiudendo la via a ovest.

Sul suo ponte si udivano rullare i tamburi che chiamavano gli uomini ai posti di combattimento e si udivano i comandi degli ufficiali.

Sandokan guardò freddamente quel formidabile

avversario e anziché spaventarsi della sua mole, delle sue numerose artiglierie e del suo equipaggio, tre o forse quattro volte più numeroso, tuonò:

– Tigrotti, al remo!

I pirati si precipitarono sotto il ponte mettendo mano ai remi, mentre gli artiglieri puntavano i cannoni e le spingarde.

– Ora a noi due, vascello maledetto – disse Sandokan quando vide i *praos* filare come frecce sotto la spinta dei remi.

Subito un getto di fuoco balenò sul ponte dell'incrociatore e una palla di fuoco di grosso calibro fischiò fra gli alberi del *prao*.

– Patan! – gridò Sandokan: – Al tuo cannone!

Il proiettile che si allontanò fischiando andò a schiantare la passerella del comandante, mozzando contemporaneamente l'asta della bandiera.

Il vascello da guerra, invece di rispondere, virò di bordo presentando i sabordi di babordo, dai quali uscivano le estremità di una mezza dozzina di cannoni.

– Patan, non perdere un solo colpo – disse Sandokan, mentre una cannonata rimbombava sul *prao* di Giro-Batol. – Fracassa gli alberi a quel maledetto, schiantagli le ruote, smontagli i pezzi e quando non avrai più occhio sicuro, fatti uccidere.

In quell'istante l'incrociatore parve incendiarsi. Un uragano di ferro attraversò l'aria e colpì in pieno i due *praos*, rasandoli a zero come vecchi pontoni.

Urla spaventose di rabbia e di dolore si alzarono fra i pirati, soffocate da una seconda bordata che mandò sottosopra remiganti, artiglierie e artiglieri.

Fatto ciò, il vascello da guerra, avvolto da turbini

di fumo nero e bianco, virò di bordo a meno di quattrocento passi dai *praos* e si portò un chilometro più lontano, pronto a ricominciare il fuoco.

Sandokan, rimasto illeso, ma atterrato da un pennone, si era subito rialzato.

– Miserabile! – egli tuonò, mostrando i pugni al nemico – Vile, tu fuggi, ma ti raggiungerò!

Con un fischio chiamò i suoi uomini in coperta.

– Presto, gettate una barricata dinanzi ai cannoni e poi avanti!

In un baleno, a prua dei due velieri furono accumulati alberi di ricambio, botti piene di palle, vecchi cannoni smontati, e rottami d'ogni sorta, in modo da formare una solida barricata.

Venti uomini, i più robusti, ridiscesero per manovrare i remi, ma gli altri si affollarono dietro le barricate con le mani che impugnavano le carabine e i denti stretti sui pugnali che scintillavano fra le labbra frementi.

– Avanti! – comandò la Tigre.

Da ambo le parti si riprese la musica infernale, rispondendo colpo a colpo, palla a palla, mitraglia contro mitraglia.

I due velieri, decisi a soccombere ma non a retrocedere, non si scorgevano quasi più, avvolti com'erano da immense nuvole di fumo; rispondevano però al fuoco nemico.

Il vascello aveva il vantaggio della sua mole e delle sue artiglierie, ma i due *praos*, che la valorosa Tigre conduceva all'abbordaggio, non cedevano.

Il delirio si era impadronito di quegli uomini e tutti non chiedevano altro che salire sul ponte di quel formidabile vascello e, se non di vincere, almeno di morire sul campo nemico.

Patan, fedele alla parola data, si era fatto uccidere dietro al suo cannone, ma un altro abile artigliere aveva preso il suo posto.

La terribile battaglia durò venti minuti, poi l'incrociatore si portò altri seicento passi più indietro per non venire abbordato.

Un urlo di furore scoppiò a bordo dei due *praos* a quella nuova ritirata. Ormai non era più possibile lottare contro quel nemico che, approfittando della sua macchina, evitava ogni abbordaggio.

Sandokan però non voleva ancora cedere.

Rovesciando con un'irresistibile spinta gli uomini che lo circondavano, si curvò sul cannone che era stato caricato, corresse la mira e vi diede fuoco.

Pochi secondi dopo l'albero di maestra dell'incrociatore, spaccato alla base, precipitava in mare insieme con tutti i bersaglieri delle coffe e delle crocette.

Mentre il vascello si arrestava per salvare i suoi uomini che stavano affogando e sospendeva il fuoco, Sandokan approfittò per imbarcare sul proprio veliero l'equipaggio di Giro-Batol.

– E ora, alla costa, di volata! – tuonò.

Il *prao* di Giro-Batol, che si manteneva a galla per un vero prodigio, fu subito sgombrato e abbandonato alle onde con il suo carico di cadaveri.

Subito i pirati misero mano ai remi e, approfittando dell'inazione del vascello da guerra, s'allontanarono in fretta rifugiandosi nel fiume.

Era tempo! Il povero veliero, che faceva acqua da tutte le parti, nonostante i pirati avessero cercato di tappare frettolosamente i fori aperti dalle palle dell'incrociatore, affondava lentamente.

Gemeva come un moribondo sotto il peso dell'acqua che lo invadeva, e traballava, tendendo a inclinarsi a babordo.

Sandokan, che si era messo alla barra del timone, lo diresse verso la sponda vicina e lo arenò su un banco di sabbia.

Poi disse, guardando l'orologio che portava alla cintura:

– Sono le sei: fra due ore il sole sarà scomparso e le tenebre piomberanno sul mare. Che ognuno si metta alacremente al lavoro in modo che il *prao*, per la mezzanotte, sia pronto a riprendere il mare.

– Viva la Tigre! – urlarono i pirati.

– Silenzio. – tuonò Sandokan – Si mandino due uomini alla foce del fiume a spiare l'incrociatore e altri due nei boschi per evitare di farci sorprendere, si curino i feriti, poi tutti al lavoro.

Mentre i pirati si affrettavano a fasciare le ferite riportate dai loro compagni, Sandokan si recò a poppa e stette alcuni minuti in osservazione, spingendo lo sguardo verso la baia, il cui specchio d'acqua si scorgeva fra uno squarcio di foresta.

Cercava senza dubbio di scoprire l'incrociatore, ma questo pareva non avesse osato spingersi troppo vicino alla costa, forse per timore d'incagliarsi sui numerosi banchi di sabbia che si estendevano in quel punto.

«Egli sa di tenerci» mormorò il formidabile pirata. «Aspetta che noi usciamo nuovamente in mare per sterminarci, ma se crede che io lanci i miei uomini all'abbordaggio s'inganna. La tigre sa anche essere prudente.»

Sedette sul cannone, poi chiamò Sabau.

Il pirata, uno dei più coraggiosi, che si era già guadagnato il grado di sottocapo, dopo aver rischiato venti volte la propria vita, accorse.

– Patan e Giro-Batol sono morti – gli disse Sandokan con un sospiro. – Si sono fatti uccidere sul loro *prao*, alla testa dei valorosi che cercavano di trascinare addosso alla nave maledetta. Il comando spetta ora a te e te lo conferisco.

– Grazie, Tigre della Malesia.

– Ora aiutami.

Radunarono le loro forze, spinsero a poppa il cannone e le spingarde, e le puntarono verso la piccola baia per spazzarla a colpi di mitraglia, nel caso che le scialuppe dell'incrociatore avessero tentato di forzare la foce del fiume.

– Ora possiamo essere sicuri – disse Sandokan. – Hai mandato due uomini alla foce?

– Sì, Tigre della Malesia. Devono essere imboscati fra i canneti.

– Benissimo.

– Aspetteremo la notte per uscire in mare?

– Sì, Sabau.

– Ci riuscirà d'ingannare l'incrociatore?

– La luna si alzerà tardi e forse farà a meno di mostrarsi. Vedo alzarsi delle nubi a sud.

– Faremo rotta su Mompracem, capo?

– Direttamente.

– E invendicati?

– Siamo troppo pochi, Sabau, per affrontare l'equipaggio dell'incrociatore, e poi, come rispondere alle sue artiglierie? Il nostro veliero non è più in grado di sostenere un secondo combattimento: periremmo tutti senza alcun dubbio.

– È vero, capo.

– Pazienza per ora; il giorno della rivincita verrà e ben presto.

Mentre i due capi chiacchieravano, i loro uomini lavoravano con febbrile accanimento. Erano tutti valenti marinai e fra loro non mancavano né i carpentieri né i mastri d'ascia. In sole quattro ore costruirono due nuovi alberetti, accomodarono le murate, turarono tutti i fori e rinnovarono le manovre, avendo a bordo abbondanza di cavi, di fibre, di catene e di gomene.

Alle dieci il veliero poteva non solo riprendere il mare, ma affrontare anche un nuovo combattimento, essendo state erette perfino delle barricate formate con tronchi d'albero, con cui proteggere il cannone e le spingarde.

Durante quelle quattro ore, nessuna scialuppa dell'incrociatore aveva osato mostrarsi nelle acque della baia.

Il comandante inglese, sapendo con quali individui aveva a che fare, non aveva creduto opportuno impegnare i suoi uomini in una lotta terrestre. D'altronde si credeva certamente sicuro di costringere i pirati alla resa o di respingerli verso la costa, se avessero tentato di assalirlo o di prendere il largo.

Verso le undici, Sandokan, che era risoluto a tentare l'uscita in mare, fece richiamare gli uomini che aveva mandato a sorvegliare la foce del fiume.

– È libera la baia? – chiese loro.

– Sì – rispose uno dei due.

– E l'incrociatore?

– Si trova dinanzi alla baia.

– Molto lontano?

– Un mezzo miglio.

– Avremo spazio sufficiente per passare – mormorò Sandokan. – Le tenebre proteggeranno la nostra ritirata.

Poi volgendosi verso Sabau, disse:

– Partiamo.

Subito quindici uomini scesero sul banco e con una scossa poderosa spinsero il *prao* nel fiume.

– Che nessuno mandi un grido per qualsiasi motivo – disse Sandokan con voce imperiosa. – Tenete invece bene aperti gli occhi e le armi pronte. Noi stiamo per giocare una tremenda partita.

Sedette presso la barra del timone, con Sabau a fianco, e guidò risolutamente il legno verso la foce del fiume.

L'oscurità favoriva la loro fuga.

Un silenzio profondo, appena rotto dal lieve gorgogliare delle acque, regnava sul fiume. Non si udiva alcun sussurro di foglie, poiché non spirava alito di vento, e anche sul ponte del veliero non si percepiva alcun mormorio.

Pareva che tutti quegli uomini, stesi fra la prora e la poppa, non respirassero più per timore di turbare quella calma.

– Spiegate una vela – comandò brevemente Sandokan agli uomini di manovra.

– Basterà, capo? – chiese Sabau.

– Per ora sì.

Un momento dopo, una vela latina venne spiegata sul trinchetto. Era stata dipinta di nero, perché doveva confondersi completamente con le ombre della notte.

Il *prao* affrettò la discesa, seguendo i serpeggiamenti del fiume. Superò felicemente la barra passando fra i banchi di sabbia e le scogliere, attraversò la piccola baia e uscì silenziosamente in mare.

– Il vascello? – chiese Sandokan, scattando in piedi.

– Eccolo laggiù, a mezzo miglio da noi – rispose Sabau.

Nella direzione indicata si scorgeva confusamente una massa scura, sopra la quale volteggiavano di quando in quando dei piccoli punti luminosi, certamente delle scorie sfuggite dalla ciminiera. Ascoltando attentamente, si udivano anche i sordi brontolii delle caldaie.

– Ha i fuochi ancora accesi – mormorò Sandokan. – Ci aspetta.

– Passeremo inosservati, capo? – chiese Sabau.

– Lo spero. Vedi nessuna scialuppa?

– Nessuna, capo.

– Rasenteremo prima la spiaggia, per meglio confonderci con la massa delle piante, poi prenderemo il largo.

Il vento era debole, ma il mare era calmo come se fosse stato un olio.

Sandokan comandò di spiegare anche sull'albero maestro una vela, poi spinse il legno verso sud, seguendo la sinuosità della costa.

Essendo le spiagge coperte di grandi alberi, i quali proiettavano sulle acque una cupa ombra, vi erano poche probabilità che il piccolo veliero corsaro potesse venire scorto.

Però in fondo all'animo di fiero uomo si doleva di lasciare quei paraggi senza la rivincita. Avrebbe desiderato trovarsi già a Mompracem, ma avrebbe anche desiderato un'altra tremenda battaglia. Egli, la formidabile Tigre della Malesia, l'invincibile capo dei pirati di Mompracem, aveva quasi vergogna d'andarsene così alla chetichella, come un ladro notturno.

Il *prao* si era già allontanato di cinque o seicento passi dalla baia e si preparava a prendere il largo, quando a poppa, nella scia, apparve uno strano scintillio. Pareva che miriadi di fiammelle sorgessero dalle profondità tenebrose del mare.

– Stiamo per tradirci – disse Sabau.

– Tanto meglio – rispose Sandokan con un sorriso feroce. – No, questa ritirata non era degna di noi.

– È vero, capitano – rispose il malese. – Meglio morire con le armi in pugno che fuggire come sciacalli.

Il mare continuava a diventare fosforescente. Dinanzi alla prora e dietro la poppa del veliero, i punti luminosi si moltiplicavano e la scia diventava sempre più luminosa. Pareva che il *prao* si lasciasse dietro un solco di bitume ardente o di zolfo liquefatto.

Quella striscia che scintillava vivamente fra l'oscurità circostante non doveva passare inosservata agli uomini di guardia dell'incrociatore. Da un istante all'altro la nave poteva improvvisamente risvegliarsi e il cannone tuonare.

Anche i pirati, stesi sulla tolda, si erano accorti di quella fosforescenza, però nessuno aveva fatto un gesto solo o aveva pronunciato una sola parola che potesse tradire qualche apprensione. Anch'essi non sapevano rassegnarsi ad andarsene senza sparare un colpo di fucile.

Erano appena trascorsi due o tre minuti, quando Sandokan, che teneva sempre gli sguardi fissi sull'incrociatore, vide accendersi i fanali di posizione.

– Si sono accorti di noi, forse? – chiese.

– Lo credo, capo – rispose Sabau.

– Guarda!

– Sì, vedo che le scorie sfuggono più numerose dalla ciminiera. Si alimentano i fuochi.

A un tratto Sandokan scattò in piedi con la scimitarra in pugno.

– Alle armi! – avevano gridato a bordo del vascello da guerra.

I pirati si erano prontamente risollevati, mentre gli artiglieri si erano precipitati sul cannone e sulle due spingarde.

Tutti erano pronti a impegnare la lotta suprema.

Poco dopo si udì un tamburo rullare sul ponte dell'incrociatore. Si chiamavano gli uomini ai loro posti di combattimento.

I pirati, addossati alle murate e affollati dietro le barricate formate con tronchi d'albero, non fiatarono, ma i loro lineamenti, diventati feroci, tradivano il loro stato d'animo. Le dita stringevano le armi, impazienti di premere i grilletti delle loro formidabili carabine.

Il tamburo continuava a rullare sul ponte del legno nemico. Si udivano le catene delle ancore stridere attraverso le cubie e i colpi secchi dell'argano.

Il vascello si preparava a lasciare l'ancoraggio per assalire la piccola nave corsara.

– Al tuo pezzo, Sabau! – comandò la Tigre della Malesia. – Otto uomini alle spingarde!

Aveva appena dato quel comando, quando una fiamma brillò a prora dell'incrociatore, sopra il castello, illuminando bruscamente il trinchetto e il bompresso. Una detonazione acuta rimbombò, seguita subito dal rumore metallico del proiettile sibilante attraverso gli strati d'aria.

Il proiettile smussò l'estremità del pennone maestro e si perdette in mare, sollevando una grande massa d'acqua spumeggiante.

Un urlo di furore echeggiò a bordo del veliero corsaro. Ormai bisognava accettare la battaglia ed era ciò che desideravano quegli arditi navigatori del mare malese.

Un fumo rossastro sfuggiva dalla ciminiera del vascello da guerra. Si udivano le ruote mordere affrettatamente le acque, i brontolii rauchi delle caldaie, i comandi degli ufficiali, i passi precipitati degli uomini.

Tutti si affrettavano a correre ai loro posti di combattimento.

I due fanali furono visti cambiare posizione. Il vascello correva addosso al piccolo legno corsaro per tagliargli la ritirata.

– Prepariamoci a morire da prodi! – gridò Sandokan, il quale ormai non s'illudeva sull'esito di quella tremenda battaglia.

Un urlo solo gli rispose:

– Viva la Tigre della Malesia!

Sandokan con un vigoroso colpo di barra virò di bordo, e mentre i suoi uomini orientavano rapidamente le vele, spinse il veliero contro il vascello per tentare di abbordarlo e scagliare i suoi uomini sul ponte nemico.

– Orsù, tigrotti, all'arrembaggio! – tuonò Sandokan – La partita non è uguale, ma noi siamo le tigri di Mompracem!

L'incrociatore avanzava rapidamente, mostrando il suo acuto sperone e rompendo le tenebre e il silenzio con un furioso cannoneggiamento.

Il *prao*, vero giocattolo di fronte a quel gigante, a cui bastava un solo urto per mandarlo a picco spaccato in due, con un'audacia incredibile assaliva, cannoneggiando meglio che poteva.

Due minuti dopo però, il veliero, oppresso dai tiri della artiglierie nemiche, non era altro che un rottame.

Gli alberi erano caduti, le murate erano state sfondate e perfino le barricate di tronchi d'albero non offrivano più riparo a quella tempesta di proiettili.

L'acqua già entrava dai numerosi squarci, inondando la stiva.

Eppure nessuno parlava di resa. Volevano morire tutti, ma lassù, sul ponte nemico.

Le scariche intanto diventavano sempre più tremende. Il pezzo di Sabau era ormai stato smontato e mezzo equipaggio giaceva sulla tolda, massacrato dalla mitraglia.

Sandokan comprese che stava per suonare l'ultima ora per le tigri di Mompracem.

La sconfitta era completa. Non era più possibile fare fronte a quel gigante che sparava proiettili senza interruzione. Non rimaneva che tentare l'abbordaggio, una pazzia, poiché nemmeno sul ponte dell'incrociatore la vittoria poteva arridere a quei valorosi.

Non restavano in piedi che dodici uomini, dodici tigri però, guidate da un capo il cui valore era incredibile.

– A me, miei prodi! – egli gridò.

I dodici pirati, con gli occhi stravolti, schiumanti di rabbia, con i pugni chiusi come tenaglie attorno alle armi, facendosi scudo con i cadaveri dei compagni, gli si strinsero attorno.

Il vascello correva allora a tutto vapore addosso al *prao*, per affondarlo con lo sperone, ma Sandokan, appena lo vide a pochi metri, con un colpo di barra evitò l'urto e lanciò il suo legno contro la ruota di babordo del nemico. Avvenne un urto violentissimo. Il legno corsaro si piegò sul tribordo imbarcando acqua e rovesciando morti e feriti in mare.

– Lanciate i grappini! – tuonò Sandokan.

Due grappini d'arrembaggio s'infissero nelle griselle dell'incrociatore.

Allora i tredici pirati, pazzi di furore, assetati di vendetta, si slanciarono all'arrembaggio.

Aiutandosi con le mani e con i piedi, aggrappandosi agli sportelli delle batterie e alle gomene, s'arrampicarono su per la tambura, raggiunsero le murate e si precipitarono sul ponte dell'incrociatore, prima ancora che gli inglesi, stupiti da tanta audacia, avessero pensato a ributtarli.

Con la Tigre della Malesia alla testa, si scagliarono contro gli artiglieri, uccidendoli sui loro pezzi, sbaragliarono i fucilieri che erano accorsi per sbarrare loro il passo, poi, menando colpi di scimitarra a destra e a sinistra, si diressero verso poppa.

Avventando colpi disperati, urlando per spargere maggior terrore, cadendo e rialzandosi, ora indietreggiando e ora avanzando, per alcuni minuti tennero testa a tutti quei nemici, ma sciabolati a tergo, incalzati dinanzi dalle baionette, quei valorosi caddero.

Sandokan e quattro altri, coperti di ferite, con le armi insanguinate, con uno sforzo poderoso si aprirono il passo e tentarono di guadagnare la prua, per arrestare a colpi di cannone quella valanga d'uomini.

A metà del ponte Sandokan cadde colpito in pieno petto da una palla di carabina, ma subito si rialzò urlando:

– Avanti, avanti!...

Gli inglesi avanzavano a passo di carica con le baionette calate. L'urto fu mortale.

I quattro pirati che si erano gettati dinanzi al loro capitano per coprirlo, sparvero in una scarica di fucili, rimanendo uccisi; ma non così accadde della Tigre della Malesia.

Il formidabile uomo, malgrado la ferita che mandava fiotti di sangue, con un salto raggiunse la murata di babordo, abbatté con il troncone della scimitarra un gabbiere che cercava di trattenerlo e si gettò a capofitto in mare, scomparendo sotto i neri flutti.

La Perla di Labuan

Un tale uomo, dotato di una forza così prodigiosa, di un'energia così straordinaria e di un coraggio così grande, non doveva morire. Infatti, mentre il piroscafo proseguiva la sua corsa trasportato dalle ultime battute delle ruote, il pirata risaliva a galla e si portava al largo, per non venire tagliato in due dallo sperone del nemico o preso a colpi di fucile.

Trattenendo i gemiti che gli strappava la ferita e frenando l'ira che lo divorava, si rannicchiò, tenendosi quasi del tutto sommerso, in attesa del momento opportuno per guadagnare le coste dell'isola.

Il vascello da guerra virava di bordo, a meno di trecento metri. Avanzò verso il luogo dove si era inabissato il pirata, con la speranza di schiacciarlo sotto le ruote, poi tornò a virare.

Si arrestò un momento, come se volesse scrutare quel tratto di mare agitato dal moto vorticoso, poi riprese la marcia tagliando in tutti i versi quella porzione d'acqua, mentre i marinai, calatisi nella rete della delfiniera e sulle bancazze, proiettavano per ogni dove la luce di alcuni fanali.

Convinto dell'inutilità delle ricerche, alla fine s'allontanò in direzione di Labuan.

La Tigre emise allora un grido di furore.

– Va', – esclamò – ma verrà il giorno in cui ti mostrerò quanto sia terribile la mia vendetta!

Poi, raccogliendo le proprie forze, si mise a nuotare, cercando le spiagge dell'isola.

Nuotò così per parecchio tempo, fermandosi di tratto in tratto per riprendere lena e sbarazzarsi delle vesti che lo impacciavano, poi sentì che le forze gli venivano rapidamente meno.

Gli si irrigidivano le membra, la respirazione gli diventava sempre più difficile, e per colmo di disgrazia, la ferita continuava a gettar sangue, producendogli dolori acuti per il contatto con l'acqua salata.

Si raggomitolò su se stesso e si lasciò trasportare dal flusso, agitando debolmente le braccia. Cercava di riposare alla meglio per riprender lena. A un tratto sentì un urto. Qualche cosa lo aveva toccato. Era stato un pescecane forse? A quell'idea, nonostante il suo coraggio da leone, rabbrividì.

Allungò istintivamente una mano e afferrò un oggetto scabroso che pareva galleggiasse a fior d'acqua.

Lo tirò a sé e vide che si trattava d'un rottame. Era un pezzo di coperta del *prao* a cui erano ancora appese delle funi e un pennone.

– Era tempo – mormorò Sandokan. – Le mie forze se ne andavano.

Si issò faticosamente sul rottame, mettendo allo scoperto la ferita, dai cui margini, gonfi e rosi dall'acqua marina, usciva ancora un filo di sangue.

Per un'altra ora, quell'uomo che non voleva morire, che non voleva darsi per vinto, lottò con le onde, che di volta in volta sommergevano il rottame, ma poi le forze gli vennero meno e s'accasciò su se stesso, con le mani chiuse però intorno al pennone.

Cominciava ad albeggiare quando un urto violentissimo lo strappò da quell'accasciamento, che era quasi uno svenimento.

Si alzò faticosamente sulle braccia e guardò dinanzi a sé. Le onde si frangevano con fracasso intorno al rottame, accartocciandosi e spumeggiando. Pareva che rotolassero su dei bassifondi.

Come attraverso una nebbia sanguigna, il ferito scorse a breve distanza una costa.

– Labuan – mormorò. – Approderò qua, sulla terra dei miei nemici?

Ebbe una breve esitazione ma poi, radunate le forze, abbandonò quelle tavole che lo avevano salvato da una morte quasi certa e sentendo sotto i piedi un banco sabbioso avanzò verso la costa.

Avanzò barcollando verso i banchi di sabbia e, dopo aver lottato contro le ultime ondate della risacca, raggiunse la sponda coronata di grandi alberi lasciandosi cadere pesantemente al suolo.

Quantunque si sentisse sfinito per la lunga lotta sostenuta e per la grande perdita di sangue, mise a nudo la ferita e la osservò a lungo.

Aveva ricevuto una palla, forse di pistola, sotto la quinta costola del fianco destro, e quel pezzo di piombo, dopo essere scivolato fra le ossa, si era perduto nell'interno, ma senza toccare, a quanto sembrava, alcun organo vitale. Forse quella ferita non era grave, ma poteva diventarlo se non si curava prontamente, e Sandokan, che se ne intendeva un po', lo sapeva.

Udendo a breve distanza il mormorio d'un ruscello, si trascinò fin là, lavò accuratamente la ferita con l'acqua, poi fasciò con un lembo della sua camicia, unico indumento che ancora teneva indosso, oltre la fascia sostenente il *kriss*.

– Guarirò – mormorò quand'ebbe finito, e pronunziò quella parola con tanta energia da credere quasi che egli fosse l'arbitro assoluto della propria esistenza.

Bevette alcuni sorsi d'acqua per calmare l'arsura provocata dalla febbre, poi si trascinò sotto un'areca le cui foglie gigantesche, lunghe non meno di quindici piedi e larghe cinque o sei, proiettavano all'intorno una fresca ombra.

Vi era appena giunto che si sentì mancare nuovamente le forze. Chiuse gli occhi e, dopo aver tentato di mantenersi ritto, cadde fra le erbe rimanendo immobile. Non si riebbe che molte ore dopo, quando già il sole, dopo aver toccato il punto più alto nel cielo, scendeva verso occidente.

Una sete bruciante lo divorava e la ferita, non più rinfrescata, gli produceva dolori acuti, insopportabili.

Cercò di rialzarsi per trascinarsi fino al ruscelletto, ma subito ricadde. Allora quell'uomo, che voleva essere forte come la fiera di cui portava il nome, con uno sforzo potente si rizzò sulle ginocchia, gridando quasi in tono di sfida:

– Io sono la Tigre!... A me, mie forze!...

Aggrappandosi al tronco dell'albero, si rizzò in piedi e, mantenendosi ritto per un prodigio d'equilibrio e d'energia, camminò fino al piccolo corso d'acqua, sulla cui riva ricadde.

Estinse la sete, bagnò nuovamente la ferita, poi si prese il capo fra le mani e fissò lo sguardo sul mare che veniva a frangersi a pochi passi, gorgogliando sordamente.

– Ah! – esclamò, digrignando i denti – Chi avrebbe detto che un giorno i leopardi di Labuan avrebbero vinto le tigri di Mompracem? Chi avrebbe detto che io, l'invincibile Tigre della Malesia, sarei approdato qui, sconfitto e ferito? E a quando la vendetta? La vendetta!... Tutti i miei *praos*, le mie isole, i miei uomini, i miei tesori pur di distruggere gli odiati uomini bianchi che mi disputano questo mare! Che cosa importa se oggi mi hanno sconfitto, quando fra un mese o due tornerò qui con le mie navi a lanciare su queste spiagge le mie formidabili bande assetate di sangue? Che cosa importa se oggi il leopardo inglese va superbo della sua vittoria? Sarà lui allora che cadrà moribondo ai miei piedi! Tremino allora tutti gli inglesi di Labuan, perché mostrerò alla luce degli incendi la mia sanguinosa bandiera! Guarirò, dovessi vivere un mese, due, tre in questa foresta e cibarmi di ostriche e di frutta; ma quando avrò recuperato le mie forze tornerò a Mompracem, dovessi costruirmi una zattera o assalire una canoa ed espugnarla a colpi di *kriss*.

Rimase parecchie ore disteso sotto le larghe foglie dell'areca, guardando cupamente le onde che venivano a morire quasi ai suoi piedi con mille mormorii. Pareva che cercasse, sotto quelle acque, gli scafi fracassati dei suoi due velieri colati a fondo in quei paraggi o i cadaveri dei suoi disgraziati compagni.

Una febbre fortissima intanto lo assaliva, mentre sentiva ondate di sangue salirgli al cervello. La ferita gli produceva spasimi incessanti, ma nessun lamento usciva dalle labbra del formidabile uomo.

Alle otto, il sole precipitò all'orizzonte e, dopo un brevissimo crepuscolo, le tenebre calarono sul mare e invasero la foresta.

Quell'oscurità produsse un'inesplicabile impressione sull'animo di Sandokan. Ebbe paura della notte, lui, il fiero pirata, che non aveva mai temuto la morte e che aveva affrontato con coraggio disperato i pericoli della guerra e i furori delle onde!

– Le tenebre! – esclamò sollevando la terra con le dita – Io non voglio che scenda la notte!... Io non voglio morire!...

Aveva le labbra coperte d'una schiuma sanguigna e gli occhi sconvolti. Agitò pazzamente le braccia, poi rovinò al suolo come un albero schiantato dalla folgore.

Delirava; gli pareva che la testa fosse lì lì per scoppiare e che dieci martelli gli percuotessero le tempie. Il cuore gli balzava nel petto come se volesse uscirgli, e dalla ferita gli sembrava che uscissero torrenti di fuoco.

Credeva di vedere nemici dappertutto. Sotto gli alberi, sotto i cespugli, in mezzo alle frane e alle radici che serpeggiavano per il suolo, i suoi occhi scorgevano uomini nascosti, mentre per l'aria gli sembrava di veder volteggiare legioni di fantasmi e di scheletri danzanti intorno alle grandi foglie degli alberi.

Degli esseri umani sorgevano dal suolo gementi, urlanti. Tutti ridevano, sghignazzavano, come se si beffassero dell'impotenza della terribile Tigre della Malesia.

Sandokan, in preda a uno spaventoso accesso di delirio, si rotolava al suolo, si alzava, cadeva, tendeva i pugni verso quelle strane immagini e minacciava tutti.

Corse per parecchio tempo, sempre urlando e minacciando.

Uscì dalla foresta e si precipitò attraverso una prateria all'estremità della quale gli parve di vedere confusamente una palizzata, poi si arrestò ancora, cadendo sulle ginocchia. Era sfinito, anelante. Rimase alcuni istanti accasciato su se stesso, poi tentò ancora di rialzarsi, ma a un tratto le forze gli vennero meno, un velo di sangue gli coprì gli occhi e stramazzò al suolo, mandando un ultimo urlo che si perdette fra le tenebre.

Lord James Guillonk

Quando tornò in sé, con sua grande sorpresa, non si trovava più nella piccola prateria che aveva attraversato durante la notte, bensì in una spaziosa camera tappezzata di carta fiorita di Fung, e adagiato su un soffice letto.

In un primo momento credette di essere in preda a un sogno e si stropicciò gli occhi, come per destarsi, ma ben presto si convinse che tutto era realtà.

– Ma dove sono io? Sono ancora vivo o morto?

Guardò attorno, ma non vide alcuna persona a cui potersi rivolgere. Allora si mise a osservare la stanza: era vasta, elegante, illuminata da due grandi finestre attraverso i cui vetri si vedevano degli alberi altissimi.

In un angolo vide un pianoforte, sul quale erano sparse pagine di musica; in un altro c'era un cavalletto con un quadro raffigurante una marina; al centro della stanza una tavola di mogano ricoperta di un drappo ricamato, e presso il letto un ricco sgabello a intarsi di ebano e di avorio, sul quale Sandokan vide, non senza una viva compiacenza, il suo fedele *kriss*, e accanto un libro semiaperto, con un fiore appassito fra le pagine.

In distanza si udivano dei suoni delicati che parevano gli accordi di una mandola o di una chitarra.

– Ma dove sono io? – si chiese per la seconda volta. – In casa di amici o di nemici? E chi mai ha fasciato e curato la mia ferita?

A un tratto i suoi occhi si fermarono nuovamente sul libro che stava sullo sgabello e, spinto da una irresistibile curiosità, allungò una mano e lo prese. Sulla copertina vi era un nome impresso a lettere d'oro.

– *Marianna*! – egli lesse – Che cosa vuol dire ciò? È un nome o una parola che io non comprendo?

Tornò a leggere e, cosa strana, si sentì agitato da una sensazione ignota. Qualche cosa di dolce colpì il cuore di quell'uomo, quel cuore di acciaio, che restava chiuso alle più tremende emozioni.

Aprì il libro: era ricoperto d'un carattere leggero, elegante e nitido, ma non riuscì a comprendere quelle parole, quantunque alcune somigliassero alla lingua del portoghese Yanez. Senza volerlo, ma spinto da una forza misteriosa, prese delicatamente quel fiore che poco prima aveva visto e lo guardò a lun-go. Lo fiutò più volte, badando di non guastarlo con quelle dita che altro non avevano stretto che l'impu-gnatura della scimitarra, provando per la seconda vol-ta una strana sensazione, un misterioso fremito; poi quell'uomo sanguinario, quell'uomo di guerra si sentì vincere da un vivo desiderio di portarlo alle labbra! ...

Lo ripose quasi con dispiacere fra le pagine, chiuse il libro e lo ricollocò sullo sgabello. Era tempo: la maniglia della porta girò e un uomo avanzò camminando lentamente e con quella rigidezza che è particolare agli anglosassoni.

Era un europeo, a giudicare dal colore della pelle, di statura piuttosto alta, robusto. Dimostrava circa cinquant'anni, aveva il viso incorniciato da una barba rossiccia che cominciava a incanutire, due occhi azzurri, profondi; nell'insieme si intuiva che era un uomo abituato a comandare.

– Sono lieto di vedervi tranquillo; da tre giorni il delirio non vi lasciava un solo momento di quiete.

– Tre giorni! – esclamò Sandokan, stupito – Tre giorni che io sono qui?... Ma non sogno dunque?

– No, non sognate. Siete presso buone persone che vi cureranno affettuosamente e che faranno il possibile per guarirvi.

– Ma chi siete voi?

– Lord James Guillonk, capitano di vascello di Sua Maestà la graziosa imperatrice Vittoria.

Sandokan ebbe un sussulto e la sua fronte si offuscò; però si rimise prontamente e, facendo uno sforzo supremo per non tradire l'odio che portava contro tutto ciò che era inglese, disse:

– Vi ringrazio, *milord*, di tutto quello che avete fatto per me, per uno sconosciuto, che poteva essere un vostro mortale nemico.

– Era mio dovere accogliere in casa un pover'uomo, ferito forse mortalmente – riprese il *lord*. – Come state ora?

– Mi sento abbastanza forte e non provo più quei lancinanti dolori.

– Ho molto piacere, ma ditemi, se non vi rincresce, chi vi ha conciato in codesto modo? Oltre la palla che vi estrassi dal petto, il vostro corpo era coperto di ferite prodotte da armi bianche.

Sandokan, quantunque si aspettasse questa domanda, non poté fare a meno di trasalire fortemente. Tuttavia non si tradì, né si perdette d'animo.

– Se dovessi proprio dirlo, non lo saprei – rispose. – Ho visto degli uomini piombare di notte sulle mie navi e massacrarmi i marinai. Chi erano? Io non lo so, poiché fin dal primo urto caddi in mare coperto di ferite.

– Voi siete stato, senza dubbio, assalito dai tigrotti della Tigre della Malesia – disse Lord James.

– Dai pirati!... – esclamò Sandokan.

– Sì, da quelli di Mompracem, che tre giorni fa scorrazzavano nei dintorni dell'isola, ma che furono poi distrutti da uno dei nostri incrociatori. Ditemi, dove siete stato assalito?

– Nei pressi delle Romades.

– Siete giunto alle nostre coste a nuoto?

– Sì, aggrappato a un rottame. Ma voi dove mi avete trovato?

– Sdraiato fra le erbe, in preda a un tremendo delirio. E voi dove eravate diretto, quando siete stato assalito?

– Andavo a portare dei regali al sultano di Varauni, da parte di mio fratello.

– Ma chi è vostro fratello?

– Il sultano di Shaja.

– Voi siete dunque un principe malese! – esclamò il *lord*, stendendogli la mano che Sandokan, dopo una breve esitazione, strinse quasi con ribrezzo.

– Sì, *milord*.

– Sono ben lieto di avervi ospitato e farò il possibile per non farvi annoiare, quando sarete guarito. Anzi, se non vi dispiacerà, andremo insieme a trovare il sultano di Varauni.

– Sì e...

Egli si arrestò sporgendo innanzi il capo, come se cercasse di raccogliere qualche lontano rumore. Dal di fuori venivano gli accordi di una mandola, forse gli stessi suoni che aveva udito poco prima.

– *Milord*! – esclamò, in preda a una viva agitazione di cui invano cercava di spiegare la causa – Chi suona?

– Perché, mio caro principe? – chiese l'inglese sorridendo.

– Non lo so, ma avrei un vivo desiderio di vedere la persona che suona così... Si direbbe che questa musica mi tocchi il cuore... e che mi faccia provare una sensazione che mi è nuova e inesplicabile.

– Aspettate un istante. – Gli fece segno di coricarsi e uscì. Sandokan ricadde sul guanciale, ma quasi subito si rialzò, come se fosse stato spinto da una molla.

L'inesplicabile commozione che l'aveva colpito poco prima ritornava a prenderlo con maggior violenza. Il cuore gli batteva in maniera tale che pareva volesse uscirgli dal petto; il sangue gli scorreva furiosamente nelle vene e le membra provavano fremiti strani.

– Ma che cosa provo io? – egli si chiese. – È forse il delirio che mi assale ancora?

Aveva appena pronunciato quelle parole, che il *lord* rientrava, ma non era solo. Dietro di lui avanzava una splendida creatura, alla cui vista Sandokan non poté trattenere un'esclamazione di sorpresa e di ammirazione.

Era una fanciulla di sedici o diciassette anni, dalla taglia piccola, ma snella ed elegante, dalle forme superbamente modellate, dalla cintura così stretta che una sola mano sarebbe bastata per circondarla, dalla pelle rosea e fresca come un fiore appena sbocciato.

Aveva una testolina ammirabile, con due occhi azzurri come l'acqua del mare, una fronte di incomparabile purezza di forma; una capigliatura bionda le scendeva in pittoresco disordine, come una pioggia d'oro.

Il pirata, nel vedere quella donna che sembrava una vera bambina malgrado la sua età, si era sentito scuotere fino in fondo all'anima. Quell'uomo così fiero, così sanguinario, che portava il terribile nome di Tigre della Malesia, per la prima volta in vita sua si sentiva affascinato dinanzi a quella gentile creatura, dinanzi a quel leggiadro fiore spuntato fra i boschi di Labuan.

– Permettetemi di presentarvi a mia nipote Lady Marianna Guillonk – disse il *lord*.

– Marianna Guillonk!... Marianna Guillonk!... – ripeté Sandokan con accento sordo.

– Che cosa trovate di strano nel mio nome? – chiese la giovinetta sorridendo. – Si direbbe che abbia prodotto in voi molta sorpresa.

Sandokan, nell'udire quella voce, trasalì fortemente. Mai aveva udito un suono così dolce, abituato com'era a sentire l'infernale musica del cannone e le urla di morte dei combattenti.

– Nulla vi trovo di strano – disse con voce alterata. – È che il vostro nome non mi giunge nuovo.

– Oh! – esclamò il *lord* – E da chi lo avete udito?

– Lo avevo già letto prima sul libro che vedete qui e mi ero immaginato che chi lo portava doveva essere una splendida creatura.

– Voi scherzate – disse la giovane *lady*, arrossendo. Poi, cambiando tono, chiese: – È vero che i pirati vi hanno gravemente ferito?

– Sì, è vero – rispose Sandokan con voce sorda. – Mi hanno vinto e ferito, ma un giorno sarò guarito e allora guai a coloro che mi hanno umiliato.

– E soffrite molto?

– No, *milady*, e ora meno di prima.

– Spero che guarirete presto.

– Il nostro principe è vigoroso – disse il *lord* – e non mi stupirei di vederlo in piedi fra una diecina di giorni.

– Lo spero – rispose Sandokan.

A un tratto, staccando gli occhi dal viso della giovinetta, che di quando in quando arrossiva, si raddrizzò impetuosamente, esclamando:

– *Milady*!...

– Mio Dio, che cosa avete? – chiese la *lady* avvicinandosi.

– Ditemi, voi portate un altro nome infinitamente più bello di quello di Marianna Guillonk, è vero?

– Quale mai? – chiesero a un tempo il *lord* e la giovane contessa.

– Sì, sì! – esclamò Sandokan con maggior forza – Non potete essere che voi la creatura che tutti gli indigeni chiamano la Perla di Labuan!...

Il *lord* fece un gesto di sorpresa, e una profonda ruga gli solcò la fronte.

– Amico mio, – disse con voce grave – come mai voi sapete ciò, mentre mi avete detto che venivate dalla lontana penisola malese?

– Non è possibile che questo soprannome sia giunto fino al vostro paese – aggiunse Lady Marianna.

– Non lo udii a Shaja, – rispose Sandokan, che per poco non si era tradito – bensì alle Romades sulle cui spiagge sbarcai giorni or sono. Là mi parlarono d'una fanciulla d'incomparabile bellezza, dagli occhi azzurri, dai capelli profumati come i gelsomini del Borneo; di una creatura che cavalca come un'amazzone e che caccia arditamente le fiere; di una vaga giovinetta che in certe sere, al tramonto del sole, si vede apparire sulle sponde di Labuan, affascinando, con un canto più dolce del mormorio dei ruscelli, i pescatori delle coste. Ah, *milady*, anch'io un giorno voglio udire quella voce.

– Tante grazie mi attribuiscono! – rispose la *lady* ridendo.

– Sì, e vedo che quegli uomini che mi parlarono di voi hanno detto il vero! – esclamò il pirata, con slancio appassionato.

La conversazione durò ancora qualche tempo, aggirandosi or sulla patria di Sandokan, ora sui pirati di Mompracem, ora su Labuan, poi, essendosi fatta notte, il *lord* e la giovane si ritirarono.

Il pirata rimase alcuni minuti immobile, con gli occhi fiammeggianti, il viso alterato, la fronte imperlata di sudore, le mani cacciate dentro i folti e lunghi capelli; poi quelle labbra si schiusero e ne sfuggì un nome:

– Marianna! Ah! -- esclamò, quasi con rabbia e torcendosi le mani – Sento che io divento pazzo... che io... l'amo!...

Guarigione e amore

Lady Marianna Guillonk era nata sotto il bel cielo d'Italia, sulle rive dello splendido golfo di Napoli, da madre italiana e da padre inglese.

Rimasta orfana a undici anni ed erede di una cospicua sostanza, era stata raccolta da suo zio James, l'unico parente che allora si trovasse in Europa.

In quei tempi James Guillonk era uno dei più intrepidi lupi di mare dei due mondi, proprietario di una nave armata ed equipaggiata da guerra, e cooperava con James Brooke, diventato più tardi *rajah* di Sarawak, allo sterminio dei pirati malesi, terribili nemici del commercio inglese in quei lontani mari.

Quantunque Lord James, ruvido come tutti i marinai, incapace di nutrire un affetto qualsiasi, non provasse tenerezza eccessiva per la giovane nipote, piuttosto che affidarla a mani straniere l'aveva imbarcata sulla propria nave, conducendola al Borneo ed esponendola ai gravi pericoli di quelle dure crociere.

Per tre anni la ragazzina era stata testimone di quelle sanguinose battaglie, nelle quali perivano migliaia di pirati, e che diedero al futuro *rajah* Brooke quella triste celebrità che commosse profondamente e indignò i suoi stessi compatrioti.

Un giorno però Lord James, stanco di carneficine e di pericoli, forse ricordandosi di avere una nipote, aveva abbandonato il mare e si era stabilito a Labuan, seppellendosi fra i grandi boschi del centro.

Lady Marianna, che toccava allora il quattordicesimo anno, e che in quella vita pericolosa aveva acquistato una fierezza ed energia unica, quantunque sembrasse un'esile bambina, aveva cercato di ribellarsi ai voleri dello zio, ma il lupo di mare era rimasto inflessibile.

Costretta a subire quella strana prigionia, si era interamente dedicata a completare la propria educazione.

Dotata di una tenace volontà, a poco a poco aveva modificato gl'impeti feroci, a cui s'era abituata in quelle aspre e sanguinose battaglie, e quella ruvidezza, contratta nel continuo contatto con la gente di mare. Era così diventata un'appassionata cultrice della musica, dei fiori, delle belle arti, grazie alle istruzioni di un'antica confidente di sua madre, spenta più tardi dall'ardente clima tropicale. Con il progredire dell'educazione, pur conservando in fondo all'anima qualche cosa dell'antica fierezza, era diventata buona, gentile, caritatevole.

Non aveva abbandonato la passione per le armi e gli esercizi violenti, e spesso, indomita amazzone, percorreva i grandi boschi, inseguendo perfino le tigri, o intrepida nuotatrice, si tuffava nelle azzurre onde del mare malese; ma più sovente si trovava là ove la miseria o la sventura infierivano, recando soccorso a tutti gli indigeni dei dintorni, a quegli indigeni che Lord James odiava a morte, come discendenti di antichi pirati.

E così quella fanciulla, per la sua intrepidezza, bontà e bellezza, si era meritata il soprannome di Perla di Labuan, soprannome giunto così lontano, e che aveva fatto battere il cuore della formidabile Tigre della Malesia. Fra quei boschi, quasi lontana da ogni creatura civile, Marianna non si era accorta di essere diventata una donna; ma quando vide quel fiero pirata, senza saperne il motivo, provò uno strano turbamento.

Cos'era? Ella lo ignorava, ma vedeva sempre dinanzi agli occhi, e la notte le appariva in sogno, quell'uomo dalla figura così fiera, che aveva la nobiltà di un sultano e che possedeva la galanteria d'un cavaliere europeo, quell'uomo dagli occhi scintillanti, dai lunghi capelli neri, con quel viso su cui si leggeva chiaramente un coraggio indomito e una rara energia.

Dopo averlo affascinato con i suoi occhi, con la sua voce, con la sua bellezza, era rimasta a sua volta affascinata e vinta.

Aveva dapprima cercato di reagire contro quel battito del cuore, che per lei era nuovo, come era nuovo per Sandokan, ma invano. Sentiva sempre che una forza irresistibile la spingeva a rivedere quell'uomo e non ritrovava la calma che presso di lui; si sentiva felice solamente quando si trovava accanto al letto di lui e quando gli leniva gli acuti dolori della ferita con il suo chiacchierio, con i suoi sorrisi, con la sua impareggiabile voce e con la sua mandola.

In quei momenti Sandokan non era più la Tigre della Malesia, non era più il sanguinario pirata. Muto, anelante, madido di sudore, trattenendo il respiro, ascoltava come un uomo che sogna, come se avesse voluto imprimersi nella mente quella lingua sconosciuta che lo inebriava.

I giorni così volavano e la guarigione, aiutata dalla passione che lo divorava, procedeva rapida.

Nel pomeriggio del quindicesimo giorno il *lord*, entrato improvvisamente, trovò il pirata in piedi pronto a uscire.

– Oh, mio degno amico! – esclamò allegramente – Sono ben contento di vedervi in piedi!

– Non mi era più possibile rimanere a letto, *milord* – rispose Sandokan.

– D'altronde mi sento tanto forte da lottare con una tigre.

– Benissimo, allora vi metterò presto alla prova!

– In quale modo?

– Ho invitato alcuni amici alla caccia d'una tigre che viene spesso a ronzare presso le mura del mio parco. Giacché vi vedo guarito, stasera andrò ad avvertirli che domani mattina cacceremo la belva.

– Sarò della partita, *milord*.

– Lo credo, spero che rimarrete qualche tempo mio ospite.

– *Milord*, gravi affari mi chiamano altrove e bisogna che mi affretti a lasciarvi.

– Lasciarmi! Non pensatelo, per gli affari c'è sempre tempo e vi avverto che io non vi lascerò partire prima di qualche mese; promettetemi dunque di restare.

Sandokan lo guardò con gli occhi che mandavano lampi. Per lui, rimanere in quella villa, presso la giovinetta che lo aveva affascinato, era la vita, era tutto. Non chiedeva di più per il momento.

Che cosa importava a lui che i pirati di Mompracem lo piangessero come morto, quando poteva rivedere per molti giorni ancora quella divina fanciulla? Che cosa importava a lui del fedele Yanez, che forse lo cercava ansiosamente sulle sponde dell'isola, giocando la propria esistenza, quando Marianna cominciava ad amarlo? E che cosa importava infine se correva il pericolo di venire scoperto, forse preso, forse ucciso, quando poteva ancora respirare la medesima aria che respirava Marianna, vivere in mezzo ai grandi boschi dove viveva lei?

Tutto avrebbe dimenticato per continuare ancora così: la sua Mompracem, i suoi tigrotti, le sue navi e perfino le sue sanguinose vendette.

– Sì, *milord*, rimarrò finché vorrete – egli disse, con impeto. – Accetto l'ospitalità che voi così cordialmente mi offrite e se mai un giorno, non dimenticate queste parole *milord*, noi dovessimo incontrarci non più amici ma fieri nemici, con le armi in pugno, saprò allora ricordarmi la riconoscenza che vi devo.

L'inglese lo guardò stupefatto.

– Perché mi parlate così? – chiese.

– Forse un giorno lo saprete – rispose Sandokan, con voce grave.

– Non voglio indagare per ora i vostri segreti – disse il *lord*, sorridendo. – Aspetterò quel giorno.

Trasse l'orologio e guardò.

– Bisogna che parta subito, se devo avvisare gli amici della caccia che intraprenderemo. Addio, mio caro principe – disse.

Stava per uscire, quando si fermò, dicendo:

– Se vorrete scendere nel parco, troverete mia nipote, che spero vi terrà buona compagnia.

– Grazie, *milord*.

Era quello che Sandokan desiderava; potersi trovare, anche per pochi minuti, solo con la giovinetta.

Si avvicinò rapidamente a una finestra che guardava su un immenso parco: là, all'ombra di una magnolia di Cina carica di fiori dall'acuto profumo, seduta sul tronco rovesciato di un'areca, stava la giovane *lady*. Era sola, in atteggiamento pensoso, con la mandola sulle ginocchia.

A Sandokan parve una visione celeste. Tutto il sangue gli affluì al capo, e il cuore cominciò a battergli con veemenza indescrivibile.

Egli rimase lì, con gli occhi ardentemente fissi sulla giovinetta, trattenendo perfino il respiro, come se avesse paura di turbarla.

A un tratto però si trasse indietro, mandando un grido soffocato. La sua faccia si alterò spaventosamente, prendendo un'espressione feroce.

La Tigre della Malesia, fino allora affascinata, stregata, improvvisamente si risvegliava. Tornava l'uomo feroce, spietato, sanguinario, dal cuore inaccessibile a ogni passione.

– Che cosa sto per fare io! – esclamò, con voce rauca, passandosi le mani sulla fronte ardente – Ma che sia proprio vero che io amo quella fanciulla? È stato un sogno o un'inesplicabile pazzia? Che io non sia più il pirata di Mompracem per sentirmi attratto da una forza irresistibile verso quella figlia di una razza alla quale io ho giurato odio eterno? Io amare?... Io che non ho provato altro che impeti di odio e che por-to il nome di una belva sanguinaria?... Dimenticherei io forse la mia selvaggia Mompracem, i miei fedeli tigrotti, il mio Yanez, che mi aspettano chissà mai in quali ansie? Dimentico io forse che i compatrioti di quella fanciulla non aspettano che il momento propizio per distruggere la mia potenza? Via questa visione che mi ha perseguitato per tante notti, via questi fremiti che sono indegni della Tigre della Malesia! Spegniamo questo vulcano che mi arde il cuore e scaviamo in-vece un abisso tra me e quella incantatrice!... Su, Ti-gre, fa' udire il tuo ruggito, seppellisci la riconoscenza che devi a queste persone che ti hanno curato, va', fuggi lontano da questi luoghi, ritorna a quel ma-re che senza volerlo ti spinse su queste spiagge, ritorna il temuto pirata della formidabile Mompracem!

Tuttavia egli rimase là, come inchiodato dinanzi alla finestra, trattenuto da una forza superiore al suo furore, con gli occhi sempre ardentemente fissi sulla giovane *lady*.

– Marianna! – esclamò a un tratto – Marianna!

A quel nome adorato, quell'accesso d'ira e d'odio svanì come nebbia al sole. La Tigre tornava uomo e per di più innamorato!...

Le sue mani corsero involontariamente al gancio e con un rapido gesto aprì la finestra. Una ventata d'aria tiepida, carica del profumo di mille fiori, entrò nella stanza.

Nel respirare quei profumi balsamici, il pirata si sentì inebriare e ridestarsi nel cuore, più forte che mai, quella passione che un momento prima aveva cercato di soffocare.

Si curvò sul davanzale e ammirò in silenzio, fremente, la *lady*.

Quanto tempo rimase là? Molto tempo senza dubbio, poiché quando si scosse, la giovane *lady* non era più nel parco, il sole era tramontato, le tenebre erano calate e in cielo scintillavano miriadi di stelle.

Guardò in basso: tre soli metri lo dividevano dal suolo. Tese gli orecchi e non udì alcun rumore.

Scavalcò il davanzale, saltò leggermente fra le aiole e si diresse verso l'albero, sotto il quale poche ore prima era seduta Marianna.

Si curvò e raccolse un fiore, una rosa dei boschi, che la giovane *lady* aveva lasciato cadere. L'ammirò a lungo, la fiutò più volte, e la nascose in petto, quindi mosse rapidamente verso la cinta del parco, mormorando:

– Andiamo, Sandokan, tutto è finito!...

Era giunto sotto la palizzata e stava per prendere lo slancio, quando indietreggiò prontamente, con le mani nei capelli, lo sguardo torvo, emettendo una specie di singhiozzo.

– No!... No!... – egli esclamò, con accento disperato – Non posso, non posso!... Che si inabissi Mompracem, che vengano uccisi i miei tigrotti, che si disperda la mia potenza, io rimango!...

Si mise a correre nel parco come se avesse paura di ritrovarsi sotto le palizzate della cinta, e non si arrestò che sotto la finestra della sua stanza.

Esitò un'altra volta, poi con un salto si aggrappò al ramo di un albero e raggiunse il davanzale.

Quando si ritrovò in quella casa che aveva lasciato con la ferma decisione di non ritornarvi più, un secondo singhiozzo lo scosse.

– Ah!... – esclamò – La Tigre della Malesia sta per tramontare!...

La caccia alla tigre

Quando, ai primi albori, il *lord* venne a bussare alla porta, Sandokan non aveva ancora chiuso occhio.

Ricordandosi della partita di caccia, in un baleno balzò dal letto, ripose fra le pieghe della fascia il fedele *kriss* e aprì la porta, dicendo:

– Eccomi, *milord*.

– Benissimo – disse l'inglese. – Non credevo di trovarvi così pronto, caro principe. Come state?

– Mi sento tanto forte da rovesciare un albero.

– Allora affrettiamoci. Nel parco ci aspettano sei bravi cacciatori, i quali sono impazienti di scovare la tigre che i miei battitori hanno cacciato in un bosco.

– Sono pronto a seguirvi; e Lady Marianna verrà con noi?

– Certamente, anzi credo che ci aspetti.

Sandokan soffocò a stento un grido di gioia.

Uscirono e passarono in salotto, le cui pareti erano tappezzate d'ogni specie di armi. Là Sandokan trovò la giovane *lady*, più bella che mai, splendida nel suo costume azzurro, che faceva risaltare vivamente i capelli biondi.

Nel vederla, Sandokan si arrestò come abbagliato, poi muovendole rapidamente incontro le disse, stringendole la mano:

– Anche voi della partita?

– Sì, principe; mi hanno detto che i vostri compatrioti sono valentissimi in simili cacce e voglio vedervi.

– Io inchioderò la tigre con il mio *kriss* e vi regalerò la sua pelle.

– No!... No!... – esclamò ella con spavento – Vi potrebbe accadere qualche nuova disgrazia.

– Per voi, *milady*, mi farei sbranare; ma non temete, la tigre di Labuan non mi atterrerà.

In quel mentre il *lord* si avvicinò, porgendo a Sandokan una ricca carabina.

– Prendete, principe, – disse – una palla talvolta vale meglio del *kriss* più temperato. Ora andiamo, ché gli amici ci aspettano.

Discesero nel parco dove erano aspettati da cinque cacciatori; quattro erano coloni dei dintorni, il quinto era invece un elegante ufficiale di marina.

Sandokan, nel vederlo, senza sapere precisamente il perché, provò subito per quel giovanotto una violenta antipatia.

L'ufficiale lo fissò lungamente e in modo strano, poi, approfittando del momento in cui nessuno faceva attenzione a lui, si avvicinò al *lord* che stava esaminando la bardatura di un cavallo dicendogli:

– Capitano, credo di aver già visto quel principe malese.

– Dove? – chiese il *milord*.

– Non rammento bene, ma ne sono certo.

– Bah! V'ingannate, amico mio.

– Lo vedremo in seguito, *milord*.

– Sia pure. In sella, amici, ché tutto è pronto!... Badate che la tigre è molto grossa e ha potenti artigli.

– La ucciderò con una sola palla e offrirò la pelle a Lady Marianna – disse l'ufficiale.

– Spero di ucciderla prima di voi, signore – disse Sandokan.

– Lo vedremo, amici – disse il *lord*. – Orsù, in sella!

I cacciatori inforcarono i cavalli che erano stati condotti là da alcuni servi, mentre Lady Marianna saliva su un bellissimo *poney* dal mantello candido.

A un segnale del *lord* tutti uscirono dal parco, preceduti da parecchi battitori e da due dozzine di grossi cani.

Appena fuori, il drappello si divise, dovendo frugare un grande bosco che si prolungava fino al mare. Sandokan, che montava un focoso animale, si cacciò in uno stretto sentiero, spingendosi audacemente innanzi per essere il primo a scovare la belva; gli altri presero differenti direzioni e altri sentieri.

– Vola, vola! – esclamò il pirata, spronando furiosamente il nobile animale, che seguiva alcuni cani. – Bisogna che mostri a quell'impertinente ufficiale di quanto io sia capace. No, non sarà lui che offrirà la pelle della tigre alla *lady*, dovessi perdere le braccia o farmi sbranare.

In quell'istante uno squillo di tromba echeggiò in mezzo al bosco.

– La tigre è stata scoperta – mormorò Sandokan. – Vola, destriero, vola!...

Attraversò come un lampo un lembo di foresta coperta di *durion*, di areche e di colossali alberi della canfora e raggiunse sei o sette battitori che fuggivano.

– Dove correte? – chiese.

– La tigre! – esclamarono i fuggiaschi.

– Dov'è?

– Presso lo stagno!

Il pirata scese di sella, legò il cavallo al tronco di un albero, si mise il *kriss* fra i denti e afferrata la carabina si spinse verso lo stagno indicato.

Si sentiva nell'aria un forte odore di selvatico, odore particolare dei felini che dura qualche tempo anche dopo il loro passaggio.

Guardò sui rami degli alberi dai quali la tigre poteva balzargli addosso e seguì con precauzione le rive dello stagno, la cui superficie era leggermente smossa.

– La belva è passata di qui – disse. – La furba ha passato lo stagno per far perdere le tracce ai cani, ma Sandokan è una tigre più astuta.

Tornò al cavallo e risalì in arcione. Stava per ripartire, quando udì a breve distanza uno sparo seguito da un'esclamazione il cui accento lo fece trasalire.

Si diresse rapidamente verso il luogo ove era echeggiata la detonazione e in mezzo a una piccola radura scorse la giovane *lady*, sul suo bianco *poney*, e la carabina ancora fumante in mano.

In un baleno le fu vicino, mandò un grido di gioia.

– Voi... Qui... Sola!... – esclamò.

– E voi, principe, come vi trovate qui? – chiese ella arrossendo.

– Seguivo le tracce della tigre.

– Anch'io.

– Ma su chi avete fatto fuoco?

– Sulla belva, ma è fuggita senza essere toccata.

– Gran Dio, perché esporre la vostra vita?

– Per impedirvi di commettere l'imprudenza di pugnalare la belva con il vostro *kriss*.

– Avete avuto torto, *milady*. Ma la fiera è ancora viva e il mio *kriss* è pronto a squarciarle il cuore.

– Non lo farete! Siete coraggioso, lo so, lo leggo nei vostri occhi, siete forte, siete agile come una tigre, ma una lotta a corpo a corpo con la belva potrebbe esservi fatale.

– Che cosa importa! Io vorrei che mi causasse tali crudeli ferite, da averne per un anno intero.

– E perché mai? – chiese la giovinetta sorpresa.

– *Milady*, – disse il pirata, avvicinandosi a lei – ma non sapete che il mio cuore scoppia, quando io penso che verrà il giorno in cui dovrò lasciarvi per sempre e non rivedervi mai più? Se la tigre mi dilaniasse, almeno rimarrei ancora sotto il vostro tetto, godrei un'altra volta di quelle dolci emozioni provate, quando vinto e ferito giacevo sul letto di dolore. Sarei felice, assai felice, se altre crudeli ferite mi costringessero a rimanere ancora presso di voi, a respirare la vostra stessa aria, a riudire ancora la vostra deliziosa voce! *Milady*, voi mi avete stregato, io sento che lontano da voi non saprei vivere, non avrei più pace, sarei un infelice. Ma cosa avete fatto di me? Cosa avete fatto del mio cuore che era inaccessibile a ogni passione?

Marianna, dinanzi a quell'appassionata e improvvisa confessione, rimase muta, stupita, ma non ritirò le mani che il pirata le aveva preso e che stringeva con frenesia.

– Non irritatevi, *milady*, – riprese la Tigre, con una

voce che scendeva come una musica deliziosa nel cuore della fanciulla – non irritatevi se io vi confesso il mio amore, se vi dico che io, quantunque figlio d'una razza di colore, vi adoro, e che un giorno anche voi mi amerete. Non so, dal primo momento in cui mi appariste, io non ebbi più bene su questa terra, la mia testa è smarrita, vi ho sempre qui, fissa nel mio pensiero, giorno e notte. Ascoltatemi, *milady*, tanto è potente l'amore che mi arde in petto, che per voi lotterei contro tutti gli uomini, contro il destino! Volete essere mia moglie? Io farò di voi la regina di questi mari, la regina della Malesia! A una vostra parola, trecento uomini più feroci delle tigri, che non temono né piombo, né acciaio, sorgeranno e invaderanno gli stati del Borneo per darvi un trono. Dite tutto ciò che desiderate e l'avrete. Ho tanto oro da comperare dieci città, ho navi, ho soldati, ho cannoni e sono potente, più potente di quello che possiate supporre.

– Dio mio, ma chi siete voi? – chiese la giovinetta, stordita da quel turbinio di promesse e affascinata da quegli occhi che mandavano fiamme.

Egli si avvicinò sempre più alla giovane *lady* e, guardandola fissamente, le disse con voce cupa:

– Vi sono delle tenebre attorno a me che è meglio non squarciare, per ora. Sappiate che dietro a queste tenebre vi è qualcosa di terribile, di tremendo, e sappiate pure che io porto un nome che atterrisce tutte le popolazioni di questi mari non solo, ma che fa tremare il sultano del Borneo e perfino gli inglesi di quest'isola.

– E voi dite di amarmi, voi, così potente – mormorò la giovinetta.

– Tanto che per voi mi sarebbe possibile ogni cosa. Mettetemi alla prova: parlate e io vi ubbidirò. Volete che diventi re per darvi un trono? Io lo diventerò. Volete che io, che vi amo alla pazzia, ritorni a quella terra dalla quale sono partito? Io vi tornerò, dovessi martirizzare il mio cuore per sempre. Volete che io mi uccida dinanzi a voi? Io mi ucciderò. Parlate, la mia testa si smarrisce, il sangue mi brucia, parlate, *milady*, parlate!...

– Ebbene, amatemi – mormorò sentendosi vinta da tanto amore.

Il pirata gettò un grido che aveva qualcosa d'inumano. Quasi nello stesso tempo echeggiarono due o tre colpi di fucile.

– La tigre! – esclamò Marianna.

– È mia! – gridò Sandokan.

Cacciò gli speroni nel ventre del cavallo e partì come un fulmine, con gli occhi sfavillanti d'ardimento e il *kriss* in pugno, seguito dalla giovinetta che si sentiva attratta da quell'uomo, che giocava così audacemente la propria esistenza per mantenere una promessa.

Trecento passi più oltre, stavano i cacciatori. Dinanzi a loro, a piedi, avanzava l'ufficialetto di marina con il fucile puntato verso un gruppo di alberi.

Sandokan si gettò d'arcioni, gridando:

– La tigre è mia!

Pareva una seconda tigre; spiccava lunghi salti e ruggiva come una fiera.

L'ufficiale di marina, che lo precedeva di dieci passi, udendolo avvicinarsi, puntò rapidamente il fucile e fece fuoco sulla tigre che si teneva ai piedi di un grosso albero, con le pupille contratte, i potenti artigli aperti, pronta a slanciarsi.

Il fumo non era ancora dissipato che si vide la tigre attraversare lo spazio con impeto irresistibile e rovesciare l'imprudente e maldestro ufficiale.

Stava riprendendo lo slancio per gettarsi sui cacciatori, ma Sandokan era lì, impugnato solidamente il *kriss* si precipitò contro la belva, e prima che questa, sorpresa da tanta audacia, pensasse a difendersi, la rovesciò al suolo, serrandole la gola con tale forza da soffocarle i ruggiti.

– Guardami! – disse – Io sono la Tigre.

Quindi immerse la lama serpeggiante del suo *kriss* nel cuore della fiera.

Un urrà fragoroso accolse quella prodezza. Il pirata, uscito illeso da quella lotta, gettò uno sguardo sprezzante sull'ufficialetto che stava rialzandosi, poi volgendosi verso la giovane *lady*, rimasta muta per il terrore e per l'angoscia, con un gesto di cui sarebbe andato fiero un re, le disse:

– *Milady*, la pelle della tigre è vostra.

Il tradimento

Il pranzo offerto da Lord James agli invitati fu uno dei più splendidi e dei più allegri che fossero stati dati fino allora nella villa.

La cucina inglese rappresentata da enormi *beefsteaks* e da colossali *puddings*, e la cucina malese rappresentata da grossi tucani, da ostriche gigantesche dette di Singapore, da teneri bambù e da una montagna di frutta squisita, furono da tutti gustate e lodate.

Non occorre dire che il tutto fu annaffiato da gran numero di bottiglie di vino, *gin*, *brandy* e *whisky* le quali servirono a ripetuti brindisi in onore di Sandokan e della gentile quanto intrepida Perla di Labuan.

Al tè la conversazione si fece animatissima; solo l'ufficiale di marina rimaneva silenzioso e pareva occupato unicamente a studiare Sandokan; infatti non lo perdeva di vista un solo istante, né si lasciava sfuggire una delle sue parole o uno solo dei suoi gesti.

A un tratto, rivolgendosi a Sandokan che stava parlando della pirateria, gli chiese bruscamente:

– Scusate, principe, è molto tempo che voi siete giunto a Labuan?

– Mi trovo qui da venti giorni, signore – rispose la Tigre.

– Ma per quale motivo non si è vista la vostra nave a Vittoria?

– Perché i pirati mi rapirono i due *praos* che mi conducevano qui.

– I pirati!... Voi siete stato assalito dai pirati? Ma dove?

– Nei pressi delle Romades.

– Quando?

– Poche ore prima del mio arrivo su queste coste.

– V'ingannate di certo, principe, poiché appunto allora il nostro incrociatore navigava in quei paraggi e nessun colpo di cannone giunse a noi.

– Forse il vento soffiava da levante – rispose Sandokan, che cominciava a tenersi in guardia, non sapendo dove volesse finire l'ufficiale.

– Ma come siete giunto qui?

– A nuoto.

– E non avete assistito a un combattimento fra due velieri corsari che si dice fossero guidati dalla Tigre della Malesia e un incrociatore?

– No.

– È strano.

– Signore, mettereste in dubbio le mie parole? – chiese Sandokan.

– Dio me ne guardi, principe – rispose l'ufficiale, con leggera ironia.

– Oh! Oh! – esclamò il *lord*, intervenendo – baronetto William, vi prego di non avviare dispute in casa mia.

– Scusate, *milord*, non ne avevo l'intenzione – risposte l'ufficialetto.

– Non se ne parli più dunque, assaggiate invece

un altro bicchiere di questo delizioso *whisky*, poi leviamo la mensa, ché la notte è calata e le foreste dell'isola non sono sicure, quando fa buio.

I convitati fecero un'ultima volta onore alle bottiglie del generoso *lord*, poi tutti si alzarono e discesero nel parco, accompagnati da Sandokan e dalla *lady*.

– Signori, – disse Lord James – spero che mi verrete a trovare presto.

– Siate certo che non mancheremo – dissero in coro i cacciatori.

– E speriamo che non vi manchi l'occasione di essere più fortunato, baronetto William – disse, rivolgendosi all'ufficiale.

– Tirerò meglio – rispose questi, lasciando cadere su Sandokan uno sguardo corrucciato. – Permettetemi ora una parola, *milord*.

– Due, mio caro.

L'ufficialetto gli mormorò alcune parole nell'orecchio, che nessuno poté udire.

– Sta bene – rispose il *lord*. – E ora buona notte, amici, e che Dio vi preservi dai cattivi incontri.

I cacciatori salirono in arcione e uscirono dal parco al galoppo.

Sandokan, dopo aver salutato il *lord* che pareva fosse diventato tutto d'un tratto assai di cattivo umore, e baciata appassionatamente la mano della giovane *lady*, si ritirò nella propria stanza.

Invece di coricarsi egli si mise a passeggiare in preda a una viva agitazione. Una vaga inquietudine si rifletteva sul suo viso e le sue mani tormentavano l'impugnatura del *kriss*.

Pensava senza dubbio a quella specie di interrogatorio fattogli dall'ufficiale di marina e che poteva nascondere abilmente un tranello. Chi era quell'ufficiale? Quali motivi lo avevano spinto a interrogarlo in quel modo? L'aveva forse incontrato sul ponte del piroscafo in quella terribile notte? Era stato riconosciuto o l'ufficiale aveva un semplice sospetto?

– Bah! – disse finalmente Sandokan, alzando le spalle – Se si trama qualche tradimento io saprò sventarlo. Orsù, riposiamo, e domani vedremo che cosa si dovrà fare.

Si gettò sul letto senza spogliarsi, si mise accanto il *kriss* e si addormentò tranquillamente, con il dolce nome di Marianna sulle labbra.

Si svegliò verso mezzogiorno, quando già il sole entrava dalle finestre rimaste aperte. Chiamò un servo e gli chiese dove fosse il *lord*, ma gli fu risposto che era salito a cavallo prima dell'alba, dirigendosi verso Vittoria.

Quella notizia, che certo non si aspettava, lo stupì.

– Partito! – mormorò – Partito, senza avermi detto nulla ieri sera? Per quale motivo? Se stasera egli tornasse non più amico, ma fiero nemico? Che cosa farò di quest'uomo che mi ha curato come un padre e che è zio della donna che io adoro? Bisogna che io riveda Marianna e che sappia qualche cosa.

Scese nel parco con la speranza d'incontrarla, ma non vide nessuno. Senza volerlo si diresse verso l'albero atterrato, dove ella era solita sedere, e si fermò, mandando un profondo sospiro.

– Ah, come eri bella, Marianna, quella sera in cui pensavo di fuggire! – mormorò, passandosi una mano sulla fronte ardente.

Egli chinò il capo sul petto immergendosi in profondi pensieri, ma d'un tratto lo rialzò con i denti convulsamente stretti e gli occhi fiammeggianti.

– E se ella rifiutasse il pirata! – esclamò con voce sibilante – Oh, non è possibile, non è possibile! Dovessi vincere il sultano del Borneo per darle un trono o dare fuoco a tutta Labuan, ella sarà mia, mia!...

Il pirata si mise a passeggiare nel parco, con il viso sconvolto, in preda a un'agitazione violentissima che lo faceva tremare da capo a piedi. Una voce ben nota, che sapeva trovargli la via del cuore anche attraverso le tempeste, lo richiamò in sé.

Lady Marianna era apparsa alla svolta di un sentiero, accompagnata da due indigeni armati fino ai denti, e l'aveva chiamato.

– *Milady*! – esclamò Sandokan, correndole incontro.

– Mio prode amico, vi cercavo – ella disse, arrossendo. Poi accostò un dito alle labbra, come per raccomandargli il silenzio, e prendendolo per mano lo condusse in un piccolo chiosco cinese, semisepolto fra un boschetto di aranci.

I due indigeni si fermarono a breve distanza, con le carabine montate.

– Ascoltate, – disse la giovinetta, che pareva atterrita – ieri sera vi ho udito... avete lasciato sfuggire dalle vostre labbra delle parole che hanno allarmato mio zio... Amico mio, mi è balenato un sospetto che voi dovete togliermi dal cuore. Ditemi, mio prode amico, se la donna alla quale voi avete giurato amore vi chiedesse una confessione, voi la fareste?

Il pirata, che mentre la *lady* parlava le si era avvicinato, a quelle parole si ritrasse bruscamente indietro. I suoi lineamenti si scomposero e parve vacillare sotto un fiero colpo.

– *Milady*, – disse, dopo qualche istante di silenzio e afferrando le mani della giovinetta – *milady*, per voi tutto mi sarebbe possibile, tutto farei: parlate! Se io devo farvi una rivelazione, per quanto possa essere dolorosa per entrambi, vi giuro che la farò.

Marianna alzò gli occhi su di lui. I loro sguardi, quello di lei supplichevole, quello del pirata scintillante, s'incontrarono e si fissarono a lungo.

Quei due esseri erano in preda a un'ansietà dolorosa per entrambi.

– Non ingannatemi, principe – disse Marianna, con voce soffocata. – Chiunque voi siate, l'amore che avete suscitato nel mio cuore non si spegnerà mai più. Re o bandito, io vi amerò ugualmente.

Un profondo sospiro uscì dalle labbra del pirata.

– È il mio nome dunque, il mio vero nome che vuoi sapere? – esclamò.

– Sì, il tuo nome, il tuo nome!

Sandokan si passò più volte la mano sulla fronte, madida di sudore, mentre le vene del collo gli si gonfiavano, come se facesse uno sforzo sovrumano.

– Ascoltami, Marianna, – egli disse, con accento selvaggio – c'è un uomo che comanda su questo mare che bagna le coste delle isole malesi, un uomo che è il flagello dei naviganti, che fa tremare le popolazioni, e il cui nome suona come una campana funebre. Hai udito parlare di Sandokan, soprannominato la Tigre della Malesia? Guardami in viso, la Tigre sono io!...

La giovinetta mandò involontariamente un grido d'orrore e si coprì il viso con le mani.

– Marianna! – esclamò il pirata, cadendo ai suoi piedi, con le braccia tese verso di lei – Non respingermi, non spaventarti così! Fu la fatalità che mi fece diventare un pirata, come fu la fatalità che mi impose questo sanguinoso soprannome. Gli uomini della tua razza furono inesorabili con me, che pur non avevo fatto loro alcun male; furono essi che, dai gradini d'un trono, mi precipitarono nel fango, che mi tolsero il regno, che mi assassinarono madre, fratelli e sorelle, e che mi spinsero su quei mari. Non sono pirata per avidità, sono un giustiziere, il vendicatore della mia famiglia e del mio popolo, nulla di più. Ora se lo credi, respingimi e io m'allontanerò per sempre da questi luoghi, in modo da non farti più paura.

– No, Sandokan, non ti respingo, perché ti amo troppo, perché tu sei prode, potente, tremendo, come gli uragani che sconvolgono gli oceani.

– Ah, tu mi ami dunque ancora? Dimmelo con le tue labbra, ripetilo.

– Sì, ti amo, Sandokan, e ora più che mai.

Il pirata l'attirò a sé e la strinse al petto. Una gioia sconfinata illuminava il suo viso.

– Mia! Tu sei mia! – esclamò fuori di sé – Parla ora, o mia adorata, dimmi che cosa io posso fare per te, poiché tutto mi è possibile. Se vuoi andrò a rovesciare un sultano per darti un regno, se vorrai essere immensamente ricca andrò a saccheggiare i templi dell'India e della Birmania per coprirti di diamanti e d'oro; se vuoi io mi farò inglese; se vuoi che rinunci per sempre alle mie vendette e che il pirata scompaia, andrò a incendiare i miei *praos*, perché non possano più corseggiare, andrò a disperdere i miei tigrotti, a inchiodare i miei cannoni. Parla, dimmi ciò che vuoi.

La giovinetta si chinò verso di lui sorridendo:

– No, mio valoroso, – disse – non chiedo altro che la felicità accanto a te. Portami lontano, in un'isola qualunque, dove tu possa sposarmi senza pericoli, senza ansie.

– Sì, se lo vorrai, ti porterò in una lontana isola, coperta di fiori e di boschi dove tu non udrai più parlare della tua Labuan, né io della mia Mompracem, in un'isola incantata del grande oceano, dove potremo vivere felici; il terribile pirata che si è lasciato dietro torrenti di sangue e la gentile Perla di Labuan. Tu verrai, Marianna?

– Sì, Sandokan, io verrò. Ascoltami ora, un pericolo ti sovrasta, forse un tradimento si sta tramando in questi momenti contro di te.

– Lo so! – esclamò Sandokan – Lo sento questo tradimento, ma non lo temo.

– Bisogna che tu mi ubbidisca, Sandokan.

– Che cosa devo fare?

– Devi partire all'istante.

– Partire!... Partire!... Ma io non ho paura!

– Sandokan, fuggi, mentre nei hai il tempo. Ho un funesto presentimento, temo che ti tocchi una sciagura. Mio zio non è partito per capriccio; egli deve essere stato chiamato dal baronetto William Rosenthal, il quale ti ha forse riconosciuto. Ah, Sandokan, parti, ritorna alla tua isola e mettiti in salvo, prima che la tempesta si scateni sul tuo capo!

Invece di ubbidire, Sandokan afferrò la giovinetta e la strinse fra le braccia. La sua faccia, prima commossa, aveva preso un'altra espressione: i suoi occhi balenavano, le tempie gli battevano furiosamente e le sue labbra si schiudevano, mostrando i denti. Un istante dopo si scagliò come una belva attraverso il parco.

Non si arrestò che sulla spiaggia, dove errò a lungo senza sapere dove andasse né che cosa facesse. Quando si decise a ritornare, la notte era calata e la luna era sorta.

Appena rientrato nella villa chiese se il *lord* fosse giunto, ma gli fu risposto che non era stato visto.

Salì nel salotto e trovò Marianna inginocchiata dinanzi a una immagine, con il viso inondato di lacrime.

– Mia adorata Marianna, – egli esclamò, rialzandola – è per me che piangi? Forse perché io sono la Tigre della Malesia, l'uomo esecrato dai tuoi compatrioti?

– No, Sandokan. Ma ho paura; una disgrazia sta per accadere, fuggi, fuggi di qui.

– Non ho paura io, la Tigre della Malesia, non ho mai tremato e...

Si arrestò di colpo, rabbrividendo suo malgrado. Un cavallo era entrato nel parco, arrestandosi dinanzi alla palazzina.

– Mio zio!... Fuggi Sandokan! – esclamò la giovinetta.

In quello stesso momento entrava nel salotto Lord James. Non era più l'uomo del giorno innanzi:

era grave, accigliato, torvo, e indossava la divisa di capitano di marina.

Con un gesto sdegnoso respinse la mano che il pirata gli porgeva, dicendo con freddo accento:

– Se io fossi stato un uomo della vostra specie, anziché chiedere ospitalità a un nemico acerrimo, mi sarei lasciato uccidere dalle tigri della foresta. Ritirate quella mano che appartiene a un pirata, a un assassino!

– Signore! – esclamò Sandokan, che aveva ormai compreso di essere stato scoperto e che si preparava a vendere cara la vita – Non sono un assassino, sono un giustiziere!

– Non una parola di più in casa mia: uscite!

– Va bene – rispose Sandokan. Gettò un lungo sguardo alla fanciulla che era caduta sul tappeto semisvenuta, fece atto di precipitarsi, ma si fermò; poi a lenti passi, con la mano destra sull'impugnatura del *kriss*, la testa alta, lo sguardo fiero, uscì dalla sala e discese i gradini, soffocando, con uno sforzo prodigioso, i battiti furiosi del cuore e la profonda emozione che lo invadeva. Quando però giunse nel parco si fermò, snudando il *kriss*, la cui lama scintillò ai raggi della luna.

A trecento passi si stendeva una linea di soldati, con le carabine in mano, pronti a far fuoco su di lui.

La caccia al pirata

In altri tempi Sandokan, quantunque quasi inerme e di fronte a un nemico cinquanta volte più numeroso, non avrebbe esitato un solo istante a gettarsi sulle punte delle baionette per aprirsi un passaggio a qualunque costo; ma ora che amava, ora che sapeva di essere riamato, ora che quella creatura forse lo seguiva ansiosamente con gli sguardi, non voleva commettere una simile pazzia, che poteva costare a lui la vita e a lei chissà quante lacrime.

Bisognava tuttavia aprirsi un passaggio per raggiungere la foresta e di là il mare, suo unico scampo.

Risalì le scale, senza essere stato scorto dai soldati, e rientrò nel salotto, con il *kriss* in pugno. Il *lord* era ancora là, accigliato, con le braccia incrociate; la giovane *lady* invece era scomparsa.

Quando vide il pirata il *lord*, staccò da un chiodo un corno e lanciò una nota acuta.

– Ah, traditore! – gridò Sandokan, che si sentì ribollire il sangue nelle vene.

– È tempo, o sciagurato, che tu cada nelle nostre mani – disse il *lord*.

– Fra pochi minuti i soldati saranno qui e fra ventiquattro ore sarai impiccato.

Sandokan mandò un sordo ruggito. Con un salto da felino si impadronì di una pesante sedia e si slanciò sulla tavola che stava al centro della sala. Faceva paura; i suoi lineamenti erano ferocemente contratti per il furore, i suoi occhi parevano mandare fiamme, e un sorriso felino gli errava sulle labbra.

In quell'istante si udì al di fuori uno squillo di tromba, poi nel corridoio una voce, quella di Marianna, gridò disperatamente:

– Fuggi Sandokan!...

– Sangue!... Vedo sangue! – urlò il pirata.

Sollevò la sedia e la scagliò con grande forza contro il *lord*, il quale colpito in pieno petto, stramazzò pesantemente al suolo.

Pronto come il lampo, Sandokan con una destrezza straordinaria, lo voltò e gli legò solidamente le braccia e le gambe con la propria fascia.

Gli prese poi la sciabola e si slanciò nel corridoio.

La giovane *lady* si precipitò fra le sue braccia, poi, accompagnandolo nella propria stanza, gli disse piangendo:

– Sandokan, ho veduto i soldati. Ah, mio Dio, tu sei perduto!

– Non ancora – rispose il pirata. – Sfuggirò ai soldati, vedrai.

La prese per un braccio e, dopo averla condotta dinanzi alla finestra, la contemplò per alcuni istanti ai raggi della luna.

– Marianna, – disse – giurami che sarai mia sposa.

– Te lo giuro sulla memoria di mia madre – rispose la giovinetta.

– E mi aspetterai?

– Sì, te lo prometto.

– Sta bene; io fuggo, ma fra una settimana o due al più, io tornerò qui a prenderti, alla testa dei miei valorosi tigrotti.

– Ora a voi, inglesi! – esclamò. – Io mi batto per la Perla di Labuan.

Scavalcò rapidamente il davanzale e balzò in mezzo a una fitta aiola, che lo nascondeva completamente.

I soldati, che erano sessanta o settanta, avevano allora circondato completamente il parco e avanzavano verso la palazzina, con i fucili in mano, pronti a far fuoco.

Sandokan, che si teneva imboscato come una tigre, con la sciabola nella destra e il *kriss* nella sinistra, non fiatava né si muoveva, ma si era raccolto su sé stesso, pronto a precipitarsi sul cerchio dei soldati e a romperlo con impeto irresistibile.

Il solo movimento che facesse era quello di alzare il capo verso la finestra, dove sapeva che si trovava Marianna, la quale senza dubbio attendeva, con angoscia, l'esito della lotta.

Ben presto i soldati non si trovarono che a pochi passi dall'aiola, dove egli si teneva sempre nascosto. Giunti in quel luogo si arrestarono.

– Adagio, giovanotti – disse un caporale – aspettiamo il segnale, prima di proseguire.

In quell'istante si udì il corno del *lord* echeggiare nella palazzina.

– Avanti – comandò il caporale. – Il pirata è intorno alla casa.

I soldati si accostarono lentamente, gettando

sguardi inquieti per ogni dove. Sandokan misurò con lo sguardo la distanza, si rizzò sulle ginocchia, poi con un salto si scagliò contro i nemici.

Uccidere il caporale e sparire in mezzo ai cespugli vicini, fu l'affare di un solo momento.

I soldati, sorpresi da tanta audacia, atterriti per la morte del loro caporale, non pensarono subito a far fuoco. Quella breve esitazione bastò a Sandokan per raggiungere la cinta, varcarla con un salto e scomparire dall'altro lato.

Urla di furore scoppiarono subito, accompagnate da parecchie scariche di fucili. Tutti, ufficiali e soldati, si slanciarono fuori dal parco, disperdendosi in tutte le direzioni e tirando ovunque fucilate, con la speranza di cogliere il fuggiasco, ma ormai era troppo tardi.

Sandokan, miracolosamente sfuggito a quel cerchio di armi, correva velocissimo, inoltrandosi fra i cespugli che circondavano la tenuta del *lord*.

Libero nella fitta boscaglia, dove poteva usare mille astuzie, nascondersi dovunque, opporre qualunque resistenza, non temeva più gli inglesi.

A mano a mano che si allontanava, le grida degli inseguitori e i colpi di fucile diventavano sempre più fiochi, finché si spensero completamente.

Si fermò un momento ai piedi di un gigantesco albero per riprendere lena e per scegliere la via da percorrere attraverso quelle migliaia di piante.

La notte era chiara, e la luna brillava in un cielo senza nubi.

«Vediamo» pensò il pirata, orizzontandosi con le stelle. «Alle spalle ho gli inglesi; dinanzi, verso ovest, sta il mare. Se io prendo subito questa direzione posso imbattermi in qualche drappello, poiché essi supporranno che io cerchi di raggiungere la costa più vicina. È meglio deviare dalla linea retta, piegare verso sud e raggiungere il mare a una notevole distanza da qui. Orsù, in cammino, e occhi e orecchi attenti.»

Raccolse tutta la sua energia e tutte le sue forze, volse le spalle alla costa, che non doveva essere molto lontana, e s'inoltrò di nuovo nella foresta.

Continuò così a camminare per tre ore, fermandosi quando un uccello spaventato dalla sua presenza si levava, mandando uno strido, o quando un animale selvaggio fuggiva urlando, e si arrestò dinanzi a un torrente.

Vi entrò, lo risalì per una cinquantina di metri e, giunto di fronte a un grosso ramo, vi si aggrappò, issandosi su un albero frondoso.

– Ecco ciò che basta per far smarrire le mie tracce anche ai cani – disse. – Ora posso riposarmi, senza timore di venire scoperto.

Era là da mezz'ora, quando un lieve rumore, che sarebbe sfuggito a un orecchio meno acuto del suo, si fece udire a breve distanza.

Scostò lentamente le fronde, trattenendo il respiro, e gettò nella cupa ombra del bosco uno sguardo indagatore.

Due uomini, curvi a terra, avanzavano, guardando attentamente dappertutto. Sandokan riconobbe in loro due soldati.

«Il nemico!» pensò. «Mi sono smarrito o mi hanno seguito così da vicino?»

I due soldati, che a quanto pareva cercavano le

orme del pirata, dopo aver percorso alcuni metri si fermarono quasi sotto l'albero che serviva da ricovero a Sandokan.

– Sai, John, – disse uno dei due, la cui voce tremava – che io ho paura di trovarmi in questa oscurissima boscaglia?

– Anch'io, James – risposte l'altro. – L'uomo che cerchiamo è peggio di una tigre, capace di piombarci improvvisamente addosso e di spacciarci entrambi. Hai visto come ha ucciso nel parco il nostro compagno?

– Non lo scorderò mai, John. Sembrava non un uomo, ma un gigante pronto a farci a pezzi. Credi che riusciremo a prenderlo?

– Ho i miei dubbi, quantunque il baronetto William Rosenthal abbia promesso cinquanta fiammanti sterline per la sua testa. Mentre tutti noi lo inseguiamo verso ovest, per impedirgli di imbarcarsi su qualche *prao*, forse corre verso nord o sud.

– Ma domani partirà qualche incrociatore che gli impedirà di fuggire.

– Hai ragione, amico. E così, che cosa facciamo?

– Andiamo prima alla costa, poi vedremo.

– Aspettiamo prima il sergente Willis che ci segue?

– L'attenderemo alla costa.

I due soldati diedero un ultimo sguardo in giro e si rimisero a strisciare verso ovest, scomparendo fra le ombre della notte.

Sandokan, che non aveva perduto una sillaba dei loro discorsi, attese mezz'ora, poi si lasciò scivolare dolcemente a terra.

– Sta bene – disse. – Mi inseguono tutti verso occidente; io piegherò sempre verso sud, dove so ormai di non incontrare nemici. Stiamo attenti però. Ho il sergente Willis alle calcagna.

Riprese la silenziosa marcia, dirigendosi verso sud, riattraversò il torrente e si aprì il passo attraverso una fitta cortina di piante.

Stava per girare attorno a un grosso albero della canfora, che gli sbarrava il passo, quando una voce minacciosa, imperiosa, gridò:

– Se fate un passo, se fate un gesto, vi uccido come un cane!

Giro-Batol

Il pirata, senza spaventarsi per quella brusca intimazione, che poteva costargli la vita, si voltò lentamente, stringendo la sciabola, pronto a servirsene.

A sei passi da lui, un uomo, un soldato, senza dubbio il sergente Willis, menzionato prima dai due cercatori di piste, si era alzato dietro un cespuglio e lo prendeva freddamente di mira, risoluto, a quanto pareva, a eseguire alla lettera la minaccia.

Lo guardò tranquillamente e proruppe in uno scroscio di risa.

– Perché ridete? – chiese il sergente, sconcertato e stupito. – Mi pare che non sia il momento.

– Rido perché mi sembra strano che tu osi minacciarmi di morte – rispose Sandokan. – Sai chi sono io?

– Il capo dei pirati di Mompracem.

– Orsù, Willis, vieni a prendermi – disse Sandokan.

– Willis! – esclamò il soldato, preso da un superstizioso terrore – Come sapete il mio nome?

– Nulla può ignorare un uomo fuggito dall'inferno – disse la Tigre sogghignando.

– Voi mi fate paura.

– Paura! – esclamò Sandokan – Willis, sai che vedo sangue?...

Il soldato, che aveva abbassato il fucile, sorpreso, spaventato, non sapendo più se aveva dinanzi un uomo o un demonio, retrocesse vivamente, cercando di prenderlo di mira, ma Sandokan, che non lo perdeva di vista, in un baleno gli fu addosso, rovesciandolo a terra.

– Grazia! Grazia! – balbettò il povero sergente, quando si vide dinanzi la punta della sciabola.

– Ti dono la vita – disse Sandokan.

Il sergente si alzò fissando su Sandokan due occhi spaventati.

– Parlate – disse.

– Io ho detto che ti dono la vita, ma devi rispondere a tutte le domande che ti farò. Dove credono che io sia fuggito?

– Verso la costa occidentale.

– Quanti uomini ho dietro di me?

– Non posso dirlo; sarebbe un tradimento – rispose il sergente.

– Hai ragione; non ti rimprovero, ti stimo anzi.

Il sergente lo guardò con stupore.

– Spogliati della tua divisa – comandò Sandokan.

– Che cosa volete farne?

– Mi servirà per fuggire e niente più. Vi sono dei soldati indiani fra quelli che m'inseguono?

– Sì, dei *sepoys*.

– Sta bene: spogliati e non opporre resistenza, se vuoi che ci lasciamo da buoni amici.

Il soldato ubbidì. Sandokan bene o male indossò la divisa, si cinse la daga e la cartucciera, si mise in capo il berretto e si gettò ad armacollo la carabina.

– Lasciati legare, ora – disse poi.

Afferrò fra le robuste braccia il soldato che non osava opporre resistenza, lo legò a un albero con una solida corda, poi si allontanò a rapidi passi, senza volgersi indietro.

– Bisogna che questa notte raggiunga la costa e m'imbarchi, o domani sarà troppo tardi – disse. – Forse con il costume che indosso mi sarà facile sfuggire agli inseguitori e prendere imbarco su qualche nave diretta alle Romades. Di là potrò raggiungere Mompracem e allora... Ah! Marianna, mi rivedrai presto, ma terribile vincitore!

A quel nome, quasi involontariamente evocato, la fronte del pirata si oscurò e i lineamenti gli si contrassero. Portò le mani al cuore e sospirò.

Si rimise in cammino, con passo più rapido, comprimendosi fortemente il petto, come se volesse soffocare i battiti precipitosi del cuore. Camminò tutta la notte, attraversando ora gruppi di giganteschi alberi, piccole foreste, e ora praterie avvallate e ricche di torrenti, cercando di orientarsi con le stelle.

Al sorgere del sole si arrestò presso una macchia di *durion* colossali per prendere un po' di riposo e anche per accertarsi che la via fosse libera.

Stava per nascondersi in mezzo a un festone di liane, quando udì una voce gridare:

– Ohè, camerata! Che cosa cercate là dentro? Badate che non vi si nasconda qualche pirata ben più terribile delle tigri del vostro paese.

Sandokan, per niente sorpreso, certo di non aver nulla da temere con il vestito che indossava, si volse tranquillamente e vide coricati a breve distanza, sotto la fresca ombra di un'areca, due soldati. Guardandoli attentamente, credette di riconoscere in loro quei due che avevano preceduto il sergente Willis.

– Che cosa fate qui? – chiese Sandokan, con accento gutturale storpiando l'inglese.

– Ci riposiamo un po' – rispose uno dei due. – Abbiamo cacciato tutta la notte e non ne possiamo più.

– Cercavate anche voi il pirata?...

– Sì, e vi posso anche dire, sergente, che abbiamo scoperto le sue tracce.

– Oh! – fece Sandokan, fingendo stupore – E dove le avete trovate?

– Nel bosco che abbiamo or ora attraversato.

– E le avete smarrite poi?

– Non ci è stato più possibile ritrovarle – disse il soldato con rabbia.

– Dove si dirigevano?

– Verso il mare.

– Allora siamo perfettamente d'accordo.

– Cosa volete dire, sergente? – chiesero i due soldati balzando in piedi.

– Che io e Willis...

– Willis!... L'avete incontrato?

– Sì, e l'ho lasciato due ore fa.

– Continuate, sergente.

– Volevo dirvi che io e Willis le abbiamo ritrovate nelle vicinanze della collina rossa. Il pirata cerca di raggiungere la costa settentrionale dell'isola, non vi è più da ingannarsi.

– Allora noi abbiamo seguito una falsa traccia!...

– No, amici, – disse Sandokan – è che il pirata ci ha abilmente giocati.

– In qual modo? – chiese il più attempato dei due soldati.

– Risalendo verso nord, seguendo il letto d'un torrente. Il furbo ha lasciato le sue orme nei boschi, fingendo di fuggire verso est, poi invece è tornato indietro.

– Che cosa dobbiamo fare, ora?

– Dove sono i vostri compagni?

– Battono la foresta a due miglia da qui, avanzando verso est.

– Tornate immediatamente indietro e date loro l'ordine di dirigersi, senza perdere tempo, verso le spiagge settentrionali dell'isola. Spicciatevi; il *lord* ha promesso cento sterline e un grado a chi scoprirà il pirata.

Non ci voleva di più per allettare i due soldati. Raccolsero precipitosamente i fucili, si cacciarono in tasca le pipe che stavano fumando e, salutato Sandokan, s'allontanarono rapidamente, scomparendo fra gli alberi.

La Tigre della Malesia li seguì con lo sguardo finché poté; poi tornò a cacciarsi in mezzo alla macchia, mormorando:

– Mentre mi lasciano via libera, io posso dormire per qualche ora. Più tardi vedrò il da farsi.

Bevette alcuni sorsi di *whisky* dalla fiaschetta di Willis, mangiò alcune banane che aveva raccolto nella foresta, poi appoggiò la testa su un fascio d'erbe e si addormentò profondamente, senza più occuparsi per il momento dei suoi nemici.

Quanto dormì? Certamente non più di tre o quattro ore, poiché quando aprì gli occhi il sole era ancora alto. Stava alzandosi, per rimettersi in marcia, quando udì un colpo di fucile sparato a breve distanza, seguito subito dal galoppo precipitoso d'un cavallo.

– Che mi abbiano scoperto? – mormorò Sandokan, lasciandosi ricadere in mezzo ai cespugli.

Armò rapidamente la carabina, spostò con precauzione le foglie e guardò.

Un istante dopo un indigeno o un malese, a giudicare dal colore nero rossastro della sua pelle, attraversò a gran corsa la prateria, cercando di raggiungere una folta macchia di banani.

Era un uomo basso, membruto, che portava un gonnellino stracciato e un cappello intrecciato di fibre, ma nella destra impugnava un nodoso bastone e nella sinistra un *kriss* dalla lama serpeggiante.

La sua corsa fu così rapida che a Sandokan mancò il tempo di osservarlo meglio. Lo vide però cacciarsi, con un ultimo slancio, in mezzo ai banani e scomparire sotto le gigantesche foglie.

«Chi sarà costui?» si chiese Sandokan, stupito. «Un malese certamente.»

A un tratto un sospetto gli attraversò il cervello.

«Se fosse uno dei miei uomini?» si chiese. «Che Yanez abbia sbarcato qualcuno per venirmi a cercare? Egli non ignorava che mi recavo a Labuan.»

Stava uscendo dalla macchia per cercare di scorgere il fuggiasco, quando sul margine del bosco comparve un cavaliere.

Era un cavalleggero del reggimento del Bengala.

Pareva furibondo, poiché bestemmiava e maltrattava il cavallo, spronandolo e tormentandolo con violente strappate.

Giunto a cinquanta passi dalla macchia di banani, balzò agilmente a terra, legò il cavallo alla radice di una pianta, armò il moschetto e stette in ascolto, scrutando attentamente gli alberi vicini.

– Per tutti i tuoni dell'universo! – esclamò – Non sarà scomparso sottoterra!... In qualche luogo deve essere nascosto, e non sfuggirà la seconda volta al mio moschetto. So bene che ho da fare con la Tigre della Malesia, ma John Gibbis non ha paura. Se questo dannato cavallo non si fosse impennato, a quest'ora quel pirataccio non sarebbe più vivo.

Il cavalleggero, così monologando, aveva sguainato anche la sciabola e s'era cacciato in una macchia di areche e di cespugli, allontanando con prudenza i rami.

Quegli alberi confinavano con la macchia di banani, ma c'era da dubitare che il soldato riuscisse a scovare il fuggiasco. E questi si era allontanato, strisciando attraverso le liane e le radici, e aveva trovato un nascondiglio tale da metterlo al sicuro da qualsiasi ricerca.

Sandokan, che non aveva abbandonato i cespugli, aveva tentato invano di sapere dove quel malese si fosse nascosto.

«Cerchiamo di salvarlo» pensò. «Può essere uno dei miei uomini o qualche esploratore mandato qui da Yanez. Bisogna mandare altrove quel cavalleggero o finirà con il trovarlo.»

Stava per inoltrarsi, quando a pochi passi vide agitarsi un festone di liane.

Volse rapidamente la testa da quella parte e vide apparire il malese. Il pover'uomo, temendo di venire sorpreso, stava arrampicandosi su quelle corde vegetali per guadagnare la cima di un mango, fra le cui foglie fittissime poteva trovare un ottimo nascondiglio.

Attese che giungesse fra i rami e che si voltasse. Appena poté scorgere la sua faccia, a malapena trattenne un grido di gioia e di meraviglia.

«Giro-Batol!» esclamò fra sé «Ah, il mio bravo malese! Come si trova ancora qui e vivo?... Eppure mi rammento di averlo abbandonato sul *prao* che stava affondando, morto o moribondo. Quale fortuna!... Orsù salviamolo!»

Armò la carabina, fece il giro della macchia e apparve bruscamente sul margine del bosco, gridando:

– Ehi, amico!... Cosa cercate con tanto accanimento? Avete ferito qualche babirussa?...

Il cavalleggero udendo quella voce balzò agilmente fuori dal cespuglio, tenendo il moschetto puntato dinanzi a sé, e mandò un grido di stupore:

– Toh! Un sergente! – esclamò.

– Vi sorprende, amico?

– Da dove siete sbucato voi?

– Dalla foresta. Ho udito un colpo di fucile e mi sono affrettato a venire qui per vedere che cosa era accaduto. Avete sparato contro una babirussa?

– Eh sì, contro una babirussa più pericolosa di una tigre – disse il cavalleggero, con collera malcelata.

– Che bestia era dunque?

– Non cercavate qualcuno anche voi? – chiese il soldato.

– Precisamente.

– L'avete veduto, il terribile pirata?

– No, ma ho scoperto le sue tracce.

– E io, sergente, ho trovato invece il pirata in persona.

– È impossibile!...

– Ho fatto fuoco contro di lui.

– E... l'avete mancato?

– Come un cacciatore novellino.

– E dove s'è nascosto?

– Temo che ormai sia lontano. Quell'uomo è più agile d'una scimmia e più tremendo d'una tigre.

– E ora che cosa contate di fare?

– Non lo so. Credo che frugando fra queste macchie, perderò inutilmente il mio tempo.

– Volete un consiglio?

– Dite, sergente?

– Rimontate a cavallo e fate il giro del bosco.

– Volete venire con me? In due avremo maggior coraggio.

– No, camerata. Volete far fuggire il pirata?

– Spiegatevi.

– Se noi lo inseguiamo tutti e due da una parte, la Tigre fuggirà dall'altra. Voi fate il giro del bosco e io frugherò le macchie.

– Accettato, ma a una condizione: che dividiamo il premio promesso da Lord Guillonk se avete la fortuna di abbattere la Tigre. Non voglio perdere tutte le cento sterline.

– Acconsento – rispose Sandokan sorridendo.

Il cavalleggero ringuainò la sciabola, rimontò in sella, mettendosi dinanzi il moschetto armato, e salutò il sergente dicendogli:

– Ci ritroveremo sull'opposto margine della foresta.

«M'aspetterai molto» pensò Sandokan.

Attese che il cavaliere fosse scomparso nella macchia, poi s'avvicinò all'albero su cui era nascosto il malese, dicendo:

– Scendi, Giro-Batol.

Non aveva ancora terminato la frase che già il malese cadeva ai suoi piedi, gridando con voce rotta:

– Ah... mio capitano!...

– Sei sorpreso di rivedermi ancora vivo?

– Potete crederlo, Tigre della Malesia – disse il pirata che aveva le lacrime agli occhi. – Credevo di non rivedervi mai più!

– Gli inglesi non hanno ferro sufficiente per toccare il cuore della Tigre della Malesia – rispose Sandokan. – Mi avevano gravemente ferito, ma sono guarito e pronto a ricominciare la lotta.

– E tutti gli altri?

– Dormono negli abissi del mare – rispose Sandokan, con un sospiro.

– Ma noi li vendicheremo, è vero capitano?...

– Sì, e molto presto. Ma in seguito a quale fortunata circostanza ti ritrovo ancora vivo? Ricordo d'averti visto cadere morente a bordo del tuo *prao*, durante la prima lotta.

– È vero, capitano. Una scheggia di mitraglia m'aveva colpito alla testa, ma non m'aveva ucciso. Quando tornai in me, il povero *prao*, che voi avete abbandonato alle onde, crivellato dalle palle dell'incrociatore, stava per inabissarsi. Mi aggrappai a un rottame e mi spinsi verso la costa. Errai parecchie ore sul mare, poi svenni. Mi risvegliai nella capanna di un indigeno. Quel brav'uomo m'aveva raccolto a quindici miglia dalla spiaggia, mi aveva imbarcato sulla canoa e trasportato a terra. Mi curò amorevolmente, finché fui completamente guarito.

– E ora dove fuggivi?

– Stavo recandomi alla costa per gettare in acqua una canoa che avevo scovato, quando sono stato assalito da quel soldato.

– Oh! Tu possiedi una canoa?

– Sì, mio capitano.

– Volevi tornartene a Mompracem?

– Questa notte.

– Andremo insieme Giro-Batol. Questa sera c'imbarcheremo.

– Volete venire nella mia capanna a riposarvi un po'?

– Oh!... Tu possiedi anche una capanna!...

– Una catapecchia donatami dagli indigeni.

– Andiamoci subito. È lontana la tua capanna?

– Fra un quarto d'ora ci saremo.

I due pirati uscirono dalla macchia e, dopo essersi accertati che non c'era nessuno nei dintorni, attraversarono celermente la prateria raggiungendo il margine della seconda foresta.

Stavano inoltrandosi fra gli alberi, quando Sandokan udì un galoppo furioso.

– Ancora quel seccatore – esclamò. – Presto, Giro-Batol, cacciati in mezzo a quei cespugli!...

– Ohè!... Sergente!... – urlò il cavalleggero, il quale pareva furibondo. – È così che mi aiutate a prendere quel furfante di pirata?... Mentre io facevo quasi scoppiare il mio cavallo, voi non vi siete mosso.

Sandokan si volse verso di lui e rispose pacatamente:

– Avendo ritrovato le tracce del pirata, ho creduto inutile inseguirlo attraverso la foresta. D'altronde vi aspettavo.

– Avete scoperto le sue tracce?... Per mille demoni!... Ma quante orme ha lasciato quel briccone?... Io credo che si sia divertito a ingannarci.

– Uhm!... Io comincio a temerlo, camerata. Io già vi rinuncio e me ne torno alla villa di Lord Guillonk.

– Io non ho paura, sergente. E continuerò a inseguire il pirata.

– Come vi piace.

– Felice ritorno – gridò il cavalleggero con ironia.

– Che il diavolo ti porti – rispose Sandokan.

Il cavalleggero era già lontano e spronava furiosamente il suo cavallo, dirigendosi verso la boscaglia che aveva poco prima attraversato.

– Andiamo – disse Sandokan, quando non lo vide più. – Se ritorna ancora, lo saluto con un colpo di carabina.

Si avvicinò al nascondiglio di Giro-Batol e tutt'e due si rimisero in marcia, inoltrandosi nella foresta.

Attraversata un'altra radura, si cacciarono in mezzo alle folte piante, aprendosi faticosamente il passo fra un groviglio di alberi, che s'intrecciavano in mille guise, e una vera rete di radici.

Camminarono per un buon quarto d'ora, attraversando alcuni torrenti, sulle cui rive si vedevano tracce recenti del passaggio degli uomini, poi giunsero in mezzo a un macchione fittissimo, e così coperto che la luce non poteva quasi più penetrare.

Giro-Batol si arrestò un momento ad ascoltare, poi disse, volgendosi a Sandokan:

– La mia capanna è là, in mezzo a quelle piante.

– Un asilo sicuro – rispose la Tigre della Malesia, con un lieve sorriso. – Ammiro la tua prudenza.

– Venite, mio capitano. Nessuno verrà a disturbarci.

La canoa di Giro-Batol

La capanna di Giro-Batol sorgeva proprio al centro di quel fittissimo macchione, fra due colossali *pombos* che con l'enorme massa delle loro fronde, la riparavano completamente dai raggi del sole.

Era una catapecchia, più che un'abitazione, appena capace di ricoverare qualche coppia di selvaggi; era bassa, stretta, con il tetto formato di foglie di banano sovrapposte a strati, e le pareti di rami intrecciati grossolanamente.

L'unica apertura era la porta: di finestre nessuna traccia.

L'interno non valeva certo di più. Non vi si trovavano che un letto di foglie secche, due rozze pentole d'argilla mal cotta e due sassi che dovevano servire da focolare.

C'erano però viveri in abbondanza, frutta di ogni specie e anche mezzo babirussa sospeso al tetto per le gambe posteriori.

– La mia capanna non vale gran cosa, capitano – disse Giro-Batol. – Qui però potete riposarvi a vostro agio senza timore di venire disturbato. Perfino gl'indigeni dei dintorni ignorano che qui si trova un rifugio. Se volete dormire posso offrirvi questo letto di foglie fresche, tagliate questa mattina; se avete sete ho una pentola piena di acqua fresca e se avete fame, della frutta e delle deliziose costolette.

– Non domando di più, mio bravo Giro-Batol – rispose Sandokan. – Non speravo di trovare tanto.

Sandokan, che era assai affamato a causa di quelle lunghe marce attraverso la foresta, assalì un cavolo palmista, che non pesava meno di venti libbre, e si mise a sgretolare quella sostanza bianca e dolce che gli rammentava il sapore delle mandorle.

Intanto il malese, accumulati sul focolare dei rami secchi, li accendeva, servendosi, per far ciò, di due pezzetti di bambù spaccati per metà.

È assai curioso il sistema usato dai malesi per procurarsi il fuoco senza aver bisogno di zolfanelli. Prendono due bambù spaccati e sulla superficie convessa di uno fanno un'intaccatura. Usando la costa dell'altro bambù, cominciano a sfregare sul taglio praticato, dapprima lentamente, poi sempre più in fretta. Il pulviscolo generato da quello sfregamento a poco a poco si incendia e cade sopra un po' di esca di fibra.

Mentre attendeva che l'arrosto cuocesse, avevano ripreso la conversazione.

– Partiremo questa notte, è vero capitano? – chiese Giro-Batol.

– Sì, appena la luna sarà tramontata – rispose Sandokan.

– Ma ritorneremo qui, è vero?

– Sì, ma forse sarebbe meglio per me non riveder mai più quest'isola.

– Che cosa dite, capitano?

– Dico che quest'isola potrà dare un colpo mortale alla potenza di Mompracem e forse incatenare per sempre la Tigre della Malesia.

– Voi, così forte e così tremendo? Oh, voi non potete aver paura dei leopardi dell'Inghilterra!

– No, di loro no, ma chi può leggere nel destino? Se le mie braccia sono ancora formidabili, il cuore lo sarà?

– Il cuore! Non vi comprendo, mio capitano.

– Meglio così. A tavola, Giro-Batol. Non pensiamo al passato.

– Voi mi fate paura, capitano.

– Taci, Giro-Batol – disse Sandokan con accento imperioso.

Il malese non osò continuare. Levò l'arrosto che mandava un profumo appetitoso, lo depose su una larga foglia di banano e lo offrì a Sandokan, poi andò a frugare in un angolo della catapecchia e da un buco levò una bottiglia semispezzata, ma accuratamente coperta con un cartoccio formato da fibre abilmente intrecciate.

– Del *gin*, mio capitano – disse guardando quella bottiglia con occhi ardenti. – Ho dovuto lavorare non poco per carpirla agli indigeni e lo serbavo per rinvigorirmi in mare. Potete svuotarla fino all'ultima goccia.

– Grazie, Giro-Batol – rispose Sandokan con un mesto sorriso. – La divideremo fraternamente.

Sandokan mangiò in silenzio facendo minore onore al pasto di quanto avesse creduto il bravo malese; bevve qualche sorso di *gin*, poi si stese sulle foglie fresche, dicendo:

– Riposiamo alcune ore. Intanto calerà la sera e poi dovremo aspettare che la luna tramonti.

Il malese chiuse accuratamente la capanna, spense il fuoco e, vuotata la bottiglia, si raggomitolò in un angolo sognando già di trovarsi a Mompracem.

Sandokan invece, quantunque stanchissimo, avendo camminato l'intera notte precedente, non fu capace di chiudere occhio.

Non era per il timore di venire da un istante all'altro sorpreso dai nemici: non era possibile che essi trovassero quella capanna così ben nascosta agli sguardi di tutti. Era il pensiero della giovane inglese che lo teneva desto.

Cos'era accaduto a Marianna dopo quegli avvenimenti? Cos'era avvenuto fra lei e Lord James?... E quali accordi erano passati fra il vecchio lupo di mare e il baronetto William Rosenthal? L'avrebbe ritrovata ancora a Labuan e ancora libera al suo ritorno? Quale tremenda gelosia ardeva nel cuore del formidabile pirata, e senza poter fare nulla! Nulla, fuorché fuggire per non cadere sotto i colpi degli avversari!...

Sandokan, così pensando, attese che il sole fosse tramontato, poi, quando le tenebre ebbero invaso la capanna e la macchia, svegliò Giro-Batol, che russava come un tapiro.

– Andiamo, malese – gli disse. – Il cielo s'è coperto di nubi, quindi è inutile aspettare che la luna tramonti. Dove si trova la tua canoa?...

– A trenta minuti di strada.

– È così vicino dunque il mare? Non avrei mai creduto...

– Sì, Tigre della Malesia.

– Hai messo dei viveri dentro?

– Ho pensato a tutto, capitano. Non mancano né frutta, né acqua, né i remi e nemmeno la vela.

– Partiamo, Giro-Batol.

Il malese prese un pezzo d'arrosto che aveva messo da parte, s'armò d'un nodoso bastone e seguì Sandokan.

– La notte non poteva essere più propizia – disse, guardando il cielo che si era coperto di nuvoloni. – Prenderemo il largo senza venir scorti.

Attraversata la macchia, Giro-Batol sostò un momento per ascoltare, poi, rassicurato dal profondo silenzio che regnava nella foresta, riprese la marcia piegando verso ovest.

L'oscurità era fittissima sotto quei grandi alberi, ma il malese vedeva anche di notte, forse meglio dei gatti, e poi era pratico dei luoghi.

Ora strisciando fra le centomila radici che ingombravano il suolo, ora issandosi fra le fitte reti intrecciate dai rami, ora superando dei tronchi colossali caduti forse per vecchiaia, Giro-Batol avanzava sempre più nella tenebrosa foresta senza mai deviare. Sandokan cupo, taciturno, lo seguiva da vicino, imitando tutte quelle manovre.

Se un raggio di luna avesse illuminato il volto del fiero pirata, lo avrebbe mostrato alterato da un intenso dolore.

A quell'uomo, che venti giorni prima avrebbe dato metà del suo sangue per potersi ritrovare a Mompracem, ora riusciva immensamente penoso abbandonare quell'isola, sulla quale lasciava, sola e indifesa, la donna che amava. Ogni passo che l'avvicinava al mare si ripercoteva nel suo petto come un colpo di pugnale, e gli pareva che la distanza che lo separava dalla Perla di Labuan crescesse di minuto in minuto.

A tratti si arrestava, indeciso se dovesse ritornare o proseguire, ma il malese, che si sentiva scottare il terreno sotto i piedi e aveva fretta di imbarcarsi, lo spingeva a continuare la via, facendogli osservare quanto fosse pericoloso il minimo ritardo.

Camminavano da mezz'ora, quando Giro-Batol si arrestò improvvisamente, tendendo gli orecchi.

– Udite questo fragore? – chiese.

– L'odo, è il mare – rispose Sandokan. – Dov'è la canoa?

– Qui accanto.

Il malese guidò Sandokan attraverso una fitta cortina di fogliame e, passata questa, gli mostrò il mare che brontolava, infrangendosi sui banchi dell'isola.

– Vedete nulla? – chiese.

– Nulla – rispose Sandokan i cui occhi percorrevano l'orizzonte.

– La fortuna è con noi: gli incrociatori dormono ancora.

Scese la sponda, rimosse i rami di un albero e mostrò un'imbarcazione che si cullava pesantemente nel fondo di un piccolo seno.

Era una barcaccia, scavata nel tronco di un grosso albero, con il fuoco e con la scure, somigliante a quelle che usano gl'indiani del fiume delle Amazzoni e i polinesiani del Pacifico.

Sfidare il mare con simile barca era una temerarietà senza pari, ma i due pirati non erano persone da spaventarsi.

Giro-Batol fu il primo a balzarvi dentro e ad alzare un alberetto a cui aveva adattato una piccola vela di fibre vegetali accuratamente intrecciate.

Sandokan, cupo, con la testa china e le braccia incrociate sul petto, stava ancora a terra guardando verso est, come se cercasse di distinguere, fra la profonda oscurità e i grandi alberi, l'abitazione della Perla di Labuan. Pareva ignorasse che il momento della fuga era giunto e che un piccolo ritardo poteva riuscirgli fatale.

– Capitano, – esclamò il malese – volete farvi prendere dagli incrociatori? Venite, o sarà troppo tardi.

– Ti seguo – rispose Sandokan con voce triste.

Balzò nella canoa, chiudendo gli occhi e mandando un profondo sospiro di rincrescimento.

In rotta per Mompracem

Il vento soffiava da est, cioè in direzione favorevole.

La canoa, con la sua vela tesa, filava abbastanza rapidamente, inclinata sul tribordo, frapponendo fra il pirata, che si sentiva molto commosso, e Marianna, il vasto mare della Malesia.

Sandokan, assiso a poppa, con la testa fra le mani, non parlava e teneva gli occhi fissi su Labuan, che a poco a poco si smarriva fra le tenebre: Giro-Batol, assiso a prua, felice, sorridente, chiacchierava per dieci.

Tutta la notte, la canoa, spinta dal vento dell'est, filò senza incontrare alcun incrociatore e comportandosi abbastanza bene, malgrado le onde che di quando in quando la investivano, facendola rollare pericolosamente.

Il malese, seduto a prora, scrutava attentamente la fosca linea dell'orizzonte, per scorgere qualche nave. Il suo compagno invece, sdraiato a poppa, non staccava lo sguardo dal luogo in cui doveva trovarsi l'isola di Labuan, ormai scomparsa fra le ombre della notte.

Navigavano da un paio d'ore, quando gli occhi acutissimi del malese scorsero un punto luminoso brillare sulla linea dell'orizzonte.

«Un veliero o una nave da guerra?» si chiese con ansietà.

Sandokan, sempre immerso nei suoi dolorosi pensieri, non si era accorto di nulla.

Il punto luminoso ingrandiva rapidamente e pareva s'alzasse sempre più sulla linea dell'orizzonte. Quella luce bianca non poteva appartenere che a un vascello a vapore. Doveva essere un fanale acceso sulla cima del trinchetto. Giro-Batol cominciava a dimenarsi; le sue inquietudini aumentavano di momento in momento, tanto più che quel punto luminoso pareva si dirigesse direttamente verso la canoa. Ben presto al di sopra del fanale bianco ne comparvero altri due: uno rosso e uno verde.

– Una nave a vapore – disse.

Sandokan non rispose. Forse non lo aveva udito.

– Mio capitano, – ripeté – una nave a vapore!...

Il capo dei pirati di Mompracem questa volta si scosse, mentre un terribile lampo gli balenava nello sguardo cupo.

– Ah!... – disse.

Si volse con impeto e guardò l'immensa distesa del mare.

– Ancora un nemico? – mormorò, mentre la sua destra correva istintivamente al *kriss*.

– Lo temo, mio capitano – disse il malese.

Sandokan fissò per alcuni istanti quei tre puntini luminosi che s'avvicinavano rapidamente, poi disse:

– Pare che corra verso di noi.

– Lo temo, mio capitano – rispose il malese. – Il suo comandante avrà già visto il nostro canotto.

– È probabile.

– Che cosa facciamo, mio capitano?

– Lasciamolo accostare.

– E ci prenderanno.

– Io non sono più la Tigre della Malesia, bensì un sergente dei *sepoys*.

– E se qualcuno vi riconoscesse?

– Ben pochi hanno veduto la Tigre della Malesia. Se quella nave venisse da Labuan, vi sarebbe da temere; ma poiché viene dal largo, potremo ingannare il suo comandante.

Rimase zitto per alcuni istanti, fissando attentamente il nemico, poi disse:

– Abbiamo a che fare con una cannoniera.

– Che venga da Sarawak?

– È probabile, Giro-Batol. Giacché si dirige verso di noi, aspettiamola.

La cannoniera aveva infatti puntato la prora in direzione della canoa e accelerava la corsa per raggiungerla. Vedendola così lontana dalle coste di Labuan, forse credeva che gli uomini che erano a bordo fossero spinti così al largo da qualche colpo di vento e accorreva per raccoglierli; forse però il suo comandante voleva accertarsi se si trattava di pirati o di naufraghi.

Sandokan aveva dato ordine a Giro-Batol di riprendere i remi e di mettere la prora in direzione delle Romades, gruppo di isolette situate più a sud. Aveva ormai fatto il suo piano per ingannare il comandante.

Mezz'ora dopo, la cannoniera si trovava a poche gomene dalla canoa. Era una piccola nave a poppa bassa, armata di un solo cannone situato sulla piattaforma posteriore, e attrezzata con un solo albero.

Il suo equipaggio non doveva superare i trenta o quaranta uomini.

Il comandante, o l'ufficiale di quarto che fosse, fece manovrare in modo da passare a soli pochi metri dalla canoa, poi, dato l'ordine d'arresto, si curvò sul bordo gridando:

– Alt, o vi faccio colare a fondo!...

Sandokan si era vivamente alzato, dicendo in buon inglese:

– Per chi mi prendete?...

– Toh!... – esclamò l'ufficiale con stupore – Un sergente dei *sepoys*!... Che cosa fate voi qui, al largo di Labuan!...

– Vado alle Romades, signore – rispose Sandokan.

– A fare che cosa?

– Devo portare degli ordini per lo *yacht* di Lord James Guillonk.

– Si trova laggiù quella nave?

– Sì, comandante.

– E vi andate su una canoa?

– Non ho potuto trovar di meglio.

– Badate, perché vi sono dei *praos* malesi che ronzano al largo.

– Ah!... – fece Sandokan, frenando a stento la gioia.

– Ieri mattina ne ho veduti due e scommetterei che venivano da Mompracem. Se avessi avuto qualche cannone di più non so se a quest'ora sarebbero ancora a galla.

– Mi guarderò da quei velieri, comandante.

– Vi occorre nulla, sergente?

– No, signore.

– Buon viaggio.

La cannoniera riprese la corsa dirigendosi verso Labuan, mentre Giro-Batol orientava la vela per filare verso Mompracem.

– Hai udito? – gli chiese Sandokan.

– Sì, mio capitano.

– I nostri velieri battono il mare con a bordo i miei fidi.

– Vi cercano ancora, mio capitano.

– Quale sorpresa per il buon Yanez, quando mi vedrà. Bravo e affezionato compagno!

Tornò a sedere a poppa, con gli sguardi sempre fissi in direzione di Labuan, e non parlò più. Il malese però lo intese parecchie volte sospirare.

All'alba, solo centocinquanta miglia separavano i fuggiaschi da Mompracem, distanza che potevano superare in meno di ventiquattro o trenta ore, se il vento era favorevole.

Durante il giorno, il vento cadde parecchie volte e la canoa, che affondava pesantemente nei cavi delle onde, imbarcò più volte molt'acqua. La sera però un fresco vento si levò da sud-est, spingendo rapidamente la canoa verso ovest; il vento si mantenne così anche il giorno seguente.

Al cadere del giorno, il malese, che si teneva in piedi a prua, scorse finalmente una massa oscura che si elevava nel mare.

– Mompracem!... – esclamò.

A quel grido, Sandokan, per la prima volta da quando aveva posto piede nella canoa, si mosse alzandosi di scatto.

Non era più l'uomo di prima, la malinconica espressione del suo viso era completamente scomparsa. I suoi occhi mandavano lampi e i suoi lineamenti non erano più alterati di quel cupo dolore.

– Mompracem! – esclamò, ergendosi sulla persona.

E rimase lì a contemplare la sua selvaggia isola, il baluardo della sua potenza, della grandezza in quel mare che non a torto chiamava suo. Egli sentiva di ritornare, in quel momento, la formidabile Tigre della Malesia dalle leggendarie imprese.

– Ah, finalmente ti rivedo! – esclamò.

– Siamo salvi, Tigre – disse il malese, che pareva impazzisse dalla gioia.

Sandokan lo guardò quasi stupito.

– Merito ancora dunque questo nome, Giro-Batol? – egli chiese.

– Sì, capitano.

– Eppure credevo di non meritarlo più – mormorò Sandokan, sospirando.

Afferrò la pagaia che serviva da timone e diresse la canoa verso l'isola che s'immergeva lentamente fra le tenebre. Alle dieci, i due pirati, senza essere stati scorti da alcuno, approdavano presso la grande rupe. Sandokan, nel riporre i piedi sulla sua isola, respirò a lungo, poi girò rapidamente attorno alla rupe e raggiunse i primi gradini della tortuosa scala che portava alla grande capanna.

– Giro-Batol, – disse, volgendosi verso il malese che si era fermato – torna alla tua capanna, avverti i pirati del mio arrivo, ma di' loro che mi lascino tranquillo.

– Capitano, nessuno verrà a disturbarvi, poiché tale è il vostro desiderio. E ora, lasciate che vi ringrazi di avermi ricondotto qui e vi dica che se vi occorre un uomo da sacrificare, fosse pure per salvare un inglese o una donna della loro razza, sarò sempre ponto.

– Grazie, Giro-Batol, grazie... e ora vattene! – e il pirata, ricacciando in fondo al cuore il ricordo di Marianna, involontariamente evocato dal malese, salì i gradini, scomparendo fra le tenebre.

Amore ed ebbrezza

Giunto sulla cima della gran rupe, Sandokan si fermò sull'orlo e il suo sguardo si spinse lontano lontano, verso est, in direzione di Labuan.

Aspirò il vento della notte, poi si avvicinò a lenti passi alla grande capanna, ove era ancora illuminata una stanza.

Guardò attraverso i vetri di una finestra e vide un uomo seduto dinanzi a una tavola, con la testa fra le mani.

«Yanez» pensò, sorridendo tristemente. «Che cosa dirà quando saprà che la Tigre ritorna vinta e stregata?»

Soffocò un sospiro e aprì pian piano la porta, senza che Yanez lo udisse.

– Ebbene, fratello, – disse, dopo qualche istante – hai dimenticato la Tigre della Malesia?

Le parole non erano ancora terminate, che Yanez si slanciava fra le sue braccia, esclamando:

– Tu, Tu!... Sandokan!... Ah, io ti credevo ormai perduto per sempre!

– No, sono ritornato, come ben vedi.

– Ma, disgraziato amico, dove sei stato tutti questi giorni? Sono quattro settimane che io ti attendo in preda a mille ansie. Che cos'hai fatto in tanto tempo? Hai saccheggiato il sultano di Varauni, o la Perla di Labuan ti ha stregato? Rispondi, fratello mio, perché l'impazienza mi strugge.

Invece di rispondere a tutte quelle domande, Sandokan si mise a fissarlo in silenzio, con le braccia incrociate sul petto, lo sguardo torvo e il volto rabbuiato.

– Orsù, – disse Yanez, sorpreso per quel silenzio – parla; che cosa significa il vestito che tu indossi e perché mi guardi così? Ti è accaduta qualche disgrazia?

– Disgrazia! – esclamò Sandokan con voce rauca – Ma ignori dunque che dei cinquanta tigrotti che io conducevo contro Labuan, non sopravvive che il solo Giro-Batol? Non sai dunque che sono caduti tutti sulle coste dell'isola maledetta, uccisi dagli inglesi, che io sono caduto gravemente ferito sul ponte di un incrociatore e che i miei velieri riposano in fondo al mare della Malesia?

– Battuto tu!... È impossibile! È impossibile!...

– Sì, Yanez, sono stato vinto e ferito, i miei uomini sono stati distrutti e io ritorno mortalmente malato!...

Il pirata con voce rotta e animata, narrò per filo e per segno tutto ciò che gli era accaduto.

Quando però venne a parlare della Perla di Labuan, tutta la sua ira sfumò. La sua voce, poco prima rauca, strozzata per il furore, prese allora un altro tono, diventando dolce, carezzevole, appassionata.

Descrisse con slancio poetico la bellezza della giovane *lady*, venne poi a mano a mano a narrare tutte le avventure che erano seguite, cioè la caccia alla tigre, la confessione del suo amore, il tradimento del *lord*, la fuga, l'incontro di Giro-Batol e l'imbarco per Mompracem.

– Ascoltami, Yanez – egli continuò con accento ancora commosso. – Nel momento in cui mettevo piede nella canoa per abbandonare indifesa quella creatura, ho creduto che mi si lacerasse il cuore. Avrei voluto, piuttosto di lasciare quell'isola, inabissare la canoa e Giro-Batol; avrei voluto far rientrare il mare nella terra e far sorgere in sua vece un mare di fuoco, perché non potessi più valicarlo. In quel momento avrei distrutto senza rimpianti la mia formidabile Mompracem, affondati i miei *praos*, dispersi i miei uomini e non avrei voluto essere mai stato... la Tigre della Malesia!...

– Ah! Sandokan! – esclamò Yanez, con tono di rimprovero.

Il pirata si alzò con un gesto brusco, il volto alterato.

– Tu non lo crederai – riprese – ma ho lottato tremendamente prima di lasciarmi vincere dalla passione. Ma né la ferrea volontà della Tigre della Ma-lesia, né il mio odio per tutto ciò che sa di inglese hanno potuto frenare gli impeti del cuore. Quante volte ho tentato di spezzare la catena! Quante volte, quando mi assaliva il pensiero di dovere un giorno, per sposare quella donna, abbandonare il mio mare, porre fine alle mie vendette, abbandonare la mia isola, perdere il mio cuore di cui andavo un giorno tanto altero, perdere i miei tigrotti, ho cercato di fuggire, di porre fra me e quegli occhi affascinanti una barriera insormontabile! Eppure ho dovuto cedere, Yanez. Mi sono trovato fra due abissi: qui Mompracem con i suoi pirati, fra il balenare dei suoi cento cannoni e i suoi vittoriosi *praos*; là quell'adorabile creatura dai capelli biondi e gli occhi azzurri. Ho esitato a lungo, poi sono precipitato verso quella fanciulla dalla quale, lo sento, nessuna forza umana saprà strapparmi. Ah, sento che la Tigre cesserà di esistere!...

– Dimenticala dunque! – disse Yanez, scotendosi.

– Dimenticarla!... È impossibile, Yanez; è impossibile!... Sento che non potrò mai spezzare le catene dorate che ella ha gettato intorno al mio cuore. Né le battaglie, né le grandi emozioni della vita piratesca, né l'affetto dei miei uomini, né le vendette sarebbero capaci di farmi dimenticare quella fanciulla. La sua immagine si frapporrebbe sempre fra me e quelle grandi emozioni e spegnerebbe l'antica energia e il valore della Tigre. No, no, non la dimenticherò mai, sarà mia moglie dovesse costarmi il mio nome, la mia isola, la mia potenza, tutto, tutto!...

Si arrestò per la seconda volta, guardando Yanez che era ricaduto nel suo mutismo.

– Ebbene, fratello? Mi hai compreso? – chiese.

– Sì.

– Che cosa mi consigli? Che cosa hai da rispondermi ora che ti ho svelato tutto?

– Giacché tu l'ami così immensamente, noi tutti ti aiuteremo a farla tua sposa, purché tu ritorni felice. Puoi ritornare ancora la Tigre della Malesia anche sposando la giovinetta dai capelli d'oro.

Sandokan si precipitò fra le braccia di Yanez e quei due uomini rimasero a lungo abbracciati.

– Dimmi ora – soggiunse il portoghese – che cosa intendi fare?

– Partire il più presto possibile per Labuan e rapire Marianna.

– Hai ragione. Il *lord*, se viene a sapere che tu hai lasciato l'isola e sei tornato a Mompracem, può prendere il largo per paura di vederti ritornare. Bisogna agire prontamente o la partita è perduta. Va' ora a dormire, perché hai bisogno di un po' di calma, e lascia a me la cura di preparare ogni cosa. Domani la spedizione sarà pronta a salpare.

– A domani, Yanez.

– Addio, fratello – rispose il portoghese, e uscì scendendo lentamente la scaletta.

Sandokan, rimasto solo, tornò a sedere dinanzi alla tavola, più cupo e più agitato che mai.

Sentiva il bisogno di stordirsi per dimenticare, alcune ore almeno, quella giovinetta che lo aveva stregato e calmare l'impazienza che lo rodeva. Si mise a bere con una specie di rabbia, vuotando uno dopo l'altro parecchi bicchieri di *whisky*.

– Ah! – esclamò – Potessi addormentarmi e non risvegliarmi che a Labuan. Sento che questa impazienza, questo amore, questa gelosia mi uccideranno. Sola!... Sola a Labuan!.... E forse, mentre io sono qui, il baronetto le farà la corte.

Si alzò in preda a un violento impeto di furore e si mise a passeggiare come un pazzo, rovesciando le sedie, infrangendo le bottiglie ammucchiate negli angoli, spezzando i vetri dei grandi scaffali ripieni di oro e di gioielli.

Il pirata, che ormai era ebbro, si rimise a bere con nuova foga.

Si rialzò, ma ricadde sulla sedia lanciando intorno sguardi torvi. Gli pareva di vedere delle ombre correre per la stanza, dei fantasmi che gli mostravano ghignando scuri, *kriss* e scimitarre insanguinate. In una di quelle ombre credette di ravvisare il suo rivale, il baronetto William. Si sentì prendere da un impeto di furore e digrignò ferocemente i denti.

– Ti vedo, ti vedo, maledetto inglese – urlò. – Ma guai a te se posso afferrarti! Vuoi rubarmi la Perla, lo leggo nei tuoi occhi, ma te lo impedirò, verrò a distruggere la tua casa, quella del *lord*, metterò a ferro e fuoco Labuan, farò scorrere dovunque sangue e vi sterminerò tutti... tutti!... Ah, tu ridi!... Aspetta, aspetta che venga!...

Era allora giunto al colmo dell'ebbrezza. Si sentì prendere da una smania feroce di distruggere tutto, di rovesciare tutto.

Si sollevò con uno sforzo, afferrò una scimitarra e si mise a menare colpi disperati, rincorrendo l'ombra del baronetto che pareva sempre gli sfuggisse, lacerando le tappezzerie, frantumando bottiglie, avventando tremendi colpi sugli scaffali, sulla tavola, sull'*armonium*, facendo piovere dai vasi infranti torrenti d'oro, di perle e di diamanti, finché spossato, vinto dall'ebbrezza, cadde fra tutte quelle rovine, addormentandosi profondamente.

Il caporale inglese

Quando si svegliò, si trovò coricato sull'ottomana, trasportatovi dai malesi addetti al suo servizio.

Sandokan si stropicciò parecchie volte gli occhi e si passò più volte le mani sulla fronte ardente, come se cercasse di ricordare.

Si strappò di dosso la divisa del sergente Willis, indossò nuove vesti scintillanti d'oro e di perle, si mise in capo un ricco turbante sormontato da uno zaffiro grosso quanto una noce, si passò fra le pieghe della fascia un nuovo *kriss* e una nuova scimitarra e uscì.

Percorse con i suoi occhi d'aquila il mare e guardò ai piedi della rupe. Tre *praos*, con le grandi vele spiegate, stavano dinanzi al villaggio, pronti a prendere il largo.

Sulla spiaggia i pirati andavano e venivano, occupati a imbarcare armi, munizioni da bocca e da guerra e cannoni. In mezzo a loro Sandokan scorse Yanez, che la notte precedente aveva salutato il suo ritorno con grande calore, e gli aveva promesso di aiutarlo a compiere una spedizione a Labuan.

«Buon amico,» pensò «mentre io dormivo egli preparava la spedizione.»

Scese i gradini e si diresse verso il villaggio. Appena i pirati lo videro, un immenso urlo echeggiò:

– Viva la Tigre! Viva il nostro capitano!

Poi tutti gli uomini si precipitarono confusamente attorno al pirata con grida di gioia. I più vecchi capi della pirateria piangevano di gioia, nel rivederlo ancora vivo.

Nessun lamento si udiva, nessun rimpianto per i loro compagni, per i loro fratelli, i loro figli, i loro parenti caduti sotto il ferro degli inglesi nella disastrosa spedizione, ma di quando in quando si sentivano grida di vendetta.

– Amici, – disse Sandokan con quell'accento metallico e strano che affascinava – la vendetta che voi reclamate non tarderà. Le tigri che io conducevo a Labuan sono cadute sotto i colpi dei leopardi dalla pelle bianca, cento volte più numerosi e cento volte più armati dei nostri, ma la partita non è ancora chiusa. No, tigrotti, gli eroi che caddero combattendo sulle spiagge dell'isola maledetta non rimarranno invendicati. Stiamo partendo per quella terra dei leopardi. Il giorno della battaglia le tigri di Mompracem vinceranno i leopardi di Labuan!

– Sì, sì, a Labuan, a Labuan! – gridarono i pirati agitando freneticamente le armi.

Yanez parve non avere udito. Era salito sul vecchio affusto d'un cannone e guardava attentamente verso un promontorio che si prolungava sul mare.

– Cosa cerchi, fratello? – gli chiese Sandokan.

– Vedo l'estremità d'un albero spuntare dietro quelle scogliere – rispose il portoghese.

– Uno dei nostri *praos*?

– Quale altra nave oserebbe avvicinarsi alle nostre coste?

– Non sono tutti rientrati i nostri velieri?

– Tutti meno uno, quello di Pisangu, uno dei più grossi e dei meglio armati.

– Dove l'avevi mandato?

– Verso Labuan perché ti cercasse.

– Attendiamolo – mormorò Sandokan. – Chissà!... Può recarci qualche notizia da Labuan.

Tutti i pirati erano saliti sui bastioni per osservare meglio quel veliero che avanzava lentamente, seguendo il promontorio.

Quand'ebbe girato la punta estrema, si udì un unico grido altissimo:

– Il *prao* di Pisangu!

Era veramente il veliero che Yanez, tre giorni prima, aveva mandato verso Labuan per cercare di aver notizie della Tigre della Malesia e dei suoi prodi, ma in quale stato ritornava! Dell'albero di trinchetto non rimaneva che un troncone; quello maestro si reggeva a malapena, sostenuto da una fitta rete di sartie e di paterazzi. Le murate non esistevano quasi più e anche i fianchi si vedevano gravemente danneggiati e coperti di tavole di legno per chiudere i fori delle palle.

– Quel veliero deve essersi ben battuto – disse Sandokan.

– Pisangu è un valoroso che non teme di assalire le grosse navi – rispose Yanez.

– Toh!... Mi pare che conduca qualche prigioniero. Che l'abbia preso a Labuan?

– Non l'avrà certamente pescato in mare.

– Lo interrogheremo.

Il *prao*, aiutato dai remi, essendo il vento piuttosto debole, avanzava rapidamente. Il suo capitano, scorgendo Sandokan e Yanez mandò un grido di gioia, poi alzando le mani urlò:

– Buona preda!

Cinque minuti dopo il veliero entrava nella piccola baia, gettando l'ancora a venti passi dalla sponda. Una scialuppa fu subito messa in mare e Pisangu vi prese posto insieme con il soldato e con quattro rematori.

– Da dove vieni? – gli chiese Sandokan, appena fu sbarcato.

– Dalle coste orientali di Labuan, mio capitano – disse il bornese. – Mi ero spinto là con la speranza di avere vostre notizie e sono ben felice di ritrovarvi qui e ancora sano.

– Chi è quell'inglese?

– Un caporale, capitano.

– Dove l'hai fatto prigioniero?

– Presso Labuan.

– Narra ogni cosa.

– Stavo perlustrando le spiagge, quando vidi un canotto montato da quell'uomo sbucare dalla foce d'un piccolo fiume. Il briccone doveva avere dei compagni sulle due rive, poiché lo udivo di frequente mandare dei fischi acutissimi. Feci subito mettere in mare la scialuppa e con dieci uomini gli diedi la caccia, sperando che mi desse vostre notizie. La cattura non fu difficile, ma quando volli abbandonare la foce del fiumicello, m'accorsi che la via era stata chiusa da una cannoniera. Impegnai risolutamente la lotta, scambiando con gli inglesi palle e mitraglia in abbondanza. Una vera tempesta, mio capitano, che mi distrusse mezzo equipaggio e che mi rovinò il veliero, ma che ridusse a malpartito anche la cannoniera. Quando vidi che il nemico, ormai allo stremo delle forze, si ritirava, con due bordate presi il largo, tornandomene qui più in fretta che potevo.

– E quel soldato viene proprio da Labuan?

– Sì, mio capitano.

– Grazie, Pisangu. Conducilo qui.

Era un giovanotto di venticinque o ventotto anni, grasso, di statura piuttosto bassa, biondo, roseo, paffuto. Pareva assai spaventato di trovarsi in mezzo a quelle bande di pirati, però nessuna parola gli usciva dalle labbra.

Vedendo Sandokan, si sforzò di abbozzare un sorriso, poi disse con un tremito nella voce:

– La Tigre della Malesia.

– Dove mi ha i visto? – gli chiese Sandokan.

– Nella villa di Lord Guillonk.

– C'eri anche tu fra quelli che mi davano la caccia?

Il soldato non rispose: poi crollando il capo, disse:

– È finita per me, è vero?

– La tua vita dipende dalle tue risposte – rispose Sandokan.

L'inglese impallidì, ma serrò le labbra, come se temesse che qualche parola gli sfuggisse.

– Orsù, dove ti trovavi quando io ho lasciato la villa del *lord*?

– Nei boschi – rispose il soldato.

– Che cosa facevi?

– Nulla.

– Ah!... No? Lo vedremo.

Sandokan aveva estratto il *kriss* e con un rapido gesto l'aveva puntato alla gola del soldato, facendo uscire una goccia di sangue.

Il prigioniero non seppe frenare un grido di dolore.

– Basta! – disse, sottraendosi alla punta del *kriss* – Parlerò, Tigre della Malesia!

Sandokan fece segno ai suoi uomini di allontanarsi, poi sedette insieme con Yanez su un affusto di cannone, dicendo al soldato:

– Ti ascolto. Che cosa facevi nei boschi?...

– Seguivo il baronetto Rosenthal.

– Ah! – esclamò Sandokan, mentre un cupo lampo gli brillava nello sguardo – Lui!...

– Lord Guillonk aveva saputo che l'uomo raccolto moribondo e che aveva curato nella propria casa non era un principe malese, ma la terribile Tigre della Malesia, e d'accordo con il baronetto e con il governatore di Vittoria aveva preparato l'agguato.

– E come l'aveva saputo?

– Lo ignoro.

– Continua.

– Furono raccolti cento uomini, e ci mandarono a circondare la villa per impedire a voi la fuga.

– Questo lo so. Dimmi che cos'è avvenuto dopo, quando io riuscii a forzare le linee e mi rifugiai nei boschi.

– Quando il baronetto entrò nella villa, trovò Lord Guillonk in preda a una tremenda eccitazione.

– E Lady Marianna?

– Piangeva. Sembrava che fra la bella fanciulla e suo zio fosse avvenuta una scena violentissima. Il *lord* l'accusava di aver favorito la vostra fuga... ed ella invocava pietà per voi.

– Povera fanciulla! – esclamò Sandokan, mentre una rapida commozione alterava i suoi lineamenti. – Senti, Yanez?

– Continua – disse il portoghese al soldato. – Bada però di dire il vero, poiché tu rimarrai qui fino al nostro ritorno da Labuan. Se avrai mentito non sfuggirai alla morte.

– È inutile che io v'inganni – rispose il caporale. – Riuscito infruttuoso l'inseguimento, restammo accampati presso la villa per proteggerla contro il possibile assalto dei pirati di Mompracem. Correvano voci poco rassicuranti. Si diceva che dei tigrotti fossero sbarcati e che la Tigre della Malesia stesse nascosta nei boschi, pronta a piombare sulla villa e a rapire la fanciulla. Cosa sia poi avvenuto, io lo ignoro. Devo però dirvi che Lord Guillonk aveva preso gli accordi opportuni per ritirarsi a Vittoria, sotto la protezione degli incrociatori e dei forti.

– E il baronetto Rosenthal?

– Sposerà fra breve Lady Marianna.

Sandokan mandò un urlo di belva ferita e barcollò, chiudendo gli occhi. Il suo volto era sconvolto.

S'avvicinò al soldato e, scuotendolo furiosamente, gli disse:

– Tu non mi ha ingannato, è vero?

– Vi giuro che ho detto la verità...

– Tu rimarrai qui e noi andremo a Labuan. Se non avrai mentito, ti darò tanto oro quanto pesi.

Poi volgendosi a Yanez, gli disse con voce decisa:

– Partiamo. Tutto è pronto?

– Non manca che scegliere gli uomini che dovranno seguirci.

– Condurremo con noi i più valorosi, poiché si tratta di giocare una partita suprema.

– Lascia però qui alcuni uomini che possano difendere il nostro rifugio.

– Che cosa temi, Yanez?

– Gli inglesi potrebbero approfittare della nostra assenza per gettarsi sull'isola.

– Non oseranno tanto, Yanez.

– Credo il contrario. Ormai a Labuan sono abbastanza forti per tentare la lotta, Sandokan. Un giorno o l'altro l'urto decisivo dovrà avvenire.

– Ci troveranno pronti e vedremo se saranno più decise e valorose le tigri di Mompracem o i leopardi di Labuan.

Sandokan fece schierare le sue bande, che contavano oltre duecentoquaranta uomini, reclutati fra le più guerriere tribù del Borneo e delle isole del mare malese, e scelse novanta tigrotti, i più valorosi e i più robusti, che a un suo cenno non avrebbero esitato a scagliarsi anche contro i forti di Vittoria, la cittadella di Labuan.

Chiamò poi Giro-Batol e, mostrandolo alle bande che rimanevano alla difesa dell'isola, disse:

– Ecco un uomo che ha la fortuna di essere uno dei più valenti della pirateria, l'unico dei miei valorosi che sopravvisse nella disgraziata spedizione di Labuan. Durante la mia assenza ubbidite a lui come fosse la mia persona. E ora, imbarchiamoci, Yanez.

La spedizione contro Labuan

I novanta uomini s'imbarcarono sui *praos*; Yanez e Sandokan presero posto sul più grande e più solido, che portava doppi cannoni e una mezza dozzina di grosse spingarde e che per di più era difeso da grosse lamiere di ferro.

Le ancore vennero salpate, le vele orientate e la spedizione uscì dalla baia fra le acclamazioni delle bande affollate sulla riva e sui bastioni.

Il cielo era sereno e il mare liscio come fosse un olio, però verso sud apparivano alcune nuvolette di una tinta particolare, di una forma strana e che non facevano presagire nulla di buono.

Sandokan fiutò un prossimo perturbamento atmosferico; tuttavia non si turbò.

– Se gli uomini non sono capaci di arrestarmi, tanto meno lo farà la tempesta. Mi sento tanto forte da sfidare anche i furori della natura – disse.

– Temi un uragano? – chiese Yanez

– Sì, ma non mi farà tornare indietro. Anzi mi sarà favorevole, fratello mio, poiché potremo sbarcare senza essere disturbati dagli incrociatori.

– E appena a terra, che cosa farai?

– Non lo so ancora, ma mi sento capace di tutto,

di affrontare anche l'intera squadra inglese se cercasse di sbarrarmi la via, come di lanciare i miei uomini contro la villa per espugnarla.

– Se annunci il tuo sbarco con qualche battaglia, il *lord* non rimarrà più fra i boschi, ma fuggirà a Vittoria sotto la protezione del forte e dei navigli.

– È vero, Yanez – rispose Sandokan, sospirando. – E tuttavia bisogna che Marianna sia mia sposa, poiché sento che, senza di lei, non si spegnerebbe mai il fuoco che ho nel cuore.

– Ragione di più per agire con la massima prudenza, in modo da sorprendere il *lord*.

– Sorprenderlo! E credi tu che il *lord* non stia in guardia? Egli sa che io sono capace di tutto e avrà radunato nel suo parco dei soldati e dei marinai.

– Può essere, ma ricorreremo a qualche astuzia. Chissà, qualche cosa mi frulla già per il capo e potrebbe maturare. Ma dimmi, amico mio, si lascerà rapire Marianna?

– Oh, sì, me lo ha giurato!

– E la condurrai a Mompracem?

– Sì.

– E, dopo averla sposata, ve la terrai per sempre?

– Non lo so, Yanez – disse Sandokan, emettendo un profondo sospiro – vuoi che la releghi nella mia selvaggia isola per sempre? Vuoi che ella viva per sempre fra i miei tigrotti che non sanno altro che tirare archibugiate, menare il *kriss* e la scure? Vuoi che l'assordi con le urla dei combattenti e il ruggito dei cannoni e che la esponga a un continuo pericolo?... Dimmi, Yanez, nel mio caso tu faresti ciò?

– Ma pensa, Sandokan, a ciò che diverrà Mompracem senza la sua Tigre della Malesia. Con te tornerebbe a brillare, tanto da eclissare Labuan e tutte le altre isole, e farebbe ancora fremere i figli di quegli uomini che distrussero la tua famiglia e il tuo popolo. Vi sono migliaia di daiaki e di malesi che altro non aspettano che un appello per correre a ingrossare la banda delle tigri di Mompracem.

– Ho pensato a tutto ciò, Yanez.

– E non di meno lasceresti perire la tua potenza per quella donna.

– L'amo, Yanez. Ah, non vorrei essere mai stato la Tigre della Malesia!...

Il pirata che, cosa insolita, era estremamente commosso, sedette sull'affusto di un cannone prendendosi il capo fra le mani, come se volesse soffocare i pensieri che gli tumultuavano nel cervello.

Yanez lo guardò a lungo in silenzio, poi si mise a passeggiare sul ponte crollando a più riprese il capo.

Intanto i tre velieri cominciavano a veleggiare verso oriente, spinti però da un vento leggero e che per di più soffiava irregolarmente, facendo talora rallentare molto la corsa.

Ciò però non doveva durare. Infatti, verso le nove di sera, il vento cominciò a soffiare con qualche violenza, venendo dalla direzione ove s'alzavano le nubi, segno evidente che qualche tempesta sconvolgeva l'oceano meridionale.

All'indomani il mare era tempestoso. Lunghe ondate, che salivano da sud, percorrevano quel vasto spazio, cozzando le une contro le altre con profondi muggiti, facendo vivamente rollare e beccheggiare i tre velieri. In cielo poi correvano immensi nuvoloni, neri come la pece e con le frange tinte di rosso fuoco.

La sera il vento raddoppiò di violenza, minacciando di spezzare gli alberi, se non si diminuiva la superficie delle vele.

Qualunque altro navigante, vedendo quel mare e quel cielo, si sarebbe affrettato a dirottare verso la terra più vicina, ma Sandokan, che sapeva ormai di essere a settanta od ottanta miglia da Labuan e che piuttosto di perdere una sola ora avrebbe perduto volentieri uno dei suoi velieri, non lo pensò nemmeno.

– Sandokan, – disse Yanez, che diventava sempre più inquieto – bada che noi corriamo un grave pericolo.

– I nostri velieri sono solidi, non preoccuparti, mio caro amico Yanez.

– Ma mi pare che l'uragano minacci di diventare tremendo.

– Non lo temo, Yanez. Andiamo avanti, che Labuan non è lontana. Scorgi gli altri velieri?

– Mi pare di vederne uno verso sud. L'oscurità è così profonda che non si vede al di là di cento metri.

– Se si perdono, sapranno ritrovarci.

– Ma possono anche perdersi per sempre, Sandokan.

– Non retrocedo, Yanez.

– Sta in guardia, fratello.

In quel momento un lampo abbagliante squarciò le tenebre, illuminando il mare fino agli estremi limiti dell'orizzonte, seguito subito da un tuono spaventoso.

Sandokan attraversò il ponte e si mise alla barra del timone, mentre i suoi marinai assicuravano i cannoni e le spingarde, armi che non volevano perdere a nessun costo, tiravano in coperta l'imbarcazione da sbarco e rafforzavano le manovre fisse triplicando i cavi.

Le prime raffiche giungevano già da sud, con quella rapidità che sogliono acquistare i venti nelle tempeste, spingendo innanzi a loro le prime montagne d'acqua.

Il *prao*, con la velatura ridotta, si mise a filare con la rapidità di una freccia, verso oriente, tenendo bravamente testa agli elementi e senza deviare di una sola linea dalla sua rotta, sotto la ferrea mano di Sandokan.

Ma verso le undici l'uragano si scatenò quasi improvvisamente in tutta la sua terribile maestà, mettendo sottosopra cielo e mare.

Le nubi, accavallate fin dal giorno innanzi, correvano furiosamente attraverso lo spazio, ora sospinte in alto e ora cacciate così in basso da toccare, con i loro neri lembi, le onde, mentre il mare si precipitava con impeto strano verso nord, quasi fosse un'immensa fiamma.

Il *prao*, vero guscio di noce che sfidava la natura irritata, sballottato dai marosi che lo assalivano da ogni parte, barcollava disordinatamente ora sulle creste spumeggianti delle onde e ora nel fondo di mobili abissi, rovesciando gli uomini, facendo scricchiolare gli alberi, sbattere i vascelli e crepitare le vele con tanta forza che parevano essere sempre lì lì per scoppiare.

Ma Sandokan, malgrado quel furioso rimescolamento d'acqua, non cedeva e guidava il legno verso Labuan, sfidando impavido la tempesta.

Il *prao* lottava disperatamente, opponendo alle onde, che volevano trascinarlo a nord, i robusti fianchi. Sbandava sempre più spaventosamente, si raddrizzava come un cavallo imbizzarrito, si tuffava nell'acqua con la prua, gemeva come fosse lì lì per aprirsi in due e in certi momenti rollava tanto, da temere che non si sarebbe più rimesso in equilibrio.

Yanez, che comprendeva quanto fosse imprudente ostinarsi in quella lotta, stava recandosi a poppa per pregare Sandokan di cambiare rotta, quando una detonazione, che non si poteva confondere con lo scroscio della folgore, echeggiò al largo.

Un istante dopo una palla passava fischiando sopra la coperta, smussando il pennone di trinchetto.

Un urlo di rabbia scoppiò a bordo del *prao* a quella inaspettata aggressione che nessuno certamente si aspettava con un simile tempo e in momenti così critici.

Sandokan, abbandonata la barra a un marinaio, si slanciò a prua, cercando di scoprire l'audace che lo assaliva in mezzo alla tempesta.

– Ah! – esclamò – Ci sono degl'incrociatori che vegliano ancora?

Infatti l'aggressore, che in mezzo a quel formidabile rimescolamento del mare aveva lanciato così bene quella palla, era un grosso vascello a vapore, sul cui picco sventolava la bandiera inglese e che sulla cima dell'alberetto di maestra portava il gran nastro delle navi da guerra.

– Viriamo, Sandokan – disse Yanez, che lo aveva raggiunto.

– Virare?

– Sì, fratello mio, Quel vascello sospetta in noi dei pirati diretti a Labuan.

Un secondo colpo di cannone tonò sul ponte del

vascello e una seconda palla fischiò attraverso l'attrezzatura del *prao*.

I pirati, nonostante i violenti rollii, si precipitarono verso i cannoni e le spingarde per rispondere, ma Sandokan li arrestò con un gesto.

Infatti non ce n'era bisogno. Il gran vascello, che si sforzava di tener testa alle onde che lo assalivano a prua, inabissandosi quasi tutto sotto il peso della sua costruzione in ferro, veniva suo malgrado trascinato verso nord. In breve tempo fu tanto lontano, che le sue artiglierie non erano più da temere.

– Peccato che mi abbia trovato in mezzo a questa tempesta – disse Sandokan con accento tetro. – L'avrei assalito e vinto malgrado la sua mole e il suo equipaggio.

– Meglio così, Sandokan – disse Yanez. – Che il diavolo se lo porti e lo cacci in fondo al mare.

– Ma che cosa faceva quel vascello in pieno mare mentre tutti cercano un rifugio? Siamo così vicini a Labuan? Vedi nulla davanti a noi?

– Sì. Un punto oscuro verso est. L'ho distinto al chiarore d'un lampo.

In quel momento si udì un malese gridare dall'alto del pennone di trinchetto:

– Terra dritto l'asta di prua!...

Sandokan mandò un grido di gioia:

– Labuan!... Labuan!... – esclamò – A me la barra.

Riattraversò il ponte, malgrado le onde lo spazzassero a ogni istante, e si mise al timone, lanciando il suo *prao* verso est.

Mentre però si avvicinava alla costa, il mare pareva raddoppiasse di furore, come se volesse impedire a ogni costo lo sbarco. Onde mostruose, prodotte dai così detti flutti di fondo, balzavano in tutte le direzioni, mentre il vento raddoppiava di violenza, rotto dalle alture dell'isola.

Sandokan però non cedeva e con gli occhi fissi verso est continuava impavido la sua via, valendosi della luce dei lampi per dirigersi. Ben presto si trovò a poche gomene dalla costa.

Sandokan la esaminò per alcuni secondi, poi con un vigoroso colpo di barra piegò a babordo.

Spinse il *prao* innanzi con una temerarietà da far rizzare i capelli ai più intrepidi lupi di mare, attraversò uno stretto passo aperto fra due grandi rupi ed entrò in una piccola ma profonda baia, che pareva terminasse in un fiume. La risacca era però così violenta entro quel rifugio, da mettere il *prao* in gravissimo pericolo. Era meglio sfidare l'ira del mare aperto che tentare un approdo su quelle sponde spazzate dalle onde rotolanti che si accavallavano.

– Non si può tentare nulla, Sandokan – disse Yanez. – Se cerchiamo di accostarci, manderemo il nostro veliero in frantumi.

– Tu sei un nuotatore molto abile, è vero Yanez? – chiese Sandokan.

– Come i nostri malesi.

– Allora noi approderemo ugualmente.

– Che cosa vuoi tentare?

Invece di rispondere, Sandokan gridò:

– Paranoa!... Alla barra!...

Il daiako si slanciò verso poppa, afferrando la ribolla che Sandokan gli abbandonava.

– Che cosa devo fare? – gli chiese.

– Mantenere per ora il *prao* attraverso il vento – rispose Sandokan. – Bada di non mandarlo contro i banchi.

– Non temere, Tigre della Malesia.

Si volse verso i marinai e disse loro:

– Preparate la scialuppa e issatela sulla murata. Quando l'onda spazzerà il bordo la lascerete andare.

I suoi uomini, udendo quel comando, si guardarono l'un l'altro con viva ansietà, ma s'affrettarono a ubbidire senza chiedere spiegazioni.

Alzarono a forza di braccia la scialuppa e la issarono sulla murata di tribordo, dopo avervi messo dentro due carabine, delle munizioni e dei viveri.

La Tigre della Malesia s'avvicinò a Yanez, dicendogli con tono fermo:

– Sali nella scialuppa, fratello mio.

– Che cosa vuoi tentare, Sandokan?

– Voglio approdare.

– Andremo a fracassarci contro la spiaggia.

– Bah!... Sali, Yanez.

– Tu sei pazzo...

Invece di rispondere, Sandokan lo prese e lo spinse nella scialuppa, poi a sua volta vi balzò dentro.

Un'onda mostruosa entrava allora nella baia, muggendo tremendamente.

– Paranoa! – gridò Sandokan – Tienti pronto a virare di bordo.

– Devo uscire ancora in mare? – chiese il daiako.

– Risali verso nord mettendoti alla cappa. Quando il mare si sarà calmato, tornerai qui.

– Va bene, capitano...

– State attenti a lasciare la scialuppa! Ecco l'onda!

Il cavallone si avvicinava con la cresta coperta di candida spuma. Si spezzò a metà dinanzi alle due sponde, poi entrò nella baia precipitandosi verso il *prao*. In un baleno gli fu addosso, avvolgendolo in un nembo di spuma e balzando attraverso le murate.

– Lascia andare – urlò Sandokan.

La scialuppa, abbandonata a se stessa, fu portata via insieme con i due coraggiosi che erano a bordo. Quasi nel medesimo istante il *prao* virava di bordo e, approfittando d'una controndata, usciva al largo.

L'imbarcazione dondolava spaventosamente fra le creste. Le onde però la spingevano verso la spiaggia, la quale, per buona fortuna, scendeva dolcemente ed era priva di scogliere.

Sollevata da un'altra ondata, percorse cento metri. Salì una cresta, poi precipitò, quindi avvenne un urto violentissimo.

I due coraggiosi si sentirono mancare il fondo sotto i piedi. La chiglia era stata frantumata di colpo.

– Sandokan! – gridò Yanez che vedeva entrare l'acqua attraverso le squarciature.

– Non abbandonare...

La voce fu soffocata da un tremendo colpo di mare succedutosi al primo. La scialuppa fu nuovamente sollevata. Si dondolò un istante sulla cresta del cavallone, poi precipitò innanzi toccando nuovamente, ma le onde rotolanti la spinsero ancora più avanti sbattendola contro il tronco di un albero con tale violenza, che i due pirati furono sbalzati fuori. Sandokan, che era finito in mezzo a un ammasso di foglie e rami, s'era subito rialzato, raccogliendo le due carabine e le munizioni.

Una nuova ondata risaliva allora dalla sponda.

Trovata la scialuppa, la rotolò per qualche tratto, poi la spazzò via sommergendola.

– All'inferno tutti gli innamorati! – gridò Yanez che si era alzato tutto pesto. – Sono cose da pazzi, queste.

– Ma sei ancora vivo? – disse Sandokan ridendo.

– Volevi che mi fossi accoppato?

– Non me ne sarei consolato mai più, Yanez. Eh, guarda il *prao*!

– Come? Non ha preso il largo?

Il veliero ripassava allora dinanzi all'imboccatura della baia, filando con la rapidità di una freccia.

– Che fedeli compagni! – disse Sandokan – Prima di allontanarsi hanno voluto accertarsi che noi siamo approdati.

Si strappò di dosso la larga fascia di seta rossa e la spiegò al vento.

Un istante dopo uno sparo echeggiava sul ponte del veliero.

– Ci hanno scorti – disse Yanez. – Speriamo che si salvino.

Il *prao* aveva virato di bordo, riprendendo la sua corsa verso nord.

Yanez e Sandokan rimasero sulla spiaggia finché poterono scorgerlo, poi si cacciarono sotto i grandi vegetali per mettersi al coperto della pioggia che cadeva a catinelle.

– Dove andiamo, Sandokan? – gli chiese Yanez.

– Non lo so.

– Orsù, discutiamo con calma, fratello mio. Tu vuoi andare alla villa?... A che fare?...

– Per vederla, almeno – disse Sandokan, con un sospiro.

– Uhm!... So di che cosa sei capace. Calma, fratello mio. Pensa che siamo solo in due e che alla villa ci sono dei soldati. Aspettiamo che i *prao* ritornino, poi agiremo.

– Ma se tu sapessi che cosa provo trovandomi su questa terra! – esclamò Sandokan con voce rauca.

– Lo immagino, ma non posso permetterti di commettere delle pazzie. Vuoi recarti alla villa per accertarti che Marianna vi si trovi ancora? Andremo, ma dopo che l'uragano sarà cessato. Con l'oscurità e la pioggia non potremmo né orientarci né trovare il fiume. Domani, quando il sole sarà spuntato, ci metteremo in cammino. Per ora cerchiamo un rifugio.

Sandokan cedette e si lasciò cadere presso il tronco dell'albero, mandando un lungo sospiro.

La pioggia continuava a cadere con estrema violenza e sul mare l'uragano infuriava sempre tremendamente. Attraverso gli alberi, i due pirati scorgevano le onde accavallarsi rabbiosamente e scagliarsi contro la spiaggia con impeto irresistibile, frangendosi e rifrangendosi.

Scorgendo quelle ondate, che invece di scemare ingigantivano sempre più, Yanez non poté trattenersi dal chiedere:

– Che cosa accadrà ai nostri *praos* con simile tempesta?... Credi tu, Sandokan, che si salveranno?... Se dovessero naufragare che cosa succederebbe di noi?

– I nostri uomini sono valenti marinai – rispose Sandokan. – Essi sapranno trarsi d'impiccio.

– E se naufragassero?... Che cosa potresti fare tu senza il loro aiuto?...

– Cosa farei?... Rapirei ugualmente la fanciulla.

– Tu corri troppo, Sandokan. Due soli uomini, sia pure due tigri della selvaggia Mompracem, non possono affrontare venti, trenta e forse cinquanta moschettieri.

– Ricorreremo all'astuzia. Io non tornerò a Mompracem senza Marianna.

Yanez non rispose. Si sdraiò in mezzo all'erba, che era quasi asciutta essendo protetta dalle larghe foglie dell'albero e chiuse gli occhi.

Sandokan invece s'alzò spingendosi verso la spiaggia. Il portoghese, che non dormiva, lo vide aggirarsi al margine della foresta, ora salendo verso nord e ora ridiscendendo verso sud.

Certamente cercava di orientarsi e di riconoscere quella costa che forse aveva già percorso durante il suo soggiorno in quell'isola.

Quando ritornò cominciava ad albeggiare. La pioggia da qualche ora era cessata e anche il vento non soffiava più così forte.

– So dove ci troviamo – disse la Tigre della Malesia.

– Ah!... – fece questi, preparandosi al alzarsi.

– Il fiume deve trovarsi verso sud e forse non è lontano.

– Vuoi che andiamo a cercarlo?

– Sì, Yanez.

Si gettarono in spalla le carabine, si cacciarono nelle tasche le munizioni e si internarono nella grande foresta, cercando però di non allontanarsi troppo dalla spiaggia.

– Eviteremo le profonde insenature della costa – disse Sandokan. – La via sarà forse meno facile, ma più breve.

– Badiamo a non smarrirci.

– Non temere, Yanez!

La foresta non presentava che rari passaggi, ma Sandokan era un vero uomo dei boschi, che sapeva strisciare come un serpente e dirigersi anche senza stelle e senza sole.

Si diresse verso sud, tenendosi a breve distanza dalla costa per cercare prima di tutto il fiume su cui aveva navigato nella precedente spedizione. Giunto là, non sarebbe stato difficile raggiungere la villa che il pirata sapeva essere lontana forse un paio di chilometri. La via però, a mano a mano che procedeva verso sud, diventava più difficile a causa della strage fatta dall'uragano. Numerosi alberi, abbattuti dal vento, sbarravano i passaggi, costringendo i due pirati a fare ardite ascensioni e lunghi giri. Poi erano ammassi enormi di rami che precludevano loro la via e immense quantità di liane che si allacciavano alle loro gambe, ritardando il cammino.

Tuttavia, lavorando con i *kriss*, proseguivano cercando sempre di non allontanarsi troppo dalla costa.

Verso mezzogiorno, Sandokan si arrestò, dicendo al portoghese:

– Siamo vicini.

– Al fiume o alla villa?...

– Al corso d'acqua – rispose Sandokan. – Non odi questo gorgoglio che si ripercuote sotto le fitte volte di verzura?

Attraversarono lentamente l'ultimo tratto della grande foresta e dieci minuti dopo si trovarono dinanzi a un corso d'acqua, che sboccava in una piccola baia, cinta d'alberi immensi.

Il caso li aveva condotti in quello stesso luogo dove erano approdati i *prao* della prima spedizione. Si vedevano ancora le travi lasciate dal secondo *prao*, quando, respinto dalle tremende cannonate dell'incrociatore, si era rifugiato là per riparare le sue gravi avarie. Sulla riva erano pezzi di pennoni, frammenti di murate, lembi di tela, cordami, palle da cannone, scimitarre, scuri infrante e rimasugli di attrezzi.

Sandokan gettò un cupo sguardo su quegli avanzi che gli rammentavano la sua prima sconfitta e sospirò pensando a quei prodi che erano stati uccisi dal fuoco implacabile dell'incrociatore.

– Riposano laggiù, fuori dalla baia, in fondo al mare – disse a Yanez con voce triste. – Poveri morti, ancora invendicati!...

– È qui che tu sei approdato?...

– Sì, qui, Yanez. Il vascello che ci ha coperto di ferro e di piombo era là! Mi pare ancora di vederlo come in quella tremenda notte in cui io l'ho assalito alla testa di pochi, ma valorosi uomini! Che momento terribile, Yanez, che lotta e che strage! A eccezione di me e di Giro-Batol, tutti sono caduti!

– Rimpiangi quella sconfitta, Sandokan?

– Non lo so. Senza quella palla che mi colpì, forse non avrei conosciuto la fanciulla dai capelli d'oro.

Sedette sul tronco di un albero caduto, si prese il capo fra le mani e s'immerse in profondi pensieri.

Yanez lo lasciò assorto nelle sue meditazioni e s'avventurò fra le scogliere frugando, con un bastone acuminato, nei crepacci, per vedere se riusciva a scoprire qualche ostrica gigante.

Dopo aver girovagato per un quarto d'ora, tornò

alla spiaggia portandone una così grossa che faticava ad alzarla.

Accendere un bel fuoco e aprirla, fu per lui l'affare di pochi istanti.

– Orsù, fratello mio, vieni ad assaggiare questa polpa squisita. Cerca di non pensare ai *praos* distrutti e ai morti.

– È vero, Yanez – rispose Sandokan sospirando. – Quei prodi non ritorneranno in vita mai più.

Terminato il pasto, Yanez si preparava a sdraiarsi sotto un superbo *durion*, che torreggiava sulla riva del fiume, per fumarsi beatamente un paio di sigari, ma Sandokan con un gesto gli indicò la foresta.

– La villa è forse lontana – gli disse.

– Non sai precisamente dove si trovi?

– Vagamente, avendo percorso questi luoghi in preda al delirio.

– Andiamo, giacché lo vuoi; bada però di non commettere imprudenze.

– Sarò calmo, Yanez.

– Una parola ancora, fratello.

– Che cosa vuoi?

– Spero che attenderai la notte per entrare nel parco.

– Sì, Yanez.

– Me lo prometti?

– Hai la mia parola.

Seguirono per qualche tratto la riva destra del fiume, poi si gettarono risolutamente nella grande foresta.

Pareva che l'uragano avesse infuriato tremendamente in quella parte dell'isola. Numerosi alberi abbattuti o dal vento o dalle folgori giacevano al suolo;

alcuni si trovavano ancora semisospesi, essendo stati trattenuti dalle liane, e altri erano interamente coricati. Dappertutto poi, cespugli contorti, ammassi di fogliame e di frutta, rami spezzati, in mezzo ai quali urlavano parecchie scimmie rimaste ferite. Malgrado quei numerosi ostacoli, Sandokan non si arrestava. Continuò a marciare fino al tramonto, senza mai esitare sulla via da prendere.

Calava la sera e già Sandokan disperava di trovare il fiume, quando si trovò improvvisamente dinanzi a un largo sentiero.

– Che cosa hai visto? – chiese il portoghese, vedendolo fermarsi.

– Siamo presso la villa – rispose Sandokan con voce soffocata. – Questo sentiero conduce al parco.

– Perbacco, che fortuna, fratello mio! Va' innanzi, ma non far pazzie.

Sandokan non aspettò che terminasse la frase. Armata la carabina per non venire sorpreso disarmato, si slanciò sul sentiero con tanta rapidità, che il portoghese faticava a stargli dietro.

Si sentiva invaso da un fuoco intenso e agitato da mille timori. Temeva di giungere troppo tardi, di non ritrovare più la donna tanto amata, e correva sempre più, dimenticando ogni prudenza, fracassando e schiantando i rami dei cespugli, lacerando impetuosamente le liane, superando con balzi da leone i mille ostacoli che gli sbarravano la via.

Non si arrestò che dinanzi alle palizzate del parco, più per aspettare il compagno che per prudenza o stanchezza.

– Auff! – esclamò il portoghese raggiungendolo. –

Credi che io sia un cavallo per farmi correre così? La villa non scappa, te l'assicuro io, e poi tu non sai chi può nascondersi dietro quella cinta.

– Non ho paura degli inglesi – rispose la Tigre, che era in preda a una viva esaltazione.

– Lo so, ma se ti fai ammazzare, non vedrai più la tua cara Marianna.

Gli fece cenno di stare zitto e si arrampicò sulla cinta con l'agilità di un gatto, guardando attentamente nel parco.

– Mi pare che non ci sia nessuna sentinella – disse. – Entriamo dunque.

Si lasciò cadere dall'altro lato mentre Sandokan faceva altrettanto, e tutti e due s'inoltrarono silenziosamente nel parco, tenendosi nascosti dietro i cespugli e le aiole, e con gli occhi fissi sulla palazzina che si scorgeva confusamente fra le tenebre.

Erano così giunti a un tiro d'archibugio, quando Sandokan si arrestò di botto, spingendo innanzi a sé la carabina.

– Fermati, Yanez – mormorò.

– Che cos'hai visto?

– Degli uomini sono fermi dinanzi alla palazzina.

Sandokan, a cui batteva furiosamente il cuore, si alzò lentamente e aguzzò gli occhi, guardando quelle figure umane con profonda attenzione.

– Maledizione! – mormorò digrignando i denti – Dei soldati! Ci sono dei soldati!

– Oh, oh! La matassa s'imbroglia – brontolò il portoghese. – Che cosa si fa? Aspetta! Ho un progetto. Sdraiati qui vicino, frena gli impeti del cuore e non avrai da pentirti.

– Ma i soldati?

– Per Giove! Spero che andranno a dormire.

– Hai ragione, Yanez: aspetterò!

Si coricarono dietro un folto cespuglio, ma in modo da non perdere di vista i soldati, e attesero il momento opportuno per agire.

Passarono due, tre, quattro ore, lunghe per Sandokan come quattro secoli, poi finalmente i soldati rientrarono nella villa, chiudendo fragorosamente la porta.

La Tigre fece atto di slanciarsi innanzi, ma il portoghese lo trattenne rapidamente, poi trascinandolo sotto la fitta ombra d'un grandissimo *pombo*, gli disse, incrociando le braccia e guardandolo fisso:

– Dimmi, Sandokan: Marianna sa che tu sei qui?

– Non è possibile.

– Bisognerebbe quindi avvertirla... Sai quale parte del parco frequenta?

– Tutti i giorni si recava a ricamare nel chiosco cinese.

– Benissimo. Conducimi là.

La Tigre della Malesia, quantunque provasse tutte le pene dell'inferno nell'allontanarsi da quel luogo, infilò un viale laterale e condusse Yanez nel chiosco.

Era quello un grazioso padiglioncino, dalle pareti traforate, dipinto a vivaci colori, e sormontato da una specie di cupola di metallo dorato, irta di punte e di draghi.

Intorno si stendeva un boschetto di lillà e di grandi cespi di rose della Cina esalanti acuti profumi.

Yanez e Sandokan, dopo aver armato le carabine,

non essendo certi che fosse deserto, entrarono. Non c'era nessuno.

Yanez accese uno zolfanello e, sopra una leggerissima tavola lavorata, vide un cestello contenente dei pizzi e del filo, e accanto a esso, una mandola intarsiata di madreperla.

Yanez staccò da un libricino un foglietto di carta, si frugò in una tasca e trovato un pezzo di matita, mentre Sandokan accendeva un altro zolfanello, scrisse le seguenti parole:

Siamo sbarcati ieri durante l'uragano. Domani sera, alla mezzanotte, saremo sotto le vostre finestre. Procurate una fune per aiutare la scalata a Sandokan.

Yanez de Gomera

– Spero che il mio nome non le sarà ignoto – disse.

– Oh! No – rispose Sandokan. – Ella sa che tu sei il mio miglior amico.

Piegò la carta e la mise nel cestino da lavoro, in modo che si potesse subito vedere, mentre Sandokan, strappate alcune rose della Cina, ve le gettava sopra.

I due pirati si guardarono in viso l'un l'altro alla luce di un lampo; l'uno era calmo, l'altro era in preda a una grande emozione e malcelata impazienza.

– Andiamo, Sandokan – disse Yanez.

– Ti seguo – rispose la Tigre della Malesia, con un sorriso represso.

Cinque minuti dopo varcavano le palizzate del parco, ricacciandosi in mezzo alla tenebrosa foresta.

L'appuntamento notturno

La notte era ancora tempestosa.

Il vento ruggiva e ululava su mille toni fra le boscaglie, torcendo i rami delle piante e facendo volteggiare in alto masse di fogliame, piegando e abbattendo i giovani alberi e scuotendo poderosamente quelli annosi. Di tanto in tanto dei lampi abbaglianti rompevano le fitte tenebre, e le folgori cadevano abbattendo e incendiando le più alte piante della foresta.

Quantunque l'uragano infuriasse, i due pirati non si arrestavano. Guidati dalla luce dei lampi, cercavano di giungere al fiume per vedere se qualche *prao* si fosse potuto rifugiare nella piccola baia.

Senza curarsi della pioggia che cadeva a torrenti, guardandosi bene dal farsi schiacciare dai grossi rami che il vento schiantava, dopo due ore giunsero inaspettatamente presso la foce del fiume, mentre per recarsi alla villa avevano impiegato un tempo doppio.

– In mezzo all'oscurità ci siamo guidati meglio che in pieno giorno – disse Yanez. – Una vera fortuna con simile notte.

Sandokan scese sulla spiaggia e, atteso un lampo, lanciò un rapido sguardo nelle acque della baia.

– Nulla – disse con voce sorda. – Che sia toccata qualche disgrazia ai miei velieri?

– Bah! I nostri velieri sono solidi. Fra qualche giorno li rivedremo giungere. Hai dato l'appuntamento in questa piccola baia, è vero?

– Sì, Yanez.

– Verranno. Cerchiamo un ricovero, Sandokan. Piove a dirotto e questo uragano non si calmerà tanto presto.

– Dove andare? Ci sarebbe la capanna costruita da Giro-Batol durante il suo soggiorno in quest'isola, ma dubito di poterla trovare.

– Gettiamoci in mezzo a quel macchione di banani. Le gigantesche foglie di quelle piante ci ripareranno alla meglio.

– Meglio costruire un riparo, Yanez.

Servendosi dei *kriss*, tagliarono alcuni bambù che crescevano sulle rive del piccolo fiume e li piantarono sotto un superbo *pombo*, le cui fronde assai fitte erano sufficienti a ripararli dalla pioggia. Dopo averli incrociati come lo scheletro di una tenda, li coprirono con le gigantesche foglie dei banani, sovrapponendole in modo da formare due tetti spioventi.

Come Yanez aveva detto, pochi minuti furono sufficienti per costruire quel riparo. I due pirati vi si cacciarono sotto, portando con sé un grappolo di banane, poi, dopo una parca cena composta unicamente da quelle frutta, cercarono di addormentarsi, mentre l'uragano si scatenava con maggior violenza, con accompagnamento di lampi e di tuoni assordanti.

La notte fu pessima. Parecchie volte Yanez e Sandokan furono costretti a rafforzare la capannuccia e ricoprirla di frasche e di foglie di banani per ripararsi dalla pioggia incessante. Verso l'alba, però, il tempo ritornò calmo, permettendo ai due pirati di dormire tranquillamente fino alle dieci del mattino.

– Andiamo a cercare la colazione – disse Yanez quando si svegliò.

Si spinsero verso la baia, seguendo la sponda meridionale e, frugando le numerose scogliere, riuscirono a procurarsi parecchie dozzine di ostriche d'incredibile grossezza e anche alcuni crostacei. Yanez aggiunse delle banane e alcuni *pombos*, arance assai grosse e molto succulente. Terminata la colazione, risalirono la costa verso settentrione, sperando di scoprire qualcuno dei loro *praos*, ma non ne videro alcuno veleggiare al largo.

– La burrasca non avrà permesso loro di ridiscendere a sud – disse Yanez a Sandokan. – Il vento ha soffiato costantemente da mezzodì.

– Pure sono assai inquieto sulla loro sorte, amico – rispose la Tigre della Malesia. – Questo ritardo mi fa nascere dei gravi timori. Che cosa sarà successo?

– Bah!... I nostri uomini sono marinai abilissimi.

Durante gran parte della giornata si aggirarono per quelle spiagge, poi verso il tramonto si ricacciarono tra i boschi per avviarsi alla villa di Lord James Guillonk.

– Credi tu che Marianna abbia trovato il nostro biglietto? – chiese Yanez a Sandokan.

– Ne sono certo – rispose la Tigre.

– Allora verrà all'appuntamento.

– Purché sia libera.

– Che cosa vuoi dire, Sandokan?

– Temo che Lord James la sorvegli strettamente.

– Cerchiamo di non farci sorprendere.

– Agirò con calma.

– Me lo prometti?

– Sì.

– Allora andiamo.

Procedendo adagio, con gli occhi in guardia, gli orecchi tesi, spiando prudentemente i fitti cespugli e i macchioni per non cadere in qualche imboscata, verso le sette della sera giunsero nelle vicinanze del parco. Rimaneva ancora un po' di luce e poteva bastare per esaminare la villa.

Dopo essersi accertati che nessuna sentinella si trovava nascosta in quei macchioni, s'avvicinarono alla palizzata e, aiutandosi l'un l'altro, la scavalcarono.

Lasciatisi cadere dall'altra parte, si cacciarono in mezzo alle aiole devastate in gran parte dall'uragano e si nascosero fra un gruppo di peonie.

Da quel luogo potevano osservare comodamente ciò che succedeva nel parco e anche nel villino, non avendo dinanzi che radi alberi.

– Bricconi!... – esclamò a un tratto Yanez.

– Che cos'hai, Yanez?...

– Non hai osservato che hanno messo le inferriate a tutte le finestre?...

– Maledizione! – esclamò Sandokan a denti stretti.

– Fratello mio, Lord James deve conoscere molto l'audacia della Tigre della Malesia. Perbacco!... Quante precauzioni!...

– Allora Marianna sarà sorvegliata. Ma la vedrò ugualmente.

– In quale modo?

– Scalando la finestra. Tu già avevi previsto ciò e le abbiamo scritto che si procurasse una fune.

– E se i soldati ci sorprendono?...

– Daremo battaglia.

– In due soltanto?...

– Noi ci battiamo come dieci uomini.

– Eh!... Guarda, Sandokan.

– Che cosa vedi?...

– Un drappello di soldati che lascia la villa – rispose il portoghese, che si era issato su una grossa radice di un vicino *pombo* per osservare meglio.

– Dove vanno?

– Lasciano il parco.

– Che vadano a sorvegliare i dintorni?...

– Lo temo.

– Meglio per noi.

– Sì, forse. E ora aspettiamo la mezzanotte.

Accese con precauzione un sigaro e si sdraiò a fianco di Sandokan, fumando tranquillamente come se si trovasse sul ponte di uno dei suoi *praos*.

Sandokan, invece, roso dall'impazienza, non poteva starsene fermo un istante. Di quando in quando si alzava per scrutare le tenebre, cercando di scorgere ciò che accadeva nella palazzina del *lord* o di scoprire la giovinetta. Vaghi timori lo agitavano, credeva che gli avessero preparato qualche agguato nei dintorni dell'abitazione. Forse il biglietto poteva essere stato trovato da qualcuno e consegnato a Lord James invece che a Marianna.

Finalmente giunse la mezzanotte. Sandokan si era alzato di scatto. Yanez però, che era pure balzato in piedi, lo aveva afferrato per un braccio.

– Mi preme la pelle, amico. Tu dimentichi che c'è una sentinella presso il padiglione.

– Andiamo a ucciderla dunque.

– Purché non dia l'allarme.

– La strangoleremo.

Lasciarono il macchione di peonie e si misero a strisciare fra le aiole, nascondendosi dietro i cespugli e dietro i rosai di Cina che crescevano numerosi.

Erano giunti a circa cento passi dalla palazzina, quando Yanez fermò Sandokan.

– Mi pare che il soldato si sia addormentato, appoggiato al suo fucile.

– Tanto meglio, Yanez. Vieni e sii pronto a tutto.

– Ho preparato il mio fazzoletto per imbavagliarlo.

– E io ho in mano il *kriss*. Se manda un grido, lo uccido.

Si cacciarono entrambi in mezzo a una fitta aiola che si prolungava in direzione del padiglione e, strisciando come due serpenti, giunsero a soli pochi passi dal soldato.

Quel povero giovanotto, certo di non venire disturbato, si era appoggiato al muro del padiglione e sonnecchiava, tenendo il fucile fra le mani.

– Sei pronto, Yanez? – chiese Sandokan con un filo di voce.

– Avanti.

Sandokan, con un salto da tigre, si avventò sul giovane soldato e, afferratolo strettamente per la gola, con una spinta irresistibile lo atterrò.

Yanez si era pure slanciato. Con la mano lesta imbavagliò il prigioniero, poi gli legò le mani e le gambe.

– Bada! Se fai un solo gesto, guai a te! – disse con voce minacciosa.

Poi, volgendosi verso Sandokan, aggiunse: – Alla tua fanciulla ora. Sai quali sono le sue finestre?

– Oh sì! – esclamò il pirata che già fissava – Eccole là, sopra quel pergolato. Ah! Marianna, se tu sapessi che sono qui!

– Abbi pazienza, fratello mio, e se il diavolo non ci mette la coda, la vedrai.

Raccolse una manata di sassolini e ne lanciò uno contro i vetri, producendo un leggero rumore. I due pirati attesero trattenendo il respiro, in preda a una viva emozione.

Nessuna risposta. Yanez lanciò un secondo sassolino, poi un terzo.

D'improvviso i vetri si aprirono e Sandokan, all'azzurra luce dell'astro notturno, scorse una forma bianca che riconobbe subito.

– Marianna! – gridò, alzando le braccia verso la giovinetta che si era curvata sull'inferriata.

Quell'uomo così energico, così forte, rimase lì, come trasognato, con gli occhi sbarrati.

Un leggero grido uscì dal petto della *lady* che aveva subito riconosciuto il pirata.

– Animo, Sandokan – disse Yanez salutando galantemente la giovinetta – raggiungi la finestra, ma spicciati, che qui non tira buon vento per noi.

Sandokan si slanciò verso la palazzina, s'arrampicò sul pergolato e si aggrappò ai ferri della finestra.

– Tu, tu! – esclamò la giovinetta – Gran Dio!

– Marianna! Oh mia adorata fanciulla! – mormorò egli con voce soffocata, coprendole le mani di baci

– Finalmente ti rivedo! Tu sei mia, è vero, mia, ancora mia!

– Sì, tua, Sandokan, in vita e in morte – rispose la fanciulla. – Vederti ancora dopo averti pianto morto! È troppa gioia!

– No, diletta Marianna, non muore così presto la Tigre della Malesia. Sono passato senza essere ferito in mezzo al fuoco dei tuoi compatrioti, ho attraversato il mare, ho fatto appello ai miei uomini e sono tornato qui alla testa di cento tigri, pronto a tutto per salvarti.

– Sandokan! Sandokan!

– Ascolta ora, Perla di Labuan, – rispose il pirata, – è qui il *lord*?

– Sì, e mi tiene prigioniera, temendo la tua comparsa.

– Ho visto dei soldati.

– Sì e ve ne sono molti che vegliano giorno e notte nelle stanze inferiori. Sono circondata dappertutto, chiusa fra le baionette e le inferriate, nell'assoluta impossibilità di fare un passo all'aperto. Mio prode amico, egli farà ogni cosa per allontanarci, per porre fra me e te l'immensità dell'oceano e l'immensità dei continenti.

Due lacrime caddero dai suoi occhi.

– Tu piangi! – esclamò Sandokan – Amor mio, non piangere o io divento pazzo e commetto qualche follia. Ascoltami, Marianna! I miei uomini non sono lontani, oggi sono pochi, ma domani o dopodomani saranno molti e tu sai quali uomini sono i miei. Per quanto il *lord* barrichi la villa, noi entreremo, dovessimo incendiarla o rovesciare le muraglie.

Io sono la Tigre e per te mi sento capace di mettere a ferro e fuoco non la villa di tuo zio, ma Labuan intera. Vuoi che ti rapisca questa notte? Non siamo che due, ma infrangeremo i ferri che ti tengono prigioniera, dovessimo pagare con la nostra vita la tua libertà. Parla, parla, Marianna, che il mio affetto per te m'infonde tanta forza da espugnare da solo questa villa!

– No!... No!... – ella esclamò – No, mio valoroso! Morto tu, che cosa sarebbe di me? Ho fiducia in te, sì, tu mi salverai, ma quando saranno giunti i tuoi uomini, quando tu sarai forte, tanto potente da schiacciare gli uomini che mi tengono prigioniera o da rompere le sbarre che mi rinchiudono.

In quell'istante si udì sotto il pergolato un leggero fischio. Marianna trasalì e chiese:

– Hai udito?

– Sì – rispose Sandokan. – È Yanez che si spazientisce.

– Forse ha scorto un pericolo, Sandokan. L'ora della separazione è giunta!

– Marianna!

– Se non ci vedessimo mai più!...

– Non dirlo, amore mio, perché, dovunque ti portassero, io saprei raggiungerti.

– Ma intanto...

– Si tratta solo di poche ore. Domani forse i miei uomini giungeranno e sfonderanno queste muraglie.

Il fischio del portoghese si udì un'altra volta.

– Vai, mio nobile amico, – disse Marianna – tu corri forse dei grandi pericoli.

– Oh! Io non li temo.

– Parti, Sandokan, ti prego, parti prima che ti sorprendano.

– Lasciarti! Non so decidermi ad abbandonarti. Perché non ho condotto i miei uomini qui? Avrei potuto assalire improvvisamente questa casa e rapirti subito.

– Ma fuggi, Sandokan! Ho udito un passo nel corridoio.

– Marianna!...

In quel momento nella stanza echeggiò un urlo feroce.

– Miserabile! – tuonò una voce.

Il *lord*, poiché era proprio lui, afferrò Marianna per le spalle, cercando di staccarla dai ferri, mentre si udivano levare i chiavistelli alla porta del pian terreno.

– Fuggi! – gridò Yanez.

– Fuggi, Sandokan! – ripeté Marianna.

Non c'era un solo momento da perdere. Sandokan, che ormai si vedeva perduto, tentò la fuga attraversando il pergolato con un salto e precipitandosi nel giardino.

Due pirati in una stufa

Ogni altro uomo che non fosse stato un malese, si sarebbe senza dubbio rotto le gambe in quel salto, ma non così accadde a Sandokan, che oltre a essere solido come l'acciaio, possedeva una grandissima agilità.

Aveva appena toccato terra, sprofondando in mezzo a una aiola, che era già in piedi con il *kriss* in pugno, pronto a difendersi.

Il portoghese fortunatamente era lì. Gli saltò addosso e, afferratolo per le spalle, lo spinse bruscamente verso un gruppo d'alberi, dicendogli:

– Ma fuggi, disgraziato! Vuoi farti ammazzare?

Tre o quattro soldati apparvero a una finestra prendendoli di mira con i fucili.

– Salvati, Sandokan! – si udì gridare Marianna.

Il pirata fece un salto di dieci passi, salutato da una scarica di fucili, e una palla gli attraversò il turbante. Si voltò e scaricò la sua carabina contro la finestra, frantumando i vetri e colpendo in fronte un soldato.

– Vieni! – gridò Yanez, trascinandolo verso la palazzina – Vieni, testardo imprudente.

La porta della palazzina si era aperta e dieci soldati seguiti da altrettanti indigeni armati di torce si slanciarono all'aperto.

Il portoghese fece fuoco attraverso il fogliame. Il sergente che comandava la piccola squadra cadde.

– Gioca di gambe, fratello mio – disse Yanez, mentre i soldati si erano fermati attorno al loro capo.

– Non so decidermi a lasciarla sola – disse Sandokan.

– Ti ha detto di fuggire. Vieni o ti porto io.

Due soldati comparvero a soli trenta passi e dietro di loro un drappello numeroso.

I due pirati non esitarono più. Si cacciarono in mezzo ai cespugli e alle aiole e si misero a correre verso la cinta, salutati da alcuni colpi di fucile sparati a casaccio.

– Fila diritto, fratello mio – disse il portoghese che caricava la carabina, però sempre correndo. – Domani restituiremo a quei soldati le fucilate che ci hanno sparato dietro.

– Temo di aver rovinato tutto, Yanez – disse la Tigre della Malesia con voce triste.

– Perché, amico mio?

– Ora che sanno che sono qui, non si lasceranno più sorprendere.

– Non dico di no, ma se i *praos* sono giunti avremo cento tigri da lanciare all'assalto. Chi resisterà a simile carica?

– Ho paura del *lord*.

– Che cosa vuoi che faccia?

– È un uomo capace di ammazzare sua nipote, piuttosto che lasciarla cadere nelle mie mani.

– Diavolo! – esclamò Yanez grattandosi furiosamente la fronte – Non avevo pensato a questo.

Stava fermandosi per riprendere lena e trovare una

soluzione a quel problema, quando in mezzo alla profonda oscurità vide correre dei riflessi rossastri.

– Gli inglesi! – esclamò – Hanno trovato le nostre tracce e ci inseguono attraverso il parco. Via di trotto Sandokan!

Tutti e due partirono correndo, inoltrandosi sempre più nel parco, per giungere alla cinta.

Di mano in mano che si allontanavano però, la marcia diveniva sempre più difficile. Dappertutto alberi grandissimi, lisci e dritti gli uni, nodosi e contorti gli altri, s'ergevano senza quasi lasciare passaggi.

Essendo però uomini che sapevano orizzontarsi anche per istinto, erano certi di giungere in breve alla cinta.

Infatti, attraversata la parte boscosa del prato, si ritrovarono sui terreni coltivati. Passarono senza arrestarsi dinanzi al chiosco cinese, essendo tornati indietro per non smarrirsi fra quelle gigantesche piante, si cacciarono nuovamente in mezzo alle aiole e, correndo attraverso i fiori, giunsero finalmente presso la cinta, senza essere stati scoperti dai soldati che perlustravano già tutto il parco.

– Adagio, Sandokan, – disse Yanez, trattenendo il compagno, il quale stava per slanciarsi verso la palizzata – gli spari possono aver attirato i soldati che abbiamo visto partire dopo il tramonto.

– Sarebbero già entrati nel parco?

– Eh!... Taci!... Accovacciati qui vicino e ascolta.

Sandokan tese gli orecchi, ma non udì altro che lo stormire delle foglie.

– Hai visto qualcuno? – chiese.

– Ho udito un ramo spezzarsi dietro la palizzata.

– Può essere stato qualche animale.

– E possono essere stati i soldati. Scommetterei il diamante del mio *kriss* contro una piastra che dietro a questa palizzata ci sono delle «giacche rosse» imboscate. Non ti ricordi del drappello che ha lasciato il parco?

– Sì, Yanez. Noi però non ci fermeremo nel parco.

– Che cosa vuoi fare?

– Assicurarmi se la via è libera.

Sandokan, diventato ora assai più prudente, si alzò senza far rumore e, dopo aver lanciato un rapido sguardo fra gli alberi del parco, si arrampicò sulla palizzata con la leggerezza di un gatto.

Aveva appena raggiunto la cima, quando udì dall'altra parte delle voci sommesse.

«Yanez non si era ingannato» pensò.

Si curvò innanzi e guardò fra gli alberi che crescevano dall'altra parte della cinta. Quantunque l'oscurità fosse profonda, scorse vagamente delle ombre umane radunate presso un grosso tronco.

Si affrettò a scendere e raggiunse Yanez che non si era mosso.

– Avevi ragione – gli disse. – Al di là della cinta ci sono degli uomini in agguato.

– Sono molti?

– Mi sono sembrati una mezza dozzina. Che cosa fare, Yanez?

– Allontanarci subito e cercare altrove una via di scampo.

– Taci, Sandokan. Al di là della cinta odo parlare.

Infatti si udivano due voci, una rauca e l'altra imperiosa, che parlavano presso la palizzata.

Il vento che soffiava dalla foresta le portava distintamente agli orecchi dei due pirati.

– Ti dico – diceva la voce imperiosa – che i pirati sono entrati nel parco per tentare un colpo di mano alla villa.

– Non lo credo, sergente Bell – rispose l'altra.

– Vuoi, stupido, che i nostri camerati sparino delle cartucce per divertimento? Tu hai un cervello vuoto, Willis.

– Allora non potranno sfuggirci.

– Lo spero. Siamo in trentasei e possiamo sorvegliare tutta la cinta e radunarci al primo segnale.

– Su, svelti, distendetevi e aprite bene gli occhi. Forse abbiamo a che fare con la Tigre della Malesia.

Dopo quelle parole, si udirono dei rami spezzarsi e delle foglie scrosciare, poi più nulla.

– Quei bricconi sono cresciuti ben di numero – mormorò Yanez curvandosi verso Sandokan. – Stiamo per venire circondati, fratello mio, e se non agiamo con somma prudenza cadremo nella rete che ci hanno teso.

– Taci!... – disse la Tigre della Malesia – Sento ancora parlare.

La voce imperiosa aveva ripreso allora:

– Tu, Bob, rimarrai qui mentre io vado a imboscarmi dietro quell'albero della canfora. Tieni il fucile armato e gli occhi fissi sulla cinta.

– Non temete, sergente – rispose colui che era stato chiamato Bob. – Credete che abbiamo proprio a che fare con la Tigre della Malesia?

– Quell'audace pirata si è innamorato della nipote di Lord Guillonk e lei è destinata al baronetto di

Rosenthal; puoi immaginarti se quell'uomo rimarrà tranquillo. Io sono sicurissimo che questa notte ha tentato di rapirla.

– E come ha fatto a sbarcare senza che sia stato visto dai nostri incrociatori?

– Avrà approfittato dell'uragano. Si dice anzi che dei *praos* siano stati visti veleggiare al largo della nostra isola.

– Quale audacia!...

– Basta: al tuo posto, Bob. Tre carabine ogni cento metri possono essere sufficienti ad arrestare la Tigre della Malesia e i suoi compagni. Non scordarti che ci sono mille sterline da guadagnare se noi riusciamo a uccidere il pirata.

– Una bella cifra in fede mia – disse Yanez, sorridendo. – Lord James ti valuta molto, fratello mio.

– Aspettino di guadagnarle – rispose Sandokan.

Si alzò e guardò verso il parco.

In lontananza vide dei punti luminosi apparire e scomparire fra le aiole. I soldati della villa avevano perduto le tracce dei fuggiaschi e cercavano a casaccio, aspettando probabilmente l'alba per intraprendere una vera battuta.

– Per ora non abbiamo nulla da temere da parte di quegli uomini – disse.

– Vuoi che cerchiamo di fuggire da qualche altra parte? – disse Yanez. – Il parco è vasto e forse la cinta non è tutta sorvegliata.

– No, amico. Se ci scorgono avremo alle spalle una quarantina di soldati e non potremo così facilmente sfuggire ai loro colpi. Ci conviene per ora nasconderci nel parco.

– E dove?

– Vieni con me, Yanez, e ne vedrai di belle. Domani sera, accada quello che vuole, prenderemo il volo. Vieni, Yanez. Ti condurrò in un luogo sicuro.

I due pirati si alzarono mettendosi le carabine sotto il braccio e si allontanarono dalla cinta tenendosi nascosti in mezzo alle aiole.

Sandokan fece attraversare al compagno una parte del parco e lo condusse in un piccolo fabbricato a un solo piano, che serviva da serra per i fiori, e che sorgeva a circa cinquecento passi dalla palazzina di Lord Guillonk.

Aprì la porta senza far rumore e avanzò a tentoni.

– Accendi un pezzo d'esca – disse Sandokan.

– Non scorgeranno la luce dal di fuori?

– Non c'è pericolo. Questo fabbricato è circondato da piante foltissime.

La stanza era piena di grandi vasi di fiori profumati e ingombra di sedie e di tavoli di bambù.

All'estremità opposta il portoghese vide una stufa di dimensioni gigantesche, capace di contenere una mezza dozzina di persone.

– È qui che ci nasconderemo? – chiese a Sandokan. – Uhm! Il luogo non mi sembra poi tanto sicuro. I soldati non mancheranno di venire a esplorarlo, specialmente con quel migliaio di sterline che Lord James ha promesso per la tua cattura.

– Adagio, amico Yanez.

– Vuoi dire?

– Che non verrà loro l'idea di andare a cercarci dentro una stufa.

Yanez non seppe frenare uno scoppio di risa.

– In quella stufa! – esclamò.

– Sì, ci nasconderemo là dentro.

– Ma... Sandokan!...

– Se non vuoi venire, spicciatela tu con gli inglesi. Non c'è da scegliere, Yanez, o nella stufa o farsi prendere.

– Non si può esitare sulla scelta – gli rispose Yanez ridendo.

Aprì lo sportello di ferro, accese un altro pezzo d'esca e si cacciò risolutamente nell'immensa stufa, starnutendo sonoramente. Sandokan l'aveva seguito senza esitare.

Posto ce n'era a sufficienza, ma c'era anche grande abbondanza di cenere e di fuliggine. Il forno era così alto che i due pirati potevano mantenersi comodamente diritti.

Il portoghese, a cui l'umore allegro non faceva mai difetto, si abbandonò a un'ilarità clamorosa, nonostante la pericolosa situazione in cui si trovavano.

– Chi mai potrà immaginare che la terribile Tigre della Malesia è venuta a rifugiarsi qui? – disse. – Per Giove! Sono certo che la passeremo liscia.

– Non parlare così forte, amico – disse Sandokan. – Potrebbero udirci.

– Bah! Devono essere ancora lontani.

– Non quanto credi. Prima di entrare nella serra ho visto due uomini visitare le aiole a poche centinaia di passi da noi.

– Che vengano a visitare anche questo luogo?

– Ne sono certo.

– Diavolo! Se volessero vedere anche nella stufa? Siamo in trappola, Sandokan!

– Non ci faremo prendere tanto facilmente, Yanez. Abbiamo le nostre armi, quindi possiamo sostenere un assedio.

– Bisognerebbe però procurarci dei viveri.

– Ne troveremo, Yanez. Ho visto dei banani e dei *pombos* crescere intorno a questa serra e andremo a saccheggiarli.

– Quando?

– Taci!... Odo delle voci. Tieni pronta la carabina e non temere. Ascolta!

Fuori si udivano delle persone parlare e avvicinarsi. Le foglie scrosciavano e i sassolini del viale che conduceva alla serra stridevano sotto i piedi dei soldati.

Sandokan fece spegnere l'esca, disse a Yanez di non muoversi, poi aprì con precauzione lo sportello di ferro e guardò fuori.

La serra era ancora tutta oscura, però attraverso i vetri vide alcune torce brillare in mezzo ai macchioni di banani che crescevano lungo il viale.

Guardando con maggiora attenzione, scorse cinque o sei soldati.

«Che si preparino a visitare la serra?» pensò con una certa ansietà.

Richiuse con precauzione lo sportello e raggiunse Yanez nel momento in cui uno sprazzo di luce illuminava l'interno del piccolo edificio.

– Vengono – disse al compagno, il quale non osava quasi più respirare. – Teniamoci pronti a tutto, anche a slanciarci contro quegl'importuni. È carica la tua carabina?

– Ho già il dito sul grilletto.

– Benissimo: sguaina anche il *kriss*.

Il drappello entrava allora nella serra illuminandola completamente. Sandokan, che si teneva presso lo sportello, vide i soldati smuovere i vasi e le sedie visitando tutti gli angoli dello stanzone. Malgrado il suo immenso coraggio non seppe reprimere un fremito.

Se gli inglesi rovistavano in quel modo, era probabile che non sfuggisse ai loro occhi l'ampiezza della stufa. Era quindi da aspettarsi, da un momento all'altro, la loro poco gradita visita.

Sandokan si affrettò a raggiungere Yanez, che si era accovacciato in fondo, semituffato nelle ceneri e nella fuliggine.

– Non muoverti – gli sussurrò Sandokan. – Forse non ci scopriranno.

– Taci! – disse Yanez – Ascolta!

Una voce diceva:

– Che quel dannato pirata abbia proprio preso il volo?

– O che si sia inabissato sottoterra? – disse un altro soldato.

– Oh! Quell'uomo è capace di tutto, amici miei – disse un terzo. – Vi dico che quel sacripante non è un uomo come noi, ma un figlio di compare Belzebù!

– Io non sono di parere contrario, Varrez – riprese la prima voce con un certo tremito, che indicava come il suo proprietario avesse addosso una buona dose di paura.

– Non l'ho visto che una sola volta, quell'uomo tremendo, e mi è bastato. Non era un uomo, ma una vera tigre, e vi dico che ha avuto il coraggio di scagliarsi contro cinquanta uomini senza che una palla potesse coglierlo.

– Tu mi fai paura, Bob – disse un altro soldato.

– E a chi non farebbe paura? – riprese colui che si chiamava Bob. – Io credo che nemmeno Lord Guillonk si sentirebbe di affrontarlo.

– Comunque sia, cercheremo di prenderlo; è impossibile ormai che ci sfugga. Il parco è tutto circondato e se vorrà scalare la cinta vi lascerà le ossa. Scommetterei due mesi della mia paga contro due penny che lo cattureremo.

– Qui non c'è. Andiamo a cercarlo altrove.

– Adagio, Bob. Vedo là una stufa monumentale capace di servire da rifugio a parecchie persone. Mano alle carabine e andiamo a vedere.

– Vuoi burlarti di noi, camerata? – disse un soldato – Chi vuoi che si vada a nascondere là dentro? Non entrerebbero là dentro nemmeno i pigmei del re d'Abissinia.

– Andiamo a visitarla, vi dico.

Sandokan e Yanez, si ritrassero più che poterono all'estremità opposta della stufa e si sdraiarono fra la cenere e la fuliggine per meglio sfuggire agli sguardi di quei curiosi.

Un istante dopo, lo sportello di ferro veniva aperto e una striscia di luce si proiettava all'interno, insufficiente però per illuminare l'intera stufa.

Un soldato introdusse il capo, ma subito lo ritrasse starnutendo sonoramente. Una manata di fuliggine, lanciatagli in viso da Sandokan, lo aveva reso più nero d'uno spazzacamino e l'aveva mezzo accecato.

– Al diavolo chi ha avuto l'idea di farmi mettere il naso dentro questo magazzino di nerofumo!... – esclamò l'inglese.

– Era ridicolo – disse un altro soldato. – Noi perdiamo qui del tempo prezioso senza nessun risultato. La Tigre della Malesia deve trovarsi nel parco e forse a quest'ora cerca di superare la cinta.

I soldati batterono precipitosamente in ritirata, chiudendo con fracasso la porta della serra. Si udirono i loro passi e le loro voci, poi più nulla.

Il portoghese, tornato il silenzio, respirò a lungo.

– Corpo di centomila spingarde!... – esclamò. – Mi pare di aver vissuto cento anni in soli pochi minuti. Io ormai non avrei dato una piastra per la nostra pelle. Se quel soldato si fosse allungato un poco, ci avrebbe scoperto tutti e due. Si potrebbe accendere un cero alla Madonna del Pilar.

– Ora però non avremo più nulla da temere. Continueranno le loro ricerche nel parco, poi finiranno per persuadersi che non ci siamo più.

– E quando ce ne andremo? Non avrai certamente l'idea di rimanere qui qualche settimana. Pensa che i *praos* possono ormai essere già giunti alla foce del fiume.

– Non ho alcuna intenzione di fermarmi qui, tanto più che i viveri non abbonderanno. Aspettiamo che la sorveglianza degli inglesi si rallenti un po' e vedrai che prenderemo il volo. Anch'io ho vivissimo desiderio di sapere se i nostri uomini sono giunti, poiché senza il loro concorso non sarà possibile rapire Marianna.

– Sandokan, andiamo a vedere se c'è qualche

cosa da porre sotto i denti o con cui bagnare la gola.

– Usciamo, Yanez.

Il portoghese, che si sentiva soffocare dentro quella stufa fuligginosa, spinse innanzi la carabina, poi strisciò fino allo sportello saltando lestamente su un vaso che era accanto, per non lasciare sul suolo le tracce della fuliggine.

Sandokan imitò quella prudente manovra, e balzando di vaso in vaso giunsero alla porta della serra.

– Si vede nessuno? – chiese.

– Tutto è oscuro all'esterno.

– Allora andiamo a saccheggiare i banani.

Si spinsero fino ai macchioni che crescevano lungo il viale e, trovati alcuni banani e dei *pombos*, fecero un'ampia provvista per calmare gli stimoli della fame e gli ardori della sete.

Stavano per ritornare nella serra, quando Sandokan si arrestò dicendo:

– Aspettami qui, Yanez. Voglio andare a vedere dove sono i soldati.

– È un'imprudenza – rispose il portoghese. – Lascia che cerchino dove vogliono. Che cosa importa ormai a noi?

– Ho un progetto in testa.

Porse a Yanez la carabina, afferrò il *kriss* e si allontanò silenziosamente, tenendosi sotto la fosca ombra dei macchioni.

Giunto presso l'ultimo gruppo di banani, scorse a grande distanza alcune torce che si dirigevano verso la cinta.

«Pare che si allontanino» pensò. «Vediamo che cosa succede nella palazzina di Lord James. Ah!...

Se potessi vedere, sia pure per un istante, la mia fanciulla... Me ne andrei di qui più tranquillo.»

Soffocò un sospiro e si diresse verso il viale, procurando di tenersi al riparo dei tronchi degli alberi e dei cespugli.

Giunto in vista della palazzina si fermò sotto una macchia di manghi e guardò. Il suo cuore sussultò vedendo la finestra di Marianna illuminata.

– Se potessi rapirla! – mormorò, fissando ardentemente il lume che brillava attraverso l'inferriata.

Fece ancora tre o quattro passi tenendosi curvo al suolo per non farsi scoprire da qualche soldato che poteva trovarsi imboscato in quei dintorni, poi si arrestò nuovamente.

Aveva scorto un'ombra passare dinanzi al lume e gli era sembrata quella della fanciulla amata.

Stava per slanciarsi innanzi, quando abbassando lo sguardo vide una forma umana ferma dinanzi alla palazzina.

Era una sentinella che stava appoggiata alla sua carabina.

«Che mi abbia scorto?» si chiese.

La sua esitazione durò un solo istante. Aveva visto ancora l'ombra della fanciulla ripassare dietro l'inferriata.

Senza badare al pericolo si slanciò innanzi. Aveva fatto appena dieci passi, quando vide la sentinella imbracciare rapidamente la carabina.

– Chi vive? – gridò.

Sandokan si fermò.

Il fantasma delle «giacche rosse»

La partita ormai era irreparabilmente perduta, anzi minacciava di diventare seriamente pericolosa per il pirata e per il suo compagno.

Non era da presumersi che la sentinella, data l'oscurità e la distanza, avesse potuto scorgere distintamente il pirata, che si era prontamente nascosto dietro un cespuglio, però poteva abbandonare il posto e andarlo a scovare o chiamare altri compagni.

Sandokan comprese subito che stava per esporsi a un grande pericolo, perciò invece di avanzare rimase immobile dietro quel riparo.

La sentinella ripeté l'intimazione, poi, non ricevendo alcuna risposta, fece qualche passo innanzi piegandosi a destra e a sinistra per meglio accertarsi che cosa si nascondesse dietro il cespuglio, quindi, ritenendo forse di essersi ingannata, tornò verso la palazzina mettendosi a guardia dell'entrata.

Sandokan, quantunque sentisse vivissimo il desiderio di compiere la sua temeraria impresa, si mise a indietreggiare lentamente con mille precauzioni, passando da un tronco all'altro e strisciando dietro i cespugli, senza staccare lo sguardo dal soldato che teneva sempre il fucile in mano, pronto a scaricarlo.

Giunto in mezzo alle aiole, affrettò il passo e si cacciò nella serra dove il portoghese lo aspettava in preda a mille ansie.

– Che cos'hai visto? – gli chiese Yanez. – Ho tremato per te.

– Nulla di buono per noi – rispose Sandokan, con sorda collera. – La palazzina è guardata da sentinelle e il parco è percorso in tutti i sensi da numerosi soldati. Questa notte non potremo tentare assolutamente nulla.

– Mi pare che vada male per noi, fratello mio. Se la tua fanciulla potesse trarci da questa cattiva situazione!

– Povera Marianna! Chissà come sarà sorvegliata!... E chissà come soffrirà non avendo nostre nuove!...

– Si trova in condizioni ben migliori di noi, fratello mio. Non darti pensiero di lei per ora. Vuoi che approfittiamo di questo momento di sosta per dormire qualche ora? Un po' di riposo ci farà bene.

– Sì, ma con un occhio aperto.

– Vorrei dormire con tutti e due gli occhi aperti. Orsù, sdraiamoci dietro a questi vasi e cerchiamo di dormire.

Il portoghese e il suo compagno, quantunque non si sentissero completamente tranquilli, si accomodarono alla meglio in mezzo ai rosai di Cina, cercando di trovare un po' di riposo.

Malgrado tutta la loro buona volontà, non furono capaci di chiudere gli occhi. Il timore di vedere comparire ancora i soldati di Lord James li tenne costantemente svegli. Anzi, parecchie volte, per calmare la loro crescente ansietà, si alzarono e uscirono dalla serra per vedere se i loro nemici si avvicinavano.

Allo spuntar dell'alba, gli inglesi rovistarono ancora il parco con maggiore accanimento, frugando i macchioni di bambù e di banani, i cespugli e le aiole. Yanez e Sandokan, vedendoli lontani, approfittarono per saccheggiare una pianta di arance che produceva frutti grossi e assai succulenti, poi tornarono a nascondersi nella stufa, dopo aver avuto la precauzione di cancellare accuratamente le tracce di fuliggine lasciate sul suolo.

Si trovavano là da parecchie ore quando a Yanez parve udire, fuori, dei passi. Entrambi si alzarono tenendo in pugno i *kriss*.

– Che ritornino? – si chiese il portoghese.

– Che tu ti sia ingannato? – disse Sandokan con voce soffocata.

– No: qualcuno è passato per il viale.

– Se fossi certo che si trattasse d'un solo uomo, uscirei per farlo prigioniero.

– Sei pazzo, Sandokan.

– Da lui potremmo sapere dove si trovano i soldati e da quale parte potremmo passare.

– Non fidarti, Sandokan.

– Pure qualche cosa bisogna tentare, amico mio.

– Lascia che esca io. Se ci sarà bisogno di aiuto, ti chiamerò.

Yanez stette prima alcuni istanti in ascolto, poi attraversò la serra e uscì all'aperto, guardando attentamente sotto i macchioni dei banani.

Stando nascosto in mezzo a un cespuglio vide

ancora alcuni soldati che battevano, svogliatamente però, le aiole del parco.

Gli altri dovevano ormai essersi spinti fuori della cinta, avendo perduto la speranza di ritrovare i due pirati nei pressi della villa.

– Speriamo in bene – si disse Yanez. – Se entro quest'oggi non ci trovano, si persuaderanno forse che siamo riusciti a prendere il largo malgrado la loro sorveglianza. Se tutto va liscio, questa sera potremo lasciare il nostro nascondiglio e gettarci nella foresta.

Stava per ritornare, quando girando lo sguardo verso la palazzina vide un soldato avanzare sul viale che conduceva alla serra.

– Che mi abbia scorto? – si chiese ansiosamente.

Si gettò in mezzo ai banani e, tenendosi nascosto dietro quelle gigantesche foglie, raggiunse prontamente Sandokan. Questi, vedendolo con il viso sconvolto immaginò che qualche cosa di grave doveva essere accaduto.

– Sei inseguito forse? – gli chiese.

– Temo che mi abbiano visto – rispose Yanez. – Un soldato si dirige verso il nostro rifugio.

– Uno solo?

– Sì, solo.

– Ecco l'uomo che mi occorre – disse Sandokan concisamente.

– Che cosa vuoi dire?

– Lo prenderemo.

– Ma tu vuoi perderci, Sandokan.

– Quell'uomo mi è necessario. Presto, seguimi.

Yanez voleva protestare, ma già Sandokan si trovava fuori dalla serra. Di buona o cattiva voglia il portoghese fu quindi costretto a seguirlo per impedirgli almeno di commettere qualche grossa imprudenza.

Il soldato che Yanez aveva scorto non distava più di duecento passi. Era un giovanotto mingherlino, pallido, con capelli rossi e ancora imberbe, probabilmente un soldato novellino.

Avanzava con noncuranza, fischiando fra i denti e tenendo il fucile ad armacollo. Evidentemente non si era nemmeno accorto della presenza di Yanez.

– Teniamoci nascosti in mezzo a questo macchione di banani, e appena quel giovanotto sarà passato gli piomberemo alle spalle – disse Sandokan. – Prepara un fazzoletto per imbavagliarlo.

– Sono pronto, – rispose Yanez – ma commetti un'imprudenza.

– L'uomo non potrà opporre molta resistenza.

– E se manda un grido?

– Non ne avrà il tempo. Eccolo!

Il soldato aveva già oltrepassato il macchione senza essersi accorto di nulla. Yanez e Sandokan, di comune accordo, gli piombarono alle spalle con un solo slancio.

Mentre la Tigre lo afferrava per il collo, il portoghese lo imbavagliava. Quantunque quell'attacco fosse stato fulmineo, il giovanotto ebbe il tempo di mandare un urlo acuto.

– Presto, Yanez – disse Sandokan.

Il portoghese prese fra le braccia il prigioniero e lo trasportò nella stufa.

Sandokan, dopo pochi istanti, lo raggiunse. Era

assai inquieto perché non aveva avuto il tempo di raccogliere la carabina del prigioniero, avendo scorto due soldati lanciarsi verso il viale.

– Siamo minacciati, Yanez – disse cacciandosi frettolosamente nella stufa.

– Si sono accorti che abbiamo rapito il soldato? – chiese Yanez impallidendo.

– Devono aver udito il grido.

– Allora siamo perduti.

– Non ancora. Però se vedranno a terra la carabina del loro camerata verranno di certo qui a cercare.

– Non perdiamo tempo, fratello mio. Usciamo di qui e corriamo verso la cinta.

– Saremo colpiti prima di aver percorso cinquanta passi. Restiamo qui nella stufa e aspettiamo con calma gli avvenimenti. D'altronde siamo armati e decisi a tutto.

– Mi pare che vengano.

– Non spaventarti, Yanez.

Il portoghese non si era ingannato. Alcuni soldati erano già giunti presso la serra e commentavano la misteriosa sparizione del loro camerata.

– Se ha lasciato qui l'arma vuol dire che qualcuno lo ha sorpreso e portato via – diceva un soldato.

– Mi sembra impossibile che i pirati si trovino ancora qui e che abbiano avuto tanta audacia da tentare un simile colpo – diceva un altro. – Che Barry abbia voluto burlarsi di noi?

– Non mi pare che sia il momento di scherzare.

– Pure non sono convinto che gli sia toccata una disgrazia.

– E io invece vi dico che è stato assalito dai due pirati – disse una voce nasale dalla pronuncia scozzese. – Chi ha visto quei due uomini varcare la palizzata?

– E dove vuoi che siano nascosti? Abbiamo visitato tutto il parco senza trovare le loro tracce.

– Ohè!... Barry!... – gridò una voce tonante – Lascia gli scherzi, briccone, o ti faccio frustare come un marinaio.

Naturalmente nessuno rispose. Quel silenzio confermò maggiormente nei soldati il sospetto che al loro camerata fosse toccata una disgrazia.

– Orsù, cosa facciamo? – chiese lo scozzese.

– Cerchiamolo, amici – disse un altro.

– Abbiamo già frugato i macchioni.

– Entriamo nella serra – disse un terzo.

I due pirati, udendo quelle parole, si sentirono invadere da una viva inquietudine.

– Che cosa pensi di fare? – chiese Yanez.

– Preparerò una bella sorpresa alle «giacche rosse».

Yanez prese la carabina, l'armò e si sdraiò tra la cenere. Sandokan si curvò presso il prigioniero, dicendogli:

– Bada che se cerchi di mandare un solo grido ti pianto il mio pugnale nella gola, e ti avverto che la punta è stata avvelenata con il succo mortale dell'upas. Se vuoi vivere non devi fare un gesto.

Ciò detto si alzò e tastò le pareti della stufa in diversi punti.

Intanto i soldati erano entrati nella serra e rimovevano con rabbia i vasi, imprecando contro la Tigre della Malesia e anche contro il loro camerata.

Non trovando nulla, fissarono i loro sguardi sulla stufa.

– Per mille cannoni! – esclamò lo scozzese – Che il nostro camerata sia stato assassinato e poi nascosto là dentro?

– Andiamo a vedere – disse un altro.

– Adagio, compagni – disse un terzo. – La stufa è abbastanza ampia per nascondere più d'un uomo.

Sandokan si era allora appoggiato contro le pareti, pronto a dare urto tremendo.

– Yanez, – sussurrò – preparati a seguirmi.

– Sono pronto.

Sandokan, udendo aprirsi lo sportello, s'allontanò di qualche passo, poi si scagliò. Si udì un sordo rumore, poi la parete, sfondata da quella scossa poderosa, cedette.

– La Tigre! – gridarono i soldati, gettandosi a destra e a manca.

Fra il rovinare dei mattoni era improvvisamente apparso Sandokan, con la carabina in pugno e il *kriss* fra i denti.

Sparò sul primo soldato che si vide dinanzi, poi si scagliò con impeto irresistibile addosso agli altri, atterrandone ancora due, quindi attraversò la serra seguito da Yanez.

Attraverso la foresta

Lo spavento provato dai soldati nel vedersi comparire dinanzi il formidabile pirata era stato tale, che subito nessuno aveva pensato a far uso delle armi. Quando, rimessi dalla sorpresa, vollero riprendere l'offensiva, era ormai troppo tardi.

I due pirati erano già in mezzo alle aiole e ai macchioni di cespugli.

In due minuti Yanez e Sandokan, correndo velocemente, giunsero in mezzo ai grandi alberi. Tirarono il fiato e si guardarono intorno.

I soldati che avevano cercato di bloccarli nella stufa, si erano slanciati fuori dalla serra, urlando a squarciagola e facendo fuoco in mezzo agli alberi.

Quelli della villa, correvano attraverso il parco per giungere alle palizzate.

– Troppo tardi, miei cari – disse Yanez. – Noi giungeremo prima.

– Via di corsa – disse Sandokan. – Non lasciamoci tagliare la strada.

– Le mie gambe sono pronte.

Ripartirono entrambi con ugual lena, tenendosi nascosti in mezzo agli alberi e, giunti alla cinta, in due slanci la varcarono lasciandosi cadere dall'altra parte.

– Nessuno? – chiese Sandokan.

– Non si vede anima viva.

– Gettiamoci nel bosco. Faremo perdere le nostre tracce.

La foresta non era che a due passi. Entrambi vi si cacciarono dentro, correndo a perdifiato. Di passo in passo che si allontanavano, la marcia diventava difficilissima.

Dappertutto sorgevano fitti cespugli, stretti, incassati fra alberi enormi che lanciavano i loro grossi e nodosi fusti ad altezze straordinarie, e dappertutto strisciavano, intrecciandosi come boa mostruosi, miriadi di radici.

I due pirati, sperduti in mezzo a quella fitta foresta vergine, si trovarono ben presto nell'impossibilità di avanzare. Sarebbe stato necessario il cannone per sfondare quella muraglia di tronchi d'alberi e di radici.

– Dove andiamo, Sandokan? – chiese Yanez. – Io non so più da quale parte passare.

– Imiteremo le scimmie – disse la Tigre della Malesia. – È una manovra a noi familiare.

– Che siano già entrati in questa foresta gli inglesi?

– Uhm! Ne dubito, Yanez – rispose Sandokan. – Se fatichiamo noi, già abituati a vivere in mezzo ai boschi, essi non avranno potuto fare dieci passi. Nondimeno cerchiamo di allontanarci presto. So che il *lord* tiene dei grossi cani e quei dannati animali potrebbero giungerci improvvisamente alle spalle.

– Abbiamo dei pugnali per ucciderli, Sandokan.

– Sono più pericolosi degli uomini. Orsù, Yanez, forza di braccia.

Aggrappandosi alle enormi piante, i due pirati si misero a scalare la muraglia di verzura con un'agilità da fare invidia alle stesse scimmie.

Salivano, scendevano, poi tornavano a risalire passando fra le maglie di quell'immensa rete vegetale e scivolando fra le smisurate foglie dei foltissimi banani o dei tronchi colossali degli alberi.

Percorsi cinque o seicento metri, non senza aver corso più volte il pericolo di precipitare da altezze che mettevano le vertigini, si arrestarono fra i rami di un *buà mamplam*, pianta che produce delle frutta non molto adatte ai palati europei, essendo impregnate di un forte odore di resina, ma che pure sono assai nutritive e non sgradite agli indigeni.

– Possiamo riposarci qualche ora – disse Sandokan. – Nessuno verrà di certo a disturbarci in mezzo a questa foresta. È come se ci trovassimo in una cittadella ben fortificata.

– Sai, fratello mio, che siamo stati fortunati a sfuggire a quei bricconi? Trovarci in una stufa con otto o dieci soldati intorno e salvare ancora la pelle è una cosa veramente miracolosa. Devono avere una gran paura di te.

– Pare che sia così – disse Sandokan sorridendo.

– Temo però che questa nostra impresa decida il *lord* a cercare un sicuro asilo a Vittoria.

– Lo credi? – chiese Sandokan, facendosi cupo in volto.

– Non si sentirà più sicuro, ora che sa che siamo così vicini alla villa.

– È vero, Yanez. Bisogna che ci mettiamo in cerca dei nostri uomini.

– E piomberemo subito sulla villa?

– Vedremo che cosa ci converrà fare.

– Vuoi un consiglio, Sandokan?

– Parla, Yanez.

– Invece di tentare l'espugnazione della villa, aspettiamo che il *lord* esca. Vedrai che non rimarrà molto in questi luoghi.

– E vorresti assalire il drappello lungo la via?...

– In mezzo ai boschi. Un assedio può andare per le lunghe e costare dei sacrifici enormi.

– Il consiglio è buono.

– Distrutta o messa in fuga la scorta, rapiremo la fanciulla e torneremo subito a Mompracem.

– E il *lord*?

– Lo lasceremo andare dove vorrà. Che cosa importa a noi di lui?... – Vada a Sarawak o in Inghilterra, poco conta.

– Non andrà né in un luogo né nell'altro, Yanez.

– Vuoi dire?

– Che non ci lascerà un momento di tregua e che rovescerà su di noi tutte le forze di Labuan.

– E t'inquieteresti per questo?

– Yanez, io potrei, se volessi, scatenare la guerra anche sulle sponde del Borneo e rovesciare squadre di selvaggi feroci su quest'isola.

– Tu però non lo farai, Sandokan.

– Perché?...

– Quando avrai rapito Marianna Guillonk non ti occuperai più né di Mompracem né dei tigrotti. È vero ciò che dico, fratello?... – rispose Yanez.

Il pirata rimase silenzioso. Si era preso il capo fra le mani e i suoi occhi, animati da una cupa fiamma, guardavano nel vuoto, forse molto lontano.

– Tristi giorni si preparano per Mompracem – continuò Yanez. – La formidabile isola fra pochi mesi o forse ancora meno, avrà perduto tutto il suo prestigio e anche le sue terribili tigri. Orsù, così doveva accadere. Abbiamo tesori immensi e andremo a godere una vita tranquilla in qualche opulenta città dell'estremo oriente.

– Taci! – disse Sandokan, con voce sorda – Taci, Yanez. Tu non puoi sapere quale possa essere il destino delle tigri di Mompracem. Guarda, laggiù la foresta mi pare che si diradi un po': andiamo, Yanez. La febbre mi divora.

– Facciamo come vuoi.

Il portoghese, quantunque temesse una sorpresa da parte degli inglesi, che potevano essere avanzati nel bosco strisciando come serpenti, era del pari impaziente di sapere se i *praos* erano sfuggiti alla tremenda burrasca che aveva battuto le coste dell'isola.

Dopo essersi dissetati con il succo di alcuni *buà mamplam*, si calarono al suolo. Non era però cosa facile uscire dalla foresta. Al di là di un piccolo spazio poco coperto, gli alberi tornavano più fitti di prima.

Anche Sandokan si trovava un poco smarrito e non sapeva quale direzione tenere per giungere, approssimativamente, nei pressi del fiume.

– Ci troviamo in un bell'impiccio, Sandokan – disse Yanez che non riusciva nemmeno a vedere il sole per orizzontarsi. – Da quale parte andremo?

– Ti confesso che non so se piegare a sinistra o a destra – rispose Sandokan. – Mi pare però di vedere laggiù un piccolo sentiero. Le erbe lo hanno ormai ricoperto, pure spero che ci conduca fuori da questo ginepraio e...

– Un latrato, è vero?

– Sì – rispose il pirata, la cui fronte si era oscurata.

– I cani hanno scoperto le nostre orme.

– Cacciano a casaccio. Ascolta.

In lontananza, in mezzo alla fitta foresta, si era udito un secondo latrato. Qualche cane era entrato nell'immensa macchia vergine e cercava di raggiungere i fuggiaschi.

– Sarà solo o seguito da uomini? – chiese Yanez.

– Forse da qualche negro. Un soldato non avrebbe potuto cimentarsi fra questo caos.

– Che cosa vuoi fare?

– Aspettare l'animale e ucciderlo.

– Con un colpo di fucile?

– Lo sparo ci tradirebbe, Yanez. Impugna il tuo *kriss* e aspettiamo. In caso di pericolo ci arrampicheremo su questo *pombo*.

Si nascosero tutti e due dietro il grosso tronco dell'albero, che era cinto da radici, e attesero la comparsa di quell'avversario a quattro gambe.

L'animale guadagnava via rapidamente. Si udivano a non molta distanza spostarsi dei rami e delle foglie e dei latrati sordi.

Doveva avere già scoperto le orme dei due pirati e si affrettava per impedire loro di allontanarsi. Forse, dietro di lui, a distanza, c'erano degli indigeni.

– Eccolo – disse a un tratto Yanez.

Un cagnaccio nero, dal pelo irto e le mascelle formidabilmente armate d'acuti denti, era comparso in mezzo a un cespuglio. Doveva appartenere a quella razza feroce usata dai piantatori delle Antille e dell'America meridionale per dare la caccia agli schiavi.

Vedendo i due pirati, s'arrestò un momento, guardandoli con due occhi ardenti, poi balzando sopra le radici con uno slancio da leopardo, si scagliò innanzi, mandando un ringhio pauroso.

Sandokan s'era prontamente inginocchiato, tenendo il *kriss* orizzontalmente, mentre Yanez aveva afferrato la carabina per la canna volendo servirsene come mazza.

Il cagnaccio, con un ultimo slancio, rovinò addosso a Sandokan, che era il più vicino, cercando di azzannarlo alla gola. Se quella bestia era feroce, la Tigre della Malesia non era da meno.

La sua destra, rapida come un fulmine, colpì l'animale; contemporaneamente Yanez gli assestava una mazzata sul cranio.

– Mi pare che ne abbia abbastanza – disse Sandokan alzandosi e respingendo con il piede il cagnaccio già agonizzante. – Andiamo, Yanez. Corriamo sul sentiero.

I due pirati, senza più occuparsi d'altro, si cacciarono fra gli alberi cercando di seguire il vecchio sentiero.

Le piante e le radici l'avevano invaso; nondimeno una traccia abbastanza visibile era rimasta e si poteva seguirlo con minor fatica.

Ben presto, però, anche il sentiero scomparve e Yanez e Sandokan furono costretti a ricominciare le loro manovre aeree mettendo in fuga o irritando i *bigit*, scimmie dal pelame nerissimo, che abbondano nel Borneo e nelle vicine isole e che sono dotate d'una agilità incredibile.

Quei quadrumani, vedendo invasi i loro possessi aerei, non sempre cedevano il passo e talvolta ricevevano i due disturbatori con una vera pioggia di frutta e di ramoscelli.

Procedettero così per un paio d'ore, a casaccio, non potendo rilevare la posizione del sole per potersi orientare, poi, avendo visto scorrere sotto di loro un torrentello dalle acque scure, scesero verso il suolo.

– Non ci saranno serpenti d'acqua là dentro? – chiese Yanez a Sandokan.

– Non ci troveremo che sanguisughe – rispose il pirata.

– Vediamo se l'acqua è profonda.

– Non sarà alta più di un piede, Yanez. Tuttavia assicuriamoci.

Il portoghese ruppe un ramo e lo immerse in quel torrentello.

– Non ti eri ingannato, Sandokan – disse. – Scendiamo.

Abbandonarono il ramo sul quale si erano tenuti fino allora e si calarono nel piccolo corso d'acqua.

– Si vede nulla? – chiese Sandokan.

Yanez si era curvato, cercando di distinguere qualche cosa attraverso le infinite arcate di verzura che si piegavano sul ruscello.

– Mi pare di scorgere un po' di luce là in fondo – disse.

– Che la foresta si diradi?

– È probabile, Sandokan.

– Andiamo a vedere.

Reggendosi con molta fatica, a causa del fondo limaccioso del piccolo corso d'acqua, si spinsero innanzi, aggrappandosi di quando in quando ai rami che si prolungavano sulla corrente.

Degli odori nauseabondi s'alzavano da quelle acque scure, esalazioni prodotte dal corrompersi delle foglie e della frutta accumulatesi sul letto. C'era il pericolo di prendersi una forte febbre.

I due pirati avevano percorso un quarto di chilometro, quando Yanez s'arrestò bruscamente, aggrappandosi a un grosso ramo che si prolungava da una parte all'altra del torrente.

– Ascolta! Qualcuno si avvicina.

Nel medesimo istante un ruggito possente, che si sarebbe detto mandato da un toro spaventato o irritato, risonò sotto le arcate di verzura, facendo tacere di colpo i cicalecci degli uccelli e le risa stridule delle piccole scimmie.

– In guardia, Yanez – disse Sandokan. – Abbiamo un orango dinanzi a noi.

– E anche un altro nemico.

– Che cosa vuoi dire?

– Guarda là, su quel grosso ramo che attraversa il fiumicello.

Sandokan si alzò sulla punta dei piedi e lanciò un rapido sguardo.

– Ah! – mormorò, senza manifestare la minima apprensione – Un orango da una parte e una pantera dall'altra! Vedremo se saranno capaci di chiuderci il passo. Prepara il fucile e teniamoci pronti a tutto.

L'assalto della pantera

Due formidabili nemici stavano di fronte ai pirati, l'uno non meno pericoloso dell'altro, ma pareva che per il momento non avessero alcuna intenzione di occuparsi dei due uomini, poiché invece di scendere lungo il torrente, si muovevano rapidamente incontro come se avessero avuto intenzione di misurare le loro forze.

Il primo animale era una splendida pantera della Sonda; l'altro invece era uno di quegli scimmioni, un orango, che sono ancora così numerosi nel Borneo e nelle isole vicine e sono tanto temuti per la loro forza prodigiosa e anche per la loro ferocia.

La pantera, forse affamata, vedendo l'uomo dei boschi passare sulla riva opposta, s'era prontamente slanciata su un grosso ramo che si curvava quasi orizzontalmente sulla corrente, formando una specie di ponte. Era una fiera bellissima e pericolosa.

Aveva la taglia e l'aspetto di una piccola tigre, con la testa invece più rotonda e poco sviluppata, gambe corte e robuste e il pelame giallo scuro a macchie più fosche. Doveva misurare almeno un metro e mezzo di lunghezza, quindi doveva essere una delle più grosse della famiglia.

Il suo avversario era un brutto scimmione, alto circa un metro e quaranta centimetri, ma con braccia smisurate.

Il suo muso, assai largo e rugoso, aveva un aspetto ferocissimo, specialmente con quegli occhietti infossati e mobilissimi e quel pelame rossastro che lo incorniciava.

Questi scimmioni abitavano nel più folto dei boschi e preferiscono le regioni piuttosto basse e umide.

Si costruiscono dei nidi assai spaziosi sulle cime degli alberi, adoperando rami grossissimi che sanno disporre abilmente in forma di croce.

Sono di umore piuttosto triste e non amano la compagnia. Ordinariamente evitano l'uomo e anche gli altri animali, minacciati però o irritati, diventano tremendi e spesso la loro forza straordinaria trionfa sugli avversari.

L'orango, udendo il rauco brontolio della pantera, si era arrestato di colpo. Si trovava sulla riva opposta del piccolo corso d'acqua, dinanzi a un gigantesco *durion*.

Probabilmente era stato sorpreso nel momento in cui stava dando la scalata all'albero, per saccheggiarlo dei suoi numerosi frutti.

Vedendo quella pericolosa vicina, dapprima si era accontentato di guardarla più con stupore che con ira, poi, tutto d'un tratto, aveva mandato due o tre fischi gutturali, indizio di un prossimo scoppio di collera.

– Io credo che assisteremo a una terribile lotta fra quei due animalacci – disse Yanez che s'era ben guardato dal muoversi.

– Non ce l'hanno con noi finora – rispose Sandokan. – Temevo che ci volessero attaccare.

– Anch'io, fratello mio. Vuoi che cambiamo rotta?

Sandokan guardò le due rive e vide che in quel luogo era impossibile dare la scalata e cacciarsi nella foresta.

Due vere muraglie di tronchi, di foglie, di spine, di radici e di liane rinchiudevano il corso d'acqua. Per aprirsi il passo avrebbero dovuto mettere mano ai *kriss* e lavorare per bene.

– Non possiamo salire – disse. – Al primo colpo di coltello, orango e pantera si getterebbero contro di noi di comune accordo. Restiamo qui e cerchiamo di non farci scorgere. La lotta non sarà lunga.

– Dovremo poi affrontare il vincitore.

– Probabilmente si troverà allora in così cattive condizioni sa non contrastarci il passo.

– Ci siamo!... La pantera si spazientisce.

– E l'orango non ne può più dal desiderio di fracassare le costole alla vicina.

– Arma il fucile, Sandokan. Non si sa mai quello che può accadere.

– Sono pronto a sparare all'una e all'altro e...

Un ululato spaventoso, somigliante un po' al muggito di un toro in furore, gli troncò la parola.

L'orango aveva raggiunto il colmo della rabbia.

Vedendo che la pantera non si decideva ad abbandonare il ramo e a scendere verso la riva, l'orango si fece minacciosamente innanzi, mandando un secondo ululato e percotendosi fortemente il petto, che risonava come un tamburo.

Quello scimmione faceva paura. Il suo pelame rossastro era diventato irto, il suo muso aveva assunto un'espressione d'inaudita ferocia e i suoi lunghi denti, che sono così solidi da schiacciare la canna d'un fucile come un semplice bastoncino, stridevano.

La pantera, vedendolo accostarsi, si era rannicchiata su se stessa come se si preparasse a slanciarsi, però non pareva che avesse fretta di abbandonare il ramo.

L'orango, con un piede, si aggrappò a una grossa radice serpeggiante al suolo, poi, sporgendosi sul fiume, prese con ambo le mani il ramo su cui si teneva l'avversario e lo scosse con forza erculea facendolo scricchiolare.

La scossa fu così potente che la pantera, nonostante avesse infisso nel legno i suoi acuti artigli, non poté reggere e cadde nel fiume.

Fu però un lampo. Aveva appena toccato l'acqua che si era già slanciata nuovamente sul ramo.

Sostò un momento, quindi si avventò a corpo perduto sulla scimmia gigante, piantandole le unghie sulle spalle e nelle cosce.

Il quadrumane aveva mandato un ululato di dolore.

Soddisfatta del felice risultato di quel fulmineo attacco, la fiera cercò di riguadagnare il ramo prima che l'avversario potesse ritornare alla riscossa.

Con un capitombolo magistrale volteggiò su se stessa, servendosi del largo petto della scimmia come punto d'appoggio, e scattò indietro. Le due zampe s'aggrapparono al ramo cacciando le unghie nella corteccia, ma non poté però salire più in alto.

L'orango, malgrado le ferite, aveva allungato rapidamente le braccia e aveva afferrato la coda dell'avversaria. Quelle mani, dotate di una forza terribile, non lasciarono più la presa. Esse si strinsero come due morse, strappando alla fiera un mugolio di dolore.

– Povera pantera – disse Yanez, che seguiva con vivo interesse le diverse fasi di quella lotta selvaggia.

– È perduta – disse Sandokan. – Se la coda non si strappa, cosa impossibile, non sfuggirà più alla stretta dell'orango.

Il pirata non s'ingannava. La bestia, sentendosi fra le mani la coda, era balzata innanzi, salendo sul ramo. Radunando le sue forze, sollevò di peso la fiera, poi la scagliò al suolo. La povera bestia, inanimata, scivolò poi fra le nere acque del fiume.

– Per Giove, che colpo maestro! – mormorò Yanez. – Non credevo che quello scimmione potesse sbarazzarsi così presto della pantera.

– Vince tutti gli animali della foresta, perfino i pitoni – rispose Sandokan.

– C'è pericolo che se la prenda anche con noi?

– È tanto irritato da non risparmiarci se ci vede.

– Spariamo a quello scimmione e andiamo innanzi seguendo questo ruscello.

– Era quello che volevo proporti – disse Sandokan. – Avviciniamoci un po' per non mancare i nostri colpi. Ci sono tanti rami qui che possono far deviare facilmente le nostre palle.

Mentre si preparavano ad assalire l'orango, questi si era accovacciato sulla riva del fiume e si gettava, con le mani, acqua sulle ferite.

Il bestione non si era ancora calmato e anche fra gli spasimi tradiva il suo selvaggio furore.

Sandokan e Yanez si erano accostati alla riva

opposta per potersi inoltrare prontamente nella foresta, nel caso che avessero mancato i loro colpi.

Già si erano arrestati dietro un grosso ramo che si slanciava sopra il fiumicello e avevano appoggiato su quello i loro fucili per mirare meglio, quando videro l'orango balzare improvvisamente in piedi percotendosi furiosamente il petto e digrignando i denti.

– Che cos'ha? – chiese Yanez. – Che ci abbia scorti?

– No, – disse Sandokan – non è con noi che sta per prendersela.

– Che qualche altro animale cerchi di sorprenderlo?

– Sta zitto: vedo dei rami e delle foglie muoversi.

– Per Giove!... Che siano gli inglesi?

– Taci, Yanez.

Sandokan si issò silenziosamente sul ramo e, tenendosi nascosto, guardò verso la riva opposta, dove si trovava l'orango.

Qualcuno s'avvicinava muovendo con precauzione le foglie. Ignaro forse del grave pericolo che l'attendeva, pareva che si dirigesse precipitosamente verso il colossale *durion*.

Il gigantesco quadrumane l'aveva già sentito e si era gettato dietro il tronco dell'albero, pronto a piombare su quel nuovo avversario. Non gemeva né urlava più: solamente un rauco respiro poteva tradire ancora la sua presenza.

– Dunque, che cosa succede? – chiese Yanez a Sandokan.

– Qualcuno si avvicina incautamente all'orango.

– Un uomo o un animale?

– Non riesco ancora a scorgere l'imprudente.

– Se fosse qualche povero indigeno?

– Siamo qui noi e non lasceremo tempo al quadrumane di massacrarlo. Eh!... Me l'ero immaginato. Ho scorto una mano.

– Bianca o nero?

– Nera, Yanez. Mira l'orango.

– Sono pronto.

In quell'istante si vide la scimmia gigante precipitare in mezzo a una fitta macchia, mandando un ululato spaventoso.

I rami e le foglie, strappate di colpo dalle possenti mani del bestione, caddero lasciando intravedere un uomo.

Si udì un urlo di spavento, seguito subito da due colpi di fucile. Sandokan e Yanez avevano fatto fuoco.

Il quadrumane, colpito in pieno dorso, si volse ululando, e vedendo i due pirati, senza più occuparsi dell'incauto che gli si era avvicinato, con un salto immenso balzò nel fiume.

Sandokan aveva abbandonato il fucile e impugnato il *kriss* , risoluto a impegnare una lotta a corpo a corpo. Yanez, invece, balzando sul ramo, cercava di ricaricare precipitosamente l'arma.

L'orango, quantunque nuovamente ferito, s'era scagliato addosso a Sandokan. Stava già per allungare le zampe, quando si udì sulla riva opposta un grido:

– Il capitano!

Poi uno sparo rintronò.

L'orango si era arrestato, portandosi le mani al capo. Rimase un istante ritto, poi stramazzò in acqua, sollevando un gigantesco spruzzo.

Nel medesimo istante, l'uomo che per poco non

era caduto nelle mani dello scimmione, s'era pure slanciato nel fiumicello gridando:

– Il capitano!... Il signor Yanez!... Sono ben lieto di aver cacciato una palla nel cranio di quella bestiaccia.

Yanez e Sandokan erano balzati rapidamente sul ramo.

– Paranoa!... – esclamarono allegramente.

– In persona, mio capitano – rispose il malese.

– Che cosa fai in questa foresta? – chiese Yanez.

– Delle belve non ho paura.

– E i *praos* sono giunti tutti? – chise Sandokan.

– Quando sono partito per mettermi in cerca di voi nella foresta nessun altro veliero purtroppo era ancora giunto oltre il mio – rispose Paranoa.

– Quando hai lasciato la foce del fiume?

– Ieri mattina.

– Forse la tempesta li avrà trasportati molto a nord – disse la Tigre.

– Può essere avvenuto questo, mio capitano – disse Paranoa. – Il vento del sud soffiava tremendamente e non era possibile resistergli in alcun modo. Io ho avuto la fortuna di cacciarmi in una piccola baia, ben riparata, situata a sessanta miglia da qui, perciò ho potuto ridiscendere presto e trovarmi prima di tutti all'appuntamento. D'altronde, come vi dissi, sono sbarcato ieri mattina e in questo frattempo anche gli altri velieri potrebbero essere giunti.

– Tuttavia sono molto inquieto, Paranoa – disse Sandokan. – Vorrei già essere alla foce del fiume per dissipare queste inquietudini. Hai perduto nessun uomo durante la burrasca?

– Nemmeno uno, mio capitano.

– E il veliero ha sofferto?

– Ha avuto pochissimi danni, che sono già stati riparati.

– Si trova nascosto nella baia?

– L'ho lasciato al largo, per timore di qualche sorpresa.

– Sei sbarcato solo?

– Solo, mio capitano.

– Hai visto nessun inglese ronzare nei pressi della baia?

– No, però, come vi dissi, ne ho visti alcuni battere i margini di questa foresta.

– Quando?

– Questa settimana.

– Da quale parte?

– Verso est.

– Venivano dalla palazzina di *lord* James – disse Sandokan, guardando Yanez. Poi, volgendosi verso Paranoa, gli chiese: – Siamo molto lontani dalla baia?

– Non giungeremo prima del tramonto.

– Tanto ci siamo allontanati! – esclamò Yanez. – Non sono che le due pomeridiane!... Abbiamo un bel tratto da superare.

– Questa foresta è molto vasta, signor Yanez, e anche assai difficile da attraversare. Ci vorranno almeno quattro ore prima di raggiungere le ultime macchie.

– Partiamo – disse Sandokan, che era in preda a una viva agitazione.

Guidati da Paranoa, risalirono la riva del fiume e imboccarono un vecchio sentiero che il malese aveva scoperto qualche ora prima.

Le piante, e specialmente la radici, lo avevano invaso, però rimaneva ancora uno spazio sufficiente tale da permettere ai pirati di inoltrarsi senza troppa fatica.

Per cinque ore continue avanzarono attraverso la grande foresta, facendo di quando in quando una breve sosta per riposarsi, e al tramonto giunsero presso le rive del fiume.

Non scorgendo nessun nemico, scesero verso ovest, attraversando una piccola palude che terminava verso il mare.

Quando giunsero sulle rive della piccola baia, le tenebre erano già scese da qualche ora. Paranoa e Sandokan si spinsero verso le ultime scogliere e scrutarono attentamente il fosco orizzonte.

– Guardate, mio capitano – disse Paranoa, indicando alla Tigre un punto luminoso, appena distinto, che si poteva scambiare anche con una stella.

– Il fanale del nostro *prao*? Quale segnale devi fare perché il veliero si avvicini? – chiese Sandokan.

– Accendere sulla spiaggia due fuochi – rispose Paranoa.

– Andiamo verso la punta estrema della piccola penisola – disse Yanez. – Segnaleremo al *prao* la rotta esatta.

Si inoltrarono in un vero caos di piccoli scogli cosparsi di gusci di conchiglie, d'avanzi di crostacei e di ammassi di alghe, e giunsero verso la punta estrema d'un isolotto boscoso.

– Accendendo qui i fuochi, il *prao* potrà imboccare la baia senza correre il pericolo d'arenarsi – disse Yanez.

– Lo faremo però risalire verso il fiume – disse

Sandokan. – Mi preme nasconderlo agli sguardi degli inglesi.

– Mi incarico io di questo – rispose Yanez. – Lo nasconderemo nella palude in mezzo alle canne, coprendolo interamente con rami e foglie, dopo averlo privato degli alberi e di tutte le manovre. Ehi, Paranoa, fa' il segnale.

Il malese non perdette tempo. Sul margine d'un boschetto fece raccolta di legna secca, formò due fastelli e, dopo averli collocati a una certa distanza l'uno dall'altro, li accese.

Un momento dopo, i tre pirati videro il fanale bianco del *prao* scomparire e brillare in sua vece un punto rosso.

– Ci hanno visti – disse Paranoa. – Possiamo spegnere i fuochi.

– No, – disse Sandokan – serviranno a indicare ai tuoi uomini la direzione. Nessuno conosce la baia, è vero?

– No, capitano.

– Guidiamoli, dunque.

I due pirati sedettero sulla spiaggia, tenendo gli occhi fissi sul fanale rosso che aveva cambiato direzione.

Dieci minuti dopo il *prao* era visibile.

Con due bordate giunse dinanzi alla baia e imboccò il canale inoltrandosi verso la foce del fiume.

Yanez, Sandokan e Paranoa avevano abbandonato l'isolotto ed erano retrocessi rapidamente fino alle rive della piccola palude.

Appena videro il *prao* gettare l'ancora presso la riva, si recarono a bordo.

Sandokan con un gesto intimò silenzio all'equipaggio, il quale stava per salutare i due capi della pirateria con un intempestivo scoppio di gioia.

Poi volgendosi verso un sottocapo gli chiese, con un'emozione così viva da rendergli la voce quasi tremante:

– Non sono giunti gli altri due *praos*?

– No, Tigre della Malesia – rispose il pirata. – Durante l'assenza di Paranoa ho visitato tutte le coste vicine, spingendomi anche verso quelle del Borneo, ma nessuna delle nostre navi fu vista, in nessuna direzione.

– E tu credi?...

Il pirata non rispose: esitava.

– Parla – disse Sandokan.

– Io credo, Tigre della Malesia, che i nostri due velieri si siano fracassati sulle coste settentrionali del Borneo – rispose il marinaio, esitante.

– Fatalità!... Fatalità!... – mormorò Sandokan con voce sorda. – La fanciulla dai capelli d'oro porterà sventura alle tigri di Mompracem.

– Coraggio, fratello mio! – gli disse Yanez posandogli una mano sulle spalle – Non disperiamo ancora. Forse i nostri *praos* sono stati spinti molto lontano e così gravemente danneggiati da non poter riprendere subito il mare. Finché non troveremo i rottami non possiamo credere che siano naufragati.

– Ma non possiamo aspettare, Yanez. Chi mi dice che il *lord* si fermerà ancora molto nella sua villa?... Abbiamo uomini sufficienti per assalirlo se dovesse abbandonare la sua villa e per rapirgli la graziosa nipote.

– Vorresti tentare un simile colpo?...

– E perché no?... I nostri tigrotti sono tutti valorosi e anche se il *lord* avesse con sé un numero doppio di soldati, non esiterebbero certo a impegnare la lotta. Sto maturando un bel piano e spero che avrà una splendida riuscita. Lasciami riposare questa notte e domani, senza fallo, cominceremo ad agire.

– Confido in te, Yanez.

– Non dubitare, Sandokan.

– Il *prao* però non possiamo lasciarlo qui. Può venire scoperto da qualche imbarcazione che si spinga nella baia o da qualche cacciatore che scenda il fiume per venire qui a cacciare gli uccelli acquatici.

– Ho pensato a tutto, Sandokan. Paranoa ha ricevuto delle istruzioni in proposito. Vieni, Sandokan. Andiamo a mangiare un boccone, poi gettiamoci sui nostri letti. Io, ti confesso, non ne posso più.

Mentre i pirati, sotto la direzione di Paranoa, smontavano tutte le manovre del legno, Yanez e Sandokan scesero nel piccolo quadro di poppa e saccheggiarono le provviste.

Calmata la fame che da tante ore li tormentava, si gettarono, vestiti come erano, sui loro letti.

Il portoghese, che non si reggeva più, si addormentò subito profondamente; Sandokan invece faticò a chiudere gli occhi. Tetri pensieri e sinistre inquietudini lo tennero sveglio parecchie ore. Fu solamente verso l'alba che poté prendere un po' di riposo, ma anche questo fu brevissimo.

Quando risalì in coperta, i pirati avevano ultimato i loro lavori per rendere il *prao* invisibile agli incrociatori che potevano passare dinanzi alla baia o agli uomini che potevano scendere lungo il fiume. Il legno era stato spinto verso il margine della palude, in mezzo a un canneto foltissimo. Gli alberi con le manovre fisse e correnti erano stati abbassati e al di sopra della tolda erano stati gettati ammassi di canne, di rami e di foglie, disposti così abilmente da coprire l'intero veliero.

– Che cosa ne dici, Sandokan? – chiese Yanez, che si trovava già sul ponte, sotto una piccola tettoia di canne innalzata a poppa.

– L'idea è stata buona – rispose Sandokan.

– Ora vieni con me.

– Dove?...

– A terra. Ci sono già venti uomini che ci aspettano, fratello mio.

– Che cosa vuoi fare, Yanez?

– Lo saprai poi. Ohè!... In acqua la scialuppa e fate buona guardia.

Il prigioniero

Attraversato il fiume, Yanez condusse Sandokan al centro di una folta macchia dove si trovavano imboscati venti uomini completamente armati e muniti ognuno di un sacchetto di viveri e d'una coperta di lana.

C'erano anche Paranoa e il suo sottocapo Ikaut.

– Ci siete tutti? – chiese Yanez.

– Tutti – risposero i ventidue uomini.

– Allora ascoltami attentamente, Ikaut – disse il portoghese. – Tu tornerai a bordo e, qualunque cosa succeda, manderai qui un uomo che troverà un camerata sempre in attesa di ordini. Noi ti trasmetteremo i nostri comandi che dovrai eseguire immediatamente senza il minimo ritardo. Bada di essere prudente e di non farti sorprendere dalle «giacche rosse». E non dimenticare che noi, anche se lontani, in un momento possiamo venire informati o informarti di quello che succede.

– Contate su di me, signor Yanez.

Mentre il sottocapo balzava nel canotto, Yanez, postosi alla testa del drappello, si metteva in cammino risalendo il corso del piccolo fiume.

– Dove mi conduci? – chiese Sandokan, che non capiva nulla.

– Aspetta un po', fratello mio. Dimmi, innanzi tutto, quanto può distare dal mare la villa di Lord Guillonk?

– Circa due miglia in linea retta.

– Allora abbiamo uomini più che sufficienti.

Si orientò con una bussola che aveva preso a bordo del *prao* e si inoltrò sotto i grandi alberi marciando rapidamente.

Percorsi quattrocento metri, si fermò presso un colossale albero della canfora che si ergeva in mezzo a un fitto gruppo di cespugli e, volgendosi a uno dei marinai, disse:

– Tu sistemerai qui il tuo domicilio e non lo lascerai, per nessun motivo, senza nostro ordine. Il fiume non dista che quattrocento metri, quindi puoi comunicare facilmente con il *prao*; a uguale distanza, verso est, ci sarà uno dei tuoi camerati. Qualunque ordine ti venga trasmesso dal *prao*, lo comunicherai al tuo compagno più prossimo. Mi hai compreso?

– Sì, signor Yanez.

– Continuiamo, dunque.

Mentre il malese si preparava una piccola tettoia alla base del grande albero, il drappello si rimetteva in marcia, lasciando un altro uomo alla distanza indicata.

– Comprendi ora? – chiese Yanez a Sandokan.

– Sì, – rispose questi – e ammiro la tua furberia. Con queste sentinelle scaglionate nella foresta potremo, in pochi minuti, comunicare con il *prao* anche dai dintorni della villa di Lord James.

– Sì, Sandokan, e avvertire Ikaut di armare prontamente il *prao* per prendere subito il mare o mandarci dei soccorsi.

– E noi dove andremo ad accamparci?

– Sul sentiero che conduce a Vittoria. Di là vedremo chi si reca o chi esce dalla villa e in pochi momenti potremo prendere le nostre misure per impedire al *lord* di fuggire a nostra insaputa. Se vorrà andarsene, dovrà fare prima i conti con i nostri tigrotti.

– E se il *lord* non si decidesse ad andarsene?

– Allora giocheremo d'astuzia.

– Hai qualche progetto?

– Lo troveremo, Sandokan.

Erano allora giunti al margine di una foresta. Al di là si stendeva una piccola prateria cosparsa di cespugli e di gruppi d'areche, interrotta a metà da un largo sentiero che pareva però fosse stato poco battuto essendo l'erba nuovamente cresciuta.

– Che sia questa la via che conduce a Vittoria? – chiese Yanez a Sandokan.

– Sì – rispose questi.

– La villa di Lord James non deve essere lontana.

– Scorgo laggiù, dietro quegli alberi, le palizzate del parco.

– Benissimo – disse Yanez.

Si volse verso Paranoa che li aveva seguiti con sei uomini e disse:

– Va' a piantare le tende ai margini del bosco, in luogo protetto da qualche folta macchia.

Il pirata non si fece ripetere il comando. Trovato un luogo adatto, fece spiegare la tenda, nascondendola con una specie di cinta formata da rami e da foglie di banano.

Sotto mise i viveri che aveva fatto trasportare fin là, poi lanciò i suoi sei uomini a destra e a sinistra perché battessero il bosco, per essere certo che non vi si nascondesse qualche spia.

Sandokan e Yanez, dopo essersi spinti fino a duecento metri dalle palizzate del parco, erano tornati nel bosco, sdraiandosi sotto la tenda.

– Sei soddisfatto, Sandokan, del piano? – chiese il portoghese.

– Sì, fratello – rispose la Tigre della Malesia.

– Non siamo che a pochi passi dal parco, sulla via che conduce a Vittoria. Se il *lord* vorrà abbandonare la villa, sarà costretto a passarci a tiro di fucile. In meno di mezz'ora possiamo radunare venti uomini, risoluti, decisi a tutto, e in un'ora avere con noi tutto l'equipaggio del *prao*. Che si muova e noi gli saremo addosso.

– Sì, tutti – disse Sandokan. – Io sono pronto a tutto, anche a scagliare i miei uomini contro un reggimento intero.

– Allora facciamo colazione, fratello mio! – disse Yanez, ridendo. – Questa gita mattutina m'ha aguzzato l'appetito in modo straordinario.

Avevano già divorato la colazione e stavano fumando alcuni sigari e centellinando una bottiglia di *whisky*, quando videro entrare precipitosamente Paranoa. Il bravo malese aveva il viso alterato e pareva in preda a una viva agitazione.

– Che cos'hai? – chiese Sandokan, alzandosi rapidamente e allungando una mano verso il fucile.

– Qualcuno si avvicina, mio capitano – egli disse. – Ho udito il galoppo di un cavallo.

– Che qualche inglese si rechi a Vittoria?

– No, Tigre della Malesia, deve venire da Vittoria.

– È ancora lontano? – chiese Yanez.

– Lo credo.

– Vieni, Sandokan.

Presero le carabine e si slanciarono fuori dalla tenda, mentre gli uomini della scorta si nascondevano nei cespugli, armando precipitosamente i fucili.

Sandokan si spinse verso il sentiero e si gettò in ginocchio, appoggiando un orecchio contro il suolo. La superficie della terra trasmetteva distintamente il galoppo affrettato di un cavallo.

– Sì, un cavaliere si avvicina – egli disse rialzandosi lestamente.

– Ti consiglio di lasciarlo passare senza disturbarlo – disse Yanez.

– E tu lo pensi? Lo faremo prigioniero, mio caro.

– A quale scopo?

– Può recare alla villa qualche messaggio importante.

– Se lo assaliamo egli si difenderà, sparerà il moschetto, forse anche le pistole e quelle detonazioni possono venire udite dai soldati nella villa.

– Lo faremo cadere nelle nostre mani senza lasciargli il tempo di porre mano alle armi: il cavallo avanza al galoppo, quindi non potrà evitare un ostacolo. Il cavaliere verrà sbalzato di colpo e noi gli piomberemo addosso.

– E quale ostacolo vuoi preparare?

– Vieni, Paranoa, va a prendere una fune e raggiungimi subito.

– Comprendo – disse Yanez. – Ah, che splendida idea!...

– Di quale idea parli, Yanez?

– Lo saprai più tardi. Ah, ah, che bel gioco!...

– Ridi?...

– Ho motivo di ridere. Vedrai, Sandokan, come giocheremo il *lord*!... Paranoa, sbrigati!...

Il malese, aiutato da due uomini, aveva teso una solida fune attraverso il sentiero, tenendola però così bassa da non potersi scorgere fra le alte erbe che crescevano in quel luogo.

Ciò fatto, era andato a nascondersi dietro un cespuglio, tenendo il *kriss* in pugno, mentre i suoi compagni si disperdevano più innanzi per impedire al cavaliere di continuare la corsa, nel caso avesse evitato l'agguato.

Il galoppo s'avvicinava rapidamente. Ancora pochi secondi e il cavaliere sarebbe comparso alla svolta del sentiero.

– Eccolo!... – mormorò Sandokan, che s'era pure imboscato insieme con Yanez.

Pochi istanti dopo un cavallo, oltrepassato un macchione, si slanciava sul sentiero. Lo montava un bel giovanotto di ventidue o ventiquattro anni, che indossava la divisa dei *sepoys* indiani. Pareva assai inquieto perché spronava furiosamente il cavallo, lanciando all'intorno sguardi pieni di sospetto.

– Attento, Yanez – mormorò Sandokan.

Il cavallo, vivamente spronato, si slanciò innanzi movendo rapidamente verso la fune. A un tratto lo si vide stramazzare pesantemente al suolo, agitando le gambe.

I pirati erano lì. Prima ancora che il *sepoy* potesse trarsi di sotto al cavallo, Sandokan gli fu addosso strappandogli la sciabola, mentre Juioko lo rovesciava al suolo, puntandogli sul petto il *kriss*.

– Non opporre resistenza se ti preme la vita – gli disse Sandokan.

– Miserabili! – esclamò il soldato, cercando di dibattersi.

Juioko, aiutato dagli altri pirati, lo legò per bene e lo trascinò presso una folta macchia, mentre Yanez guardava il cavallo, temendo che nella caduta si fosse spezzato una gamba.

– Perbacco! – esclamò il buon portoghese che pareva contentissimo – Farò una bella figura alla villa. Yanez sergente dei *sepoy*! Ecco un grado che non mi aspettavo certo.

Legò l'animale a un albero e raggiunse Sandokan che stava frugando per bene il sergente.

– Nulla? – chiese.

– Nessuna carta – rispose Sandokan.

– Parlerai almeno – disse Yanez, piantando gli occhi sul sergente.

– No – rispose questi.

– Bada! – gli disse Sandokan con un tono da far fremere – Dove eri diretto?

– Passeggiavo.

– Aspetta dunque!

La Tigre della Malesia si strappò dalla cintura il *kriss* e lo puntò alla gola del soldato, dicendogli con accento da non mettere in dubbio la minaccia:

– Parla o ti uccido!

– Parlerò – disse il prigioniero, che era diventato pallido come un cadavere.

– Dove andavi? – chiese Sandokan.

– Da Lord James Guillonk.

– Per quale motivo?

Il soldato esitò, ma vedendo il pirata avvicinare nuovamente il *kriss*, riprese:

– Per recare una lettera del baronetto William Rosenthal.

Un lampo di furore balenò negli occhi di Sandokan a quel nome.

– Dammi la lettera! – esclamò con voce rauca.

– È nel mio cappello, nascosta sotto la fodera.

Yanez raccolse il cappello del *sepoy*, strappò la fodera e fece uscire la lettera che subito aprì.

– Che cosa scrive quel baronetto? – chiese Sandokan.

– Avverte il *lord* del nostro imminente sbarco a Labuan. Dice che un incrociatore ha visto uno dei nostri velieri correre verso queste coste e lo consiglia di vegliare attentamente.

– Null'altro?

– Oh, sì! Corbezzoli! Invia mille rispettosi saluti alla tua cara Marianna con un giuramento di eterno amore.

– Guai a lui il giorno in cui lo incontrerò. Si pentirà amaramente di avermi sbarrato la via!

– Juioko, – disse il portoghese che pareva osservasse con profonda attenzione la calligrafia della lettera – manda un uomo al *prao* e fammi portare carta, penna e un calamaio.

– Che cosa vuoi fare con questi oggetti? – chiese Sandokan.

– Occorrono al mio progetto.

– Ma di quale progetto parli?

– Di quello che sto meditando da mezz'ora.

– Spiegati una buona volta.

– Se non vuoi altro! Io sto per recarmi alla villa di Lord James.

– Tu!...

– Io, proprio io, – rispose Yanez con perfetta calma.

– Ma in quale modo?

– Nella pelle di quel *sepoy*. Per Giove! Vedrai che bel soldato!

– Comincio a comprendere. Tu indossi le vesti del *sepoy*, fingi di giungere da Vittoria e...

– Consiglio il *lord* di partire a quella volta per farlo cadere nell'agguato che tu gli preparerai.

– Ah! Yanez! Ti dovrò tutto se riuscirai – esclamò Sandokan stringendoselo al petto.

– Spero di riuscire.

– Ma ti esponi a un grande pericolo.

– Bah, mi leverò d'impiccio con onore e senza guastarmi.

– Ma perché il calamaio?

– Per scrivere una lettera al *lord*.

– Te lo sconsiglio, Yanez. È un uomo sospettoso e se vede che il carattere non è preciso può farti fucilare.

– Hai ragione, Sandokan. È meglio che gli dica ciò che volevo scrivere. Orsù, fa spogliare il *sepoy*.

A un cenno di Sandokan, due pirati slegarono il soldato e lo spogliarono della divisa. Il povero soldato si credette perduto.

– Mi uccidete? – chiese a Sandokan.

– No – rispose questi. – La tua morte non mi sarebbe d'alcuna utilità; però resterai prigioniero sul mio *prao* finché rimarremo qui.

– Grazie, signore.

Yanez intanto si vestiva. La divisa era un po' stretta, ma tanto fece che in breve fu completamente equipaggiato.

– Guarda, fratello mio, che bel soldato! – disse allacciandosi la sciabola. – Non credevo di fare una così splendida figura.

– Sì, sei davvero un bel *sepoy* – rispose Sandokan ridendo. – Ora dammi le tue ultime istruzioni.

– Ecco qui – disse il portoghese. – Tu rimarrai imboscato su questo sentiero con tutti gli uomini disponibili e non ti muoverai. Io andrò dal *lord*, gli dirò che voi siete stati assaliti e dispersi, ma che si sono visti degli altri *praos* e gli consiglierò di approfittare del buon momento per rifugiarsi a Vittoria.

– Benissimo!

– Quando noi passeremo, voi assalirete la scorta, io prenderò Marianna e la porterò al *prao*. Siamo d'accordo?

– Sì, va', mio valoroso amico. Va' e che Dio ti guardi.

– Addio, fratello mio – rispose Yanez abbracciandolo.

Balzò sul cavallo del *sepoy*, raccolse le briglie, sguainò la sciabola e partì al galoppo, fischiando allegramente una vecchia barcarola.

Yanez alla villa

La missione del portoghese era senza dubbio una delle più arrischiate, delle più audaci che quel bravo uomo avesse affrontato in vita sua, perché sarebbe bastata una parola, un sospetto solo per perderlo.

Nondimeno il pirata si preparava a giocare la pericolosissima carta con grande coraggio e con molta calma.

Si rizzò fieramente in sella, si arricciò i baffi per fare più bella figura, si accomodò il cappello inclinandolo con civetteria sull'orecchio e spinse il cavallo al galoppo, non risparmiando i colpi di sprone e le sferzate.

Dopo una corsa furiosa, si trovò improvvisamente dinanzi a una cancellata, dietro la quale si elevava la graziosa villa di Lord James.

– Chi vive? – chiese un soldato che stava imboscato dinanzi al cancello, nascosto dietro il tronco di un albero.

– Ehi, giovanotto, abbassa il fucile, che io non sono né una tigre né un babirussa – disse il portoghese trattenendo il cavallo. – Per Giove! Non vedi che io sono un tuo collega, anzi un tuo superiore?

– Scusate, ma io ho l'ordine di non lasciar entrare nessuno senza sapere da parte di chi viene e che cosa desidera.

– Io vengo qui per ordine del baronetto William Rosenthal e mi reco dal *lord*.

– Passate!

Aprì il cancello, chiamò alcuni camerati che passeggiavano nel parco per avvertirli di ciò che accadeva e si fece da parte.

«Uhm!» pensò il portoghese stringendosi nelle spalle e spingendo innanzi il cavallo «Quante precauzioni e quanta paura regnano qui.»

Si fermò dinanzi alla palazzina e balzò fra sei soldati che lo avevano circondato con i fucili in mano.

– Dov'è il *lord*? – egli chiese.

– Nel suo studio – rispose il sergente comandante del drappello.

– Conducetemi subito da lui, che mi preme parlargli.

– Venite da Vittoria?

– Precisamente.

– E non avete incontrato i pirati di Mompracem?

– Nemmeno uno, camerata.

– Venite.

Il portoghese fece appello a tutta la sua audacia per affrontare il pericoloso uomo e seguì il comandante, affettando la calma e la rigidezza della razza anglosassone.

– Aspettate qui – disse il sergente dopo averlo fatto entrare in un salotto.

Yanez, rimasto solo, si mise a osservare attentamente tutto, per vedere se era possibile un colpo di mano, ma dovette convincersi che ogni tentativo sarebbe stato inutile, essendo altissime le finestre e grossi i muri e le porte.

– Non importa – mormorò. – Il colpo lo faremo ugualmente, nel bosco.

In quel momento rientrava il sergente.

– Il *lord* vi aspetta – disse additandogli la porta lasciata aperta.

Il portoghese si sentì correre per le ossa un brivido e impallidì un po'.

Entrò con la mano dritta sul cappello e si trovò in un grazioso studio arredato con molta eleganza. In un angolo, seduto dinanzi a una scrivania, stava il *lord*, vestito di bianco, con il volto tetro e lo sguardo corrucciato.

Egli guardò in silenzio Yanez, fissandogli gli occhi addosso come se volesse indagare i pensieri del nuovo venuto, poi disse con accento secco:

– Venite da Vittoria?

– Sì, *milord* – rispose Yanez con voce ferma.

– Da parte del baronetto?

– Sì.

– Vi ha dato qualche lettera per me?

– Nessuna.

– Avete da dirmi qualche cosa?

– Sì, *milord*.

– Parlate.

– Mi ha mandato a dirvi che la Tigre della Malesia è circondata dalle truppe in una baia del sud.

Il *lord* balzò in piedi con gli occhi sfavillanti e il viso raggiante.

– La Tigre circondata dai nostri soldati! Ma siete ben certo di quello che dite? – esclamò.

– Certissimo, *milord*.

– Chi siete voi?

– Un parente del baronetto William – rispose Yanez audacemente.

– Ma da quanto tempo vi trovate a Labuan?

– Da quindi giorni.

– Voi dunque saprete anche che mia nipote...

– È la fidanzata di mio cugino William – disse Yanez sorridendo.

– Ho molto piacere di fare la vostra conoscenza, signore – disse il *lord* stringendogli la mano. – Ma ditemi, quando venne assalito Sandokan?

– Stamane all'alba, mentre attraversava un bosco alla testa di una grossa banda di pirati.

– Ma quell'uomo è dunque il demonio! Ieri sera era qui! Possibile che in sette o otto ore abbia percorso tanta strada?

– Si dice che avesse dei cavalli con sé.

– Ora comprendo. E dov'è il mio buon amico William?

– È alla testa delle truppe.

– Eravate insieme con lui?

– Sì, *milord*.

– E sono molto lontani i pirati?

– Una decina di miglia.

– Vi ha dato nessun altro incarico?

– Mi ha pregato di dirvi di abbandonare subito la villa e di portarvi senza indugio a Vittoria.

– Perché?

– Voi sapete, *milord*, che razza d'uomo è la Tigre della Malesia. Ha con sé ottanta uomini, ottanta tigrotti e potrebbe vincere le nostre truppe, attraversare in un baleno i boschi e gettarsi sulla villa.

Il *lord* lo guardò in silenzio come se fosse stato colpito da quel ragionamento, poi disse come parlando a se stesso:

– Infatti, ciò potrebbe accadere. Sotto i forti e le navi di Vittoria mi sentirei più sicuro di qui. Quel caro William ha proprio ragione, tanto più che la via per il momento è libera.

– *Milord*, – disse Yanez – mi permettereste di visitare la mia futura parente?

– Avete qualche cosa da dirle, da parte di William? – chiese il *lord*.

– Sì, *milord*.

– Vi accoglierà male.

– Non importa, *milord* – rispose Yanez sorridendo. – Io le dirò ciò che mi disse William, poi tornerò subito qui.

Il vecchio capitano premette un bottone. Un servo subito entrò.

– Conducete questo signore da *milady* disse il *lord*.

– Grazie – rispose Yanez.

– Cercate di convertirla e poi raggiungetemi: pranzeremo insieme.

Yanez s'inchinò e seguì il servo che lo introdusse in un salotto tappezzato in azzurro e ornato da un gran numero di piante che spandevano all'intorno deliziosi profumi.

Il portoghese lasciò che il servo uscisse, poi avanzò lentamente e, attraverso le piante che trasformavano quel salotto in una serra, scorse una forma umana, ricoperta di una candida veste.

Sebbene fosse preparato a qualunque sorpresa,

non poté frenare un grido di ammirazione dinanzi a quella splendida giovinetta.

Ella era coricata, in una posa graziosa e malinconica insieme, su un'ottomana orientale rivestita di seta color oro.

Era tetra, pallida e i suoi occhi azzurri, ordinariamente così tranquilli, mandavano lampi, che tradivano la collera mal repressa.

Vedendo Yanez avvicinarsi, ella si scosse, passandosi una mano sulla fronte a più riprese, come se si risvegliasse da un sogno, e fissò su di lui uno sguardo acuto.

– Chi siete voi? – chiese con voce fremente. – Chi vi ha dato la libertà di entrare qui?

– Il *lord*, *milady* – rispose Yanez, osservando quella creatura che trovava infinitamente bella, più di quanto gliel'avesse descritta Sandokan.

– E che cosa volete da me?

– Una domanda prima di tutto – disse Yanez, guardandosi intorno per assicurarsi che erano proprio soli. – Credete che nessuno possa udirci?

Ella corrugò la fronte e lo guardò fisso, come se volesse leggergli nel cuore, indovinando il motivo di quella domanda.

– Siamo soli – rispose.

– Ebbene, *milady*, io vengo da assai lontano...

– Da dove?

– Da Mompracem!

Marianna balzò in piedi come spinta da una molla e il suo pallore scomparve per incanto.

– Da Mompracem! – esclamò arrossendo – Voi... un bianco... un inglese!...

– V'ingannate, Lady Marianna, io non sono inglese, io sono Yanez!

– Yanez, l'amico, il fratello di Sandokan! Ah, signore, quale audacia entrare in questa villa! Ditemi, dov'è Sandokan? Che fa egli? Si è salvato o è ferito? Parlatemi di lui o mi farete morire.

– Abbassate la voce, *milady*; le pareti possono avere orecchi.

– Parlatemi di lui, valoroso amico, parlatemi del mio Sandokan.

– Egli è ancora vivo, più vivo di prima, *milady*. Siamo sfuggiti all'inseguimento dei soldati senza fatica e senza riportare ferite. Sandokan ora si trova imboscato sul sentiero che conduce a Vittoria, pronto a rapirvi.

– Ah! Dio mio, quanto vi ringrazio di averlo protetto! – esclamò la giovinetta con le lacrime agli occhi.

– Ascoltatemi ora, *milady*.

– Parlate, mio prode amico.

– Io sono venuto qui per convincere il *lord* ad abbandonare la villa e a ritirarsi a Vittoria.

– A Vittoria! Ma giunti là come mi rapirete?

– Sandokan non aspetterà tanto, *milady* – disse Yanez sorridendo. – È imboscato con i suoi uomini, e quando la scorta uscirà dalla villa, l'assalirà e vi rapirà.

– E mio zio?

– Lo risparmieremo, ve lo assicuro.

– E dove mi condurrà Sandokan?

– Alla sua isola.

Marianna chinò il capo sul petto e tacque.

– *Milady* – disse Yanez con voce grave – non temete, Sandokan è uno di quegli uomini che sanno far felice la donna che amano.

– Vi credo – rispose Marianna. – Che importa se il suo passato fu tremendo, se ha immolato vittime, se ha commesso vendette? Io abbandonerò la mia isola, egli abbandonerà la sua Mompracem, andremo lontani da questi mari funesti, tanto lontani da non udirne mai più parlare. Vivremo in un angolo del mondo, dimenticati da tutti, ma felici, e nessuno saprà mai che il marito della Perla di Labuan è l'antica Tigre della Malesia, l'uomo dalle leggendarie imprese, l'uomo che ha fatto tremare regni e che ha versato tanto sangue. Sì, io sarò sua sposa e l'amerò sempre!

– Bisogna convincere il *lord* a ritirarsi a Vittoria per dar campo a Sandokan di agire.

– Ma se io parlo, mio zio, che è diventato estremamente sospettoso, temerà qualche tradimento e non abbandonerà la villa.

– Avete ragione, adorabile *milady*. Ma credo che ormai abbia deciso di lasciare la villa e di ritirarsi a Vittoria. Se ha qualche dubbio, cercherò io di farglielo risolvere.

– State in guardia, signor Yanez, perché è assai diffidente e potrebbe fiutare qualche cosa. Siete un bianco, è vero, ma quell'uomo forse sa che Sandokan ha un amico dalla pelle pallida.

– Sarò prudente.

– Vi aspetta il *lord*?

– Sì, *milady*, mi ha invitato a cena.

– Andateci, perché non si metta in sospetto.

– E voi verrete?

– Sì, più tardi ci rivedremo.

– Addio, *milady* – disse Yanez baciandole cavallerescamente la mano.

– Andate, nobile cuore; io non vi dimenticherò mai.

Il portoghese trovò il *lord* che l'attendeva passeggiando innanzi e indietro, con la fronte aggrottata e le braccia strettamente incrociate.

– Ebbene, giovanotto, che accoglienza vi ha fatto mia nipote? – chiese con voce dura e ironica.

– Pare che non ami udir parlare di mio cugino William – rispose Yanez. – Poco mancò che mi scacciasse.

Il *lord* crollò il capo e le sue rughe divennero profonde.

– Sempre così! Sempre così! – mormorò a denti stretti, irosamente.

Si rimise a passeggiare, rinchiuso in un silenzio feroce, agitando nervosamente le dita, poi fermandosi dinanzi a Yanez che lo guardava senza fare un gesto, gli chiese:

– Credete voi che mia nipote possa un giorno amare William? – gli domandò.

– Lo spero, *milord*, ma bisogna prima che la Tigre della Malesia muoia – rispose Yanez.

– Riusciranno a ucciderla?

– La banda è circondata dalle nostre truppe e William stesso le comanda: non gli sfuggirà.

– Sì, è vero, l'ucciderà o si farà uccidere da Sandokan. Conosco quel giovanotto, è coraggioso.

Tacque ancora e si mise alla finestra guardando il

sole che lentamente tramontava. Rientrò dopo pochi minuti dicendo:

– Voi dunque mi consigliate di partire?

– Sì, *milord* – rispose Yanez. – Approfittate della buona occasione per abbandonare la villa e rifugiarvi a Vittoria.

– E se Sandokan avesse lasciato alcuni uomini nascosti nei dintorni del parco? Mi hanno detto che era con lui quell'uomo bianco che si chiama Yanez, un audace che forse non è inferiore alla Tigre della Malesia.

«Grazie del complimento» pensò in cuor suo Yanez, facendo uno sforzo supremo per trattenere le risa.

Poi guardando il *lord*, disse:

– Voi avete una scorta sufficiente per respingere un attacco.

– Prima era numerosa, ma ora non lo è più. Ho dovuto rimandare al governatore di Vittoria molti uomini, avendone lui urgente bisogno. Voi sapete che la guarnigione dell'isola è molto scarsa.

– Questo è vero, *milord*.

Il vecchio capitano s'era rimesso a passeggiare con una certa agitazione. Pareva che fosse tormentato da un grave pensiero o da una profonda perplessità.

A un tratto si avvicinò bruscamente a Yanez, chiedendogli:

– Voi non avete incontrato nessuno venendo qui, è vero?

– Nessuno, *milord*.

– Non avete notato nulla di sospetto?

– No, *milord*.

– Quindi si potrebbe tentare la ritirata?

– Lo credo.

– Eppure dubito.

– Di che cosa, *milord*?

– Che non tutti i pirati siano partiti.

– *Milord*, io non ho paura di quei furfanti. Volete che faccia una gita nei dintorni?

– Ve ne sarei grato. Volete una scorta?

– No, *milord*. Preferisco andarmene da solo. Un uomo può cacciarsi anche in mezzo ai boschi senza attirare l'attenzione dei nemici, mentre più uomini difficilmente potrebbero sfuggire a una sentinella vigilante.

– Avete ragione, giovanotto. Quando partirete?

– Subito. In un paio d'ore si può fare molto cammino.

– Non avete paura? Quei pirati sono sanguinari e infidi! Attento a te!

– Quando sono armato non temo nessuno.

– Buon sangue quello dei Rosenthal – mormorò il *lord*. – Andate, giovanotto, io vi aspetto a cena.

– Grazie, *milord* – disse Yanez. – Fra un paio d'ore sarò di ritorno.

Salutò militarmente, si mise la sciabola sotto il braccio e scese flemmaticamente le scale inoltrandosi nel parco.

– Andiamo a cercare Sandokan – mormorò, quando fu lontano. – Diamine! Bisogna accontentare il *lord*! Vedrai, mio caro, che esplorazione farò io! Puoi essere certo fin d'ora che non avrò incontrato nemmeno una traccia di pirati. Per Giove! Che magnifico piano! Ma dopo, che cosa accadrà? Povera

Mompracem, ti vedo in pericolo! Orsù, non pensiamoci. Se tutto dovesse finir male, andrò a finire la mia vita in qualche città dell'estremo oriente, a Canton o a Macao, e darò un addio a questi luoghi.

Così monologando, il bravo portoghese aveva attraversato una parte del vasto parco, fermandosi dinanzi a uno dei cancelli.

Un soldato era di sentinella.

– Apritemi, amico – disse Yanez.

– Ripartire, sergente?

– No, vado a esplorare i dintorni.

– Volete che vi accompagni, sergente?

– È inutile. Sarò di ritorno fra un paio d'ore.

Uscì dal cancello e s'avviò sul sentiero che conduceva a Vittoria. Finché fu sotto gli sguardi della sentinella procedette lentamente, ma appena si trovò protetto dalle piante affrettò il passo, cacciandosi fra gli alberi.

Aveva percorso mille passi, quando vide un uomo slanciarsi fuori da un cespuglio e chiudergli il passo. Un fucile lo prese subito di mira, mentre una voce minacciosa gli gridava:

– Arrenditi, o sei morto!

– Non mi si conosce più dunque? – disse Yanez levandosi il cappello. – Non hai buona vista, mio caro Paranoa.

– Il signor Yanez! – esclamò il malese.

– In carne e ossa, mio caro. Che cosa fai qui, così vicino alla villa di Lord Guillomk?

– Spiavo la cinta.

– Dov'è Sandokan?

– A un miglio da qui.

– Corri da Sandokan e digli che l'aspetto qui. Contemporaneamente ordinerai a Juioko di allestire il *prao*.

– Partiamo?

– Forse questa notte.

– Corro subito.

– Un momento: sono giunti i due *praos*?

– No, signor Yanez, si comincia a temere che siano perduti.

– Per Giove tonante! Abbiamo poca fortuna con le nostre spedizioni. Bah! Avremo uomini bastanti per sgominare la scorta del *lord*. Va', Paranoa, e sii veloce.

– Sfido un cavallo.

Il pirata partì con la velocità di una freccia. Yanez accese un sigaro, poi si sdraiò sotto una superba areca fumando tranquillamente. Non erano trascorsi venti minuti, quando vide avanzare a passo accelerato Sandokan. Era accompagnato da Paranoa e da quattro pirati armati fino ai denti.

– Yanez, amico mio! – esclamò Sandokan, precipitandoglisi incontro – Quanto ho tremato per te!... L'hai vista? Parlami di lei, fratello mio!... Raccontami!... Ardo dalla curiosità!

– Corri come un incrociatore – disse il portoghese, ridendo. – Come vedi, ho compiuto la mia missione da vero inglese, anzi da vero parente di quel furfante di baronetto. Che accoglienza, mio caro!... Nessuno ha dubitato un solo istante di me.

– Nemmeno il *lord*?

– Oh!... Lui meno di tutti! Ti basti sapere che mi aspetta a cena.

– E Marianna?...

– L'ho vista e l'ho trovata così bella da farmi girare il capo.

– Ah!... Marianna! – esclamò il pirata. – Raccontami tutto, Yanez, te ne prego.

Il portoghese non se lo fece dire due volte e gli narrò quanto era avvenuto prima fra lui e il *lord* e quindi con la fanciulla.

– Il vecchio sembra ormai deciso a partire, – egli concluse – quindi tu puoi ormai essere certo di non ritornare solo a Mompracem. Sii però prudente, fratello, poiché vi sono non pochi soldati nel parco e dovremo lottare molto per sgominare la scorta. E poi, non mi fido molto di quel vecchio. Sarebbe capace di uccidere sua nipote piuttosto che lasciarla rapire da te.

– Quando si metterà in marcia il *lord*?

– Non lo so ancora, però credo che prenderà questa sera una decisione.

– Che parta questa notte?...

– Lo suppongo.

– Come poter sapere con certezza?...

– Mandiamo uno dei nostri uomini nel chiosco cinese o nella serra ad attendere là i miei ordini.

– Ci sono delle sentinelle sparse nel parco?

– Non ne ho viste che ai cancelli – rispose Yanez.

– Manderò Paranoa. È destro, è prudente e giungerà nella serra senza farsi scorgere. Appena tramontato il sole, varcherà la cinta e andrà ad attendere i tuoi ordini.

Stette un momento silenzioso, poi disse:

– E se il *lord* cambiasse idea e rimanesse nella villa?...

– Diavolo!... Che brutto affare!...

– Non potresti tu aprirci la porta di notte e lasciarci entrare nella villa? E perché no?... Mi sembra un progetto attuabile.

– E a me difficile, Sandokan. La guarnigione è numerosa, potrebbe barricarsi nelle stanze e opporre una lunga resistenza. E poi il *lord*, trovandosi alle strette, potrebbe lasciarsi trasportare dall'ira e scaricare le sue pistole sulla fanciulla. Non fidarti di quell'uomo, Sandokan.

– Se però non si decide a partire presto, io tenterò un colpo disperato. Non possiamo rimanere molto qui. Bisogna che rapisca la fanciulla prima che a Vittoria sappiano che siamo qui e che a Mompracem ci sono pochi uomini. Io tremo per la mia isola. Se la perdessimo, cosa sarebbe di noi?... Là sono i nostri tesori.

– Cercherò di convincere il *lord* ad affrontare la partenza. Intanto farai armare il *prao* e radunare qui l'intero equipaggio. Bisogna rompere di colpo la scorta per impedire al *lord* di lasciarsi trascinare a qualche atto disperato.

– Ci sono molti soldati nella villa?

– Una decina e altrettanti indigeni.

– La vittoria è allora assicurata.

Yanez si era alzato.

– Ritorni? – gli chiese Sandokan.

– Non si deve far attendere un capitano che invita a cena un sergente – rispose il portoghese sorridendo.

– Quanto t'invidio, Yanez.

– Non per la cena però, è vero, Sandokan?... La fanciulla la vedrai domani.

– Lo spero – rispose la Tigre con un sospiro. – Addio, amico. Va' a convincerlo.

– Vedrò Paranoa fra due o tre ore.

– Ti attenderò fino alla mezzanotte.

Si strinsero la mano e si lasciarono.

Mentre Sandokan e i suoi uomini si cacciavano in mezzo alle piante, Yanez, acceso un sigaro, s'avviò verso il parco, procedendo con passo tranquillo, come se invece che da una perlustrazione tornasse da una passeggiata.

Passò dinanzi alla sentinella e si mise a passeggiare nel parco, essendo ancora troppo presto per presentarsi al *lord*.

Alla svolta di un sentiero incontrò Lady Marianna che pareva lo cercasse.

– Ah! *Milady*, quale fortuna! – esclamò il portoghese inchinandosi.

– Vi cercavo – rispose la giovinetta, porgendogli la mano.

– Avete da dirmi qualche cosa d'importante?

– Sì, che fra cinque ore partiamo per Vittoria.

– Ve lo ha già detto il *lord*?

– Sì.

– Sandokan è pronto, *milady*: i pirati sono stati avvertiti e attendono la scorta.

– Mio Dio! – ella mormorò coprendosi il viso con ambo le mani.

– *Milady*, bisogna essere forti in questi momenti, e risoluti.

– E mio zio… mi maledirà, mi esecrerà poi.

– Ma Sandokan vi farà felice, la più felice delle donne.

Due lacrime scesero lentamente lungo le rosee gote della giovinetta.

– Piangete? – disse Yanez. – Ah, non piangete, Lady Marianna!

– Ho paura, Yanez.

– Di Sandokan?

– No. Dell'avvenire.

– Sarà ridente, perché Sandokan farà quello che vorrete. Egli è pronto a incendiare i suoi *praos*, a disperdere le sue bande, a dimenticare le sue vendette, a dare un addio per sempre alla sua isola.

– Ma chi è quest'uomo? Perché tanto sangue e tante vendette? Da dove è venuto?

– Ascoltatemi, *milady* – disse Yanez offrendole il braccio e conducendola in un ombroso sentiero. – I più credono che Sandokan non sia che un volgare pirata, sbarcato dalle selve del Borneo, avido di sangue e di prede, ma s'ingannano: egli è di stirpe reale e non è un pirata, ma un vendicatore. Aveva vent'anni quando salì sul trono di Muluder, un regno che si trovava presso le coste settentrionali del Borneo. Forte come un leone, fiero come un eroe dell'antichità, audace come una tigre, coraggioso fino alla pazzia, in poco volger di tempo vinse tutti i popoli vicini, estendendo le proprie frontiere fino al regno di Varauni e al fiume Koti. Quelle imprese gli furono fatali. Inglesi e olandesi, gelosi di quella nuova potenza che pareva volesse soggiogare l'intera isola, si allearono al sultano di Borneo per fiaccare l'audace guerriero. L'oro dapprima e le armi più tardi finirono per distruggere il nuovo reame. Bande potenti invasero il regno in vari luoghi corrompendo i capi, corrompendo le truppe, saccheggiando, trucidando, commettendo atrocità. Invano Sandokan lottò con il furore della disperazione, battendo gli uni, schiacciando gli altri. I tradimenti lo raggiunsero nello stesso suo palazzo, i suoi parenti caddero tutti sotto il ferro degli assassini pagati dai bianchi, ed egli in una notte di fuoco e di stragi poté a malapena salvarsi con una piccola schiera di prodi. Errò parecchi anni sulle coste settentrionali del Borneo, ora inseguito come una belva feroce, ora senza viveri, in preda a miserie indescrivibili, sperando di riconquistare il trono perduto e di vendicare la famiglia assassinata, finché una notte, ormai disperando di tutto e di tutti, s'imbarcò su un *prao*, giurando guerra atroce a tutta la razza bianca e al sultano di Varauni. Approdato a Mompracem, assoldò degli uomini e si diede a correre il mare. Era forte, era prode, era valente e assetato di vendetta. Devastò le coste del sultanato, assalì navi olandesi e inglesi, non accordando quartiere né tregua. Diventò il terrore dei mari, diventò la terribile Tigre della Malesia. Voi sapete il resto.

– È dunque un vendicatore della sua famiglia! – esclamò Marianna.

– Sì, *milady*, un vendicatore che piange spesso sua madre, i suoi fratelli e le sue sorelle caduti sotto il ferro degli assassini, un vendicatore che non commise mai azioni infami, che rispettò in ogni tempo i deboli, che risparmiò le donne e i fanciulli, che saccheggia i suoi nemici non per sete di ricchezza, ma per avere un giorno un esercito di prodi e riconquistare il regno perduto.

– Ah, quanto bene mi fanno queste parole, Yanez! – disse la giovinetta.

– Torniamo dunque, *milady*. Dio veglierà su di noi.

Yanez condusse la giovinetta alla palazzina e salirono nel salotto da pranzo. Il *lord* già vi si trovava e passeggiava innanzi e indietro con la rigidezza di un vero inglese. Era cupo come prima e teneva la testa china sul petto.

Vedendo Yanez però si arrestò, dicendo:

– Siete qui? Credevo che vi fosse toccata qualche disgrazia, vedendovi uscire dal parco.

– Ho voluto assicurarmi con i miei occhi che non c'è alcun pericolo, *milord* – rispose Yanez tranquillamente.

– Avete visto nessuno di quei cani di Mompracem?

– Nessuno, *milord*; possiamo recarci a Vittoria con tutta sicurezza.

Il *lord* rimase zitto per alcuni istanti, poi volgendosi verso Marianna che si era fermata presso una finestra, disse:

– Avete inteso che si va a Vittoria?

– Sì – rispose ella asciuttamente.

– Verrete?

– Sapete bene che ogni resistenza da parte mia sarebbe inutile.

– Credevo di dovervi trascinare a forza.

– Signore!

– Toh! – esclamò il *lord* con maggior ironia – Per caso non amereste più quell'eroe da coltello, dato che acconsentite a venire a Vittoria? Ricevete le mie congratulazioni, signora!

– Non continuate! – esclamò la giovinetta con accento tale che fece fremere lo stesso *lord*.

Stettero alcuni istanti in silenzio, guardandosi l'un l'altro come due fiere che si provocano prima di dilaniarsi a vicenda.

– Vuoi farmi delle scene? Sarebbero inutili. Sai bene che io sono inflessibile. Invece va' a fare i tuoi preparativi per la partenza.

La giovinetta si era arrestata. Scambiò con Yanez un rapido sguardo, poi uscì dalla stanza, chiudendo violentemente la porta.

– L'avete vista – disse il *lord*, volgendosi verso Yanez. – Ella crede di sfidarmi, ma s'inganna. Se non cede, la spezzerò.

Yanez invece di rispondere si terse alcune gocce di sudore freddo che gli imperlavano la fronte e incrociò le braccia per non cedere alla tentazione di porre mano alla sciabola.

Il *lord* passeggiò nella stanza per alcuni minuti, poi fece cenno a Yanez di sedere a tavola.

Il pasto fu fatto in silenzio. Il *lord* toccò appena i cibi; il portoghese invece fece molto onore ai diversi piatti, da uomo che non sa se e dove potrà fare una seconda cena.

Avevano appena terminato quando entrò un caporale.

– Vostro Onore mi ha fatto chiamare? – egli chiese cortesemente.

– Dirai ai soldati di tenersi pronti a partire.

– Per quale ora?

– A mezzanotte lasceremo la villa.

– A cavallo?

– Sì, e raccomanda a tutti di cambiare le cariche ai loro fucili.

– Vostro Onore sarà servito.

– Partiremo tutti, *milord*? – chiese Yanez.

– Non lascerò qui che quattro uomini.

– È numerosa la scorta?

– Si comporrà di dodici soldati fidatissimi e di dieci indigeni.

– Con tali forze non avremo nulla da temere.

– Voi non conoscete i pirati di Mompracem, giovanotto. Se dovessimo incontrarli, non so a chi spetterebbe la vittoria.

– Mi permettete, *milord*, di scendere nel parco?

– Che cosa volete fare?

– Sorvegliare i preparativi dei soldati.

– Andate, giovanotto.

Il portoghese uscì e scese rapidamente la scala, mormorando:

– Spero di giungere in tempo per avvertire Paranoa. Sandokan preparerà una bella imboscata.

Passò dinanzi ai soldati senza fermarsi e, orizzontandosi alla meglio, si infilò in un viale che doveva condurlo nei pressi della serra. Cinque minuti dopo si trovava in mezzo al macchione dei banani, là dove aveva fatto prigioniero il soldato inglese.

Si guardò intorno per essere certo di non essere stato seguito, poi si avvicinò alla serra spingendo la porta.

Subito vide un'ombra nera rizzarglisi dinanzi, mentre una mano gli puntava sul petto una pistola.

– Sono io, Paranoa – disse.

– Ah! Voi, padron Yanez.

– Parti subito, senza fermarti, e va' ad avvertire Sandokan che fra qualche ora lasceremo la villa.

– Dove dobbiamo aspettarvi?

– Sul sentiero che conduce a Vittoria.

– Siete in molti?

– Una ventina.

– Parto subito. Arrivederci presto, signor Yanez.

Il malese si slanciò lungo il viale, scomparendo in mezzo alla fosca ombra delle piante.

Quando Yanez tornò alla palazzina, il *lord* stava scendendo la scala. Si era cinto la sciabola e portava la carabina a tracolla.

La scorta si teneva pronta. Si componeva di ventidue uomini, dodici bianchi e dieci indigeni e tutti armati fino ai denti.

Un gruppo di cavalli scalpitava presso il cancello del parco.

Lady Marianna scendeva in quel momento la gradinata.

Era vestita da amazzone, con un giubbettino di velluto azzurro e un lungo vestito della stessa stoffa, costume e tinta che facevano doppiamente risaltare il suo pallore e la bellezza del suo viso. In capo portava un grazioso berretto adorno di piume, inclinato sui capelli dorati.

Il portoghese che l'osservava attentamente, s'accorse di una viva ansietà profondamente scolpita sul suo viso.

Non era più l'energica fanciulla di poche ore prima, che aveva parlato con tanto fuoco e tanta fierezza. L'idea di un rapimento in quelle condizioni, l'idea di dover abbandonare per sempre suo zio, l'unico parente che ancora vivesse, l'idea di dover lasciare per sempre quei luoghi per gettarsi in un avvenire oscuro, incerto, parevano atterrirla.

Quando salì a cavallo, non poté più frenare le lacrime e scoppiò in singhiozzi.

Yanez spinse il proprio cavallo verso di lei e disse:

– Coraggio, *milady*; l'avvenire sarà ridente per la Perla di Labuan.

A un comando del *lord*, il drappello si mise in marcia, uscendo dal parco e prendendo il sentiero che conduceva all'imboscata.

Sei soldati aprivano la marcia con le carabine in pugno e gli occhi fissi ai due lati del sentiero, per non venire sorpresi; seguivano il *lord*, poi Yanez e la giovane *lady*, fiancheggiati da altri quattro soldati, e quindi gli altri in gruppo serrato, con le armi posate sulla sella.

Malgrado le notizie recate da Yanez, tutti diffidavano e scrutavano con profonda attenzione le foreste circostanti.

Avevano percorso, nel più profondo silenzio, circa due chilometri, quando a destra del sentiero si udì improvvisamente un leggero fischio.

Yanez, che già aspettava l'assalto di momento in momento, sfoderò la sciabola e si mise fra il *lord* e Lady Marianna.

– Che cosa fate? – chiese il *lord*, che si era bruscamente voltato.

– Non avete udito? – chiese Yanez.

– Un fischio?

– Sì.

– Ebbene?

– Ciò vuol dire, *milord*, che i miei amici ci circondano – disse Yanez freddamente.

– Ah, traditore! – urlò il *lord*, estraendo la sciabola e spingendosi con impeto furibondo verso il portoghese con l'intento di attaccarlo e ucciderlo.

– Troppo tardi, signore! – gridò questi gettandosi dinanzi a Marianna.

Infatti, nello stesso momento, due scariche micidiali partirono da entrambi i lati del sentiero, gettando a terra quattro uomini e sette cavalli: poi trenta uomini, trenta tigrotti di Mompracem, si precipitarono fuori dai boschi, urlando e caricando furiosamente il drappello. Sandokan, che li guidava, s'avventò in mezzo ai cavalli, dietro ai quali si erano prontamente radunati gli uomini della scorta, e abbatté con un gran colpo di scimitarra il primo uomo che gli si parò dinanzi.

Il *lord* gettò un vero ruggito. Con una pistola nella sinistra e la sciabola nella destra si avventò contro Marianna, che si era aggrappata alla criniera della sua cavalcatura, ma Yanez era già balzato a terra. Afferrò la giovinetta, la levò di sella e, stringendola al petto con le robuste braccia, cercò di passare fra i soldati e gli indigeni, che si difendevano con il furore che infonde la disperazione, trincerati dietro i loro cavalli.

– Largo! Largo! – egli gridò, cercando di dominare con la voce il fracasso della moschetteria e il cozzare furioso delle armi.

Ma nessuno badava a lui, all'infuori del *lord* che si preparava ad assalirlo. Per maggiore disgrazia o per sua fortuna forse, la giovinetta gli svenne fra le braccia.

Egli la depose dietro un cavallo morto, mentre il *lord*, pallido di furore, faceva fuoco contro di lui.

Con un saltò evitò la palla poi, roteando la sciabola, gridò:

– Aspetta un po', vecchio lupo di mare, che ti farò assaggiare la punta del mio ferro.

– Traditore, ti uccido! – rispose il *lord*.

Si scagliarono l'un contro l'altro, Yanez risoluto a sacrificarsi per salvare la giovinetta, il *lord* deciso a tutto pur di strapparla alla Tigre della Malesia. Mentre si scambiavano terribili fendenti, inglesi e pirati combattevano con pari furore, tentando di respingersi a vicenda.

I primi, ridotti a un pugno di uomini, ma fortemente trincerati dietro i cavalli che erano tutti caduti, si difendevano animosamente, aiutati dagli indigeni, che menavano ciecamente le mani, confondendo le loro grida selvagge con quelle dei pirati. Colpivano di punta e di taglio, facevano roteare i fucili servendosene come fossero mazze, retrocedevano e avanzavano, ma tenevano saldo.

Sandokan, con la scimitarra in pugno, tentava, ma invano, di sfondare quella muraglia umana per portare aiuto al portoghese, che si affannava a respingere i turbinosi attacchi del lupo di mare. Ruggiva come una belva e s'avventava pazzamente fra le punte delle baionette, trascinando con sé la sua terribile banda.

La resistenza degli inglesi non doveva però durare molto. La Tigre, trascinando un'altra volta i suoi uomini all'assalto, riuscì finalmente a respingere i difensori, che si ripiegarono confusamente gli uni addosso agli altri.

– Tieni saldo, Yanez! – tuonò Sandokan tempestando con la scimitarra il nemico che tentava di chiudergli il passo. – Tieni saldo ché sto per giungere.

Ma proprio in quel momento la sciabola del portoghese si spezzò a metà. Egli si trovò disarmato, con la fanciulla ancora svenuta e il *lord* dinanzi.

– Aiuto, Sandokan! – gridò.

Il *lord* gli si precipitò addosso gettando un urlo di trionfo, ma Yanez non si smarrì. Si trasse rapidamente da un lato evitando la sciabola, poi urtò con il capo il *lord*, atterrandolo.

Caddero però entrambi e si misero a dibattersi cercando di soffocarsi.

– John, – disse il *lord*, vedendo un soldato cadere a pochi passi – ammazza Lady Marianna! Te lo comando!

Il soldato, facendo uno sforzo disperato, si sollevò sulle ginocchia con la daga in mano pronto a ubbidire, ma non ne ebbe il tempo.

Gli inglesi, oppressi dal numero, cadevano a uno a uno sotto i colpi dei pirati e la Tigre era lì, a due passi.

Con un urto irresistibile atterrò gli uomini che ancora rimanevano in piedi, balzò sul soldato che aveva già alzato l'arma e lo uccise con un colpo di scimitarra.

– Mia, mia, mia! – esclamò il pirata afferrando la giovinetta e stringendola al petto.

Balzò fuori dalla mischia e fuggì nella vicina foresta, mentre i suoi uomini combattevano contro gli ultimi inglesi.

Il *lord*, finito contro il tronco di un albero, rimase solo e ferito, fra i cadaveri che coprivano il sentiero.

La moglie della Tigre

La notte era magnifica. La luna, quell'astro delle notti serene, splendeva in un cielo senza nubi, proiettando la sua pallida luce d'un azzurro trasparente, sopra le oscure e misteriose foreste, sopra le mormoranti acque del fiume e riflettendosi con vago tremolio sui flutti dell'ampio mare della Malesia.

Tutto era silenzio, tutto era mistero e pace.

Solo di tratto in tratto si udiva la risacca frangersi con monotono gorgoglio sulle deserte sabbie del lido, il soffio della brezza che s'alzava sul ponte del *prao* corsaro.

Il veloce veliero aveva allora lasciato la foce del fiume e fuggiva rapido verso occidente, lasciandosi dietro Labuan che ormai si confondeva fra le tenebre.

Tre sole persone vegliavano sul ponte: Yanez, taciturno, triste, cupo, seduto a poppa con una mano sulla barra del timone; Sandokan e Marianna, seduti a prua, all'ombra delle grandi vele, accarezzati dalla brezza notturna.

Il pirata si stringeva al petto la fanciulla e le asciugava le lacrime.

– Senti, amor mio, – egli diceva – non piangere, io ti farò felice, immensamente felice. Andremo lontani da queste isole, seppelliremo il mio truce passato e non udremo mai più parlare né dei pirati, né della mia selvaggia Mompracem. La mia gloria, la mia potenza, le mie sanguinose vendette, il mio temuto nome, tutto dimenticherò per te, perché voglio diventare un altro uomo. Non piangere, Marianna, l'avvenire che ci aspetta non sarà oscuro, bensì ridente, tutto felicità.

La giovinetta ripeteva fra i singhiozzi:

– T'amo, Sandokan, come nessuna donna ha mai amato sulla terra!

Sandokan la strinse al petto, baciò i capelli dorati di lei e la sua fronte bianca.

– Ora che sei mia, guai a chi ti tocca! – riprese il pirata. – Oggi siamo su questo mare, ma domani saremo al sicuro nella mia inaccessibile isola, dove nessuno avrà l'ardire di venirci ad assalire; poi, quando ogni pericolo sarà scomparso, andremo dove tu vorrai, o mia diletta fanciulla.

– Sì, – mormorò Marianna – andremo lontani, tanto da non udire mai più parlare delle nostre isole.

Quasi nel medesimo istante una voce disse:

– Fratello, il nemico ci insegue!

Il pirata si volse e si trovò di fronte a Yanez che gli additava un punto luminoso sul mare.

– Il nemico? – chiese Sandokan con i lineamenti alterati.

– Ho visto ora quel lume: viene dall'oriente, forse laggiù una nave corre sulle nostre tracce desiderosa di riconquistare la preda rapita al *lord*.

– Ma noi la difenderemo, Yanez! – esclamò Sandokan. – Guai a chi tenterà di sbarrarci il passo, guai a loro! Io sarei capace di lottare, sotto gli occhi di Marianna, contro il mondo intero.

Guardò il fanale segnalato e si strappò dal fianco la scimitarra.

L'incrociatore, poiché tale doveva essere, non era più una semplice ombra. I suoi alberi spiccavano ormai nettamente sul fondo del cielo, e si vedeva innalzarsi una grossa colonna di fumo in mezzo alla quale volteggiavano miriadi di scintille.

La sua prua tagliava rapidamente le acque, che scintillavano al chiarore della luna, e il vento portava fino al *prao* il fragore delle ruote che facevano ribollire i flutti.

– Vieni, vieni, maledetto! – esclamò Sandokan sfidandolo con la scimitarra, mentre con l'altro braccio cingeva la fanciulla. – Vieni a misurarti con la tigre, di' ai tuoi cannoni di ruggire, lancia i tuoi uomini all'abbordaggio: io ti sfido!

Poi si volse verso Marianna, che guardava ansiosamente la nave che guadagna via:

– Amor mio, – le disse – ti condurrò nella tua stanza dove sarai al riparo dai colpi di quegli uomini che fino a ieri erano tuoi compatrioti e che oggi sono tuoi nemici.

Si arrestò un istante, fissando sul piroscafo, che forzava le macchine, uno sguardo torvo, poi condusse Marianna nella cabina.

Era questa una stanzetta arredata con eleganza. Le pareti sparivano sotto un fitto tessuto orientale e il pavimento era coperto di soffici tappeti indiani. I mobili ricchi, bellissimi, di mogano e di ebano intarsiati di madreperla, occupavano gli angoli, mentre dall'alto pendeva una grande lampada dorata.

– Qui i colpi non ti raggiungeranno, Marianna – disse Sandokan. – Le lastre di ferro che coprono la poppa del mio veliero saranno sufficienti per arrestarli.

– Ma tu, Sandokan?

– Io risalgo sul ponte a comandare. La mia presenza è necessaria per dirigere la battaglia se l'incrociatore ci assalirà.

– Io tremo per te.

– La morte ha paura della Tigre della Malesia – rispose il pirata con grande fierezza.

– E se quegli uomini venissero all'abbordaggio?...

– Io non li temo, mia fanciulla. I miei uomini sono tutti valorosi, sono vere tigri, pronte a morire per il loro capo e per te. Vengano pure all'abbordaggio i tuoi compatrioti!... Li stermineremo e li cacceremo tutti in mare.

– Ti credo, mio valoroso, pure io ho paura. Essi ti odiano, Sandokan, e per prenderti sarebbero capaci di tentare qualunque pazzia. Guardati da loro, mio prode amico, perché hanno giurato di ucciderti.

– Uccidermi!... esclamò Sandokan, quasi con disprezzo. – Essi uccidere la Tigre della Malesia!... Si provino, se osano. Mi sembra di essere diventato ora tanto potente, da arrestare con le mie mani le palle delle loro artiglierie. No, non temere per me, fanciulla mia. Vado a punire l'insolente che viene a sfidarmi, poi tornerò da te.

– Io intanto pregherò per te, mio valoroso Sandokan.

Il pirata la guardò per alcuni istanti con profonda ammirazione, poi le prese il capo fra le mani e le sfiorò i capelli con le labbra.

– E ora – disse poi, alzandosi fieramente – a noi due, maledetto vascello che vieni a turbare la mia felicità!

– Mio Dio, proteggilo – mormorò la giovinetta, cadendo in ginocchio.

L'equipaggio del *prao*, svegliato dal grido d'allarme di Yanez e dalla prima cannonata, era salito precipitosamente in coperta, pronto alla lotta.

Scorgendo l'incrociatore a così breve distanza, i pirati si gettarono bravamente sui cannoni e sulle spingarde, per rispondere alla provocazione.

Gli artiglieri avevano già acceso le micce e stavano per accostarle ai pezzi, quando Sandokan comparve. Vedendolo comparire sul ponte, un urlo solo s'alzò fra i tigrotti:

– Viva la Tigre!...

– Largo a me – gridò Sandokan, respingendo gli artiglieri. – Basterò io solo a punire quell'insolente! Il maledetto non andrà a Labuan a raccontare di aver cannoneggiato la bandiera di Mompracem!

Ciò detto, andò a collocarsi a poppa, appoggiando un piede sulla culatta di uno dei due cannoni.

I suoi occhi luccicavano come carboni accesi e i suoi lineamenti avevano assunto un'espressione feroce. Si capiva che era in preda a un'ira terribile.

Si volse verso Paranoa che gli stava vicino, tenendo la barra del timone e gli disse:

– Manda dieci uomini nella stiva e fa portare in coperta quel mortaio che ho fatto imbarcare.

Un istante dopo, dieci pirati issavano faticosamente sul ponte un grosso mortaio, assicurandolo con l'aiuto di alcune funi vicino all'albero maestro.

Un artigliere lo caricò con una bomba da otto pollici, del peso di ventun chilogrammi e che scoppiando doveva lanciare ben ventotto schegge di ferro.

– Ora attendiamo l'alba – disse Sandokan. – Voglio mostrarti, incrociatore maledetto, la mia bandiera e mia moglie.

Salì sulla murata poppiera e sedette con le braccia incrociate sul petto e lo sguardo fisso sull'incrociatore.

– Ma che cos'hai intenzione di fare? – gli chiese Yanez. – Il piroscafo fra poco sarà a buon tiro e aprirà il fuoco contro di noi.

– Tanto peggio per lui.

– Aspettiamo dunque, giacché vuoi così.

Il portoghese non si era ingannato. Dieci minuti dopo, quantunque il *prao* divorasse la via, l'incrociatore era a soli duemila metri. A un tratto un lampo balenò a prua del veliero e una forte detonazione scosse gli strati dell'aria, ma non si udì il fischio acuto della palla.

– Ah! – esclamò Sandokan sogghignando – Mi inviti ad arrestarmi e domandi la mia bandiera? Yanez, spiega il vessillo della pirateria. La luna è splendida e con i cannocchiali la vedranno.

Il portoghese ubbidì.

Il piroscafo, che pareva non aspettasse che un segnale, subito raddoppiò la corsa e, giunto a mille metri, sparò una cannonata, ma non a polvere, poiché il proiettile passò fischiando sopra il *prao*.

Sandokan non si mosse, né batté ciglio. I suoi uomini si disposero ai posti di combattimento, ma non diedero risposta né all'intimazione né alla minaccia.

Il vascello continuò ad avanzare, ma più lentamente, con prudenza. A ottocento metri lanciò un secondo proiettile che, mal diretto, rimbalzò in mare dopo aver rasentato la corazza poppiera del piccolo veliero.

Una terza palla, poco dopo, infilava la coperta del *prao*, forando le due vele di maestra e di trinchetto, mentre una quarta si frantumava contro uno dei due cannoni di poppa, lanciando un frammento fin sulla murata, sulla quale stava seduto Sandokan.

Questi si raddrizzò con un gesto superbo e, tendendo la destra verso la nave nemica, gridò con aria minacciosa:

– Tira, tira, nave maledetta! Io non ti temo! Quando potrai vedermi, io ti fracasserò le ruote e ti fermerò.

Altri due lampi balenarono sulla prora del piroscafo, seguiti da due acute detonazioni. Una palla andò a fracassare parte della murata di poppa, a soli due passi da Sandokan, mentre l'altra colpì un uomo che stava legando una scotta sul piccolo castello di prora.

– Tigre della Malesia! Vendetta!

Sandokan si volse verso i suoi uomini, gettando su di loro uno sguardo corrucciato.

– Silenzio! – tuonò.

– L'incrociatore non ci risparmia, Sandokan – disse Yanez.

– Lascia che tiri.

– Che cosa vuoi aspettare?

– L'alba.

– È una pazzia, Sandokan. Se una palla ti colpisse?

– Sono invulnerabile! – gridò la Tigre della Malesia. – Guarda: io sfido il fuoco di quella nave!

Con un balzo si era slanciato sulla murata poppiera, aggrappandosi all'asta della bandiera.

Yanez provò un brivido di spavento.

La luna era sorta sull'orizzonte e dal ponte dell'incrociatore nemico, con un buon cannocchiale, si poteva distinguere quel temerario.

– Scendi, Sandokan! – gridò Yanez – Vuoi farti uccidere.

Un sorriso sprezzante fu la risposta del formidabile uomo.

Yanez che conosceva la tenacia del suo compagno, rinunciò a un secondo tentativo e si ritirò dietro uno dei due cannoni. L'incrociatore, dopo quelle cannonate quasi infruttuose, aveva sospeso il fuoco.

Per un altro quarto d'ora, le due navi continuarono la loro corsa, poi, a cinquecento metri, il cannoneggiamento venne ripreso con maggior furia.

Le palle cadevano numerose attorno al piccolo veliero e non sempre andavano perdute. Qualche proiettile passava sibilando attraverso la velatura, recidendo qualche corda e smussando le estremità dei pennoni, e qualche altro veniva a rimbalzare contro le piastre metalliche.

Una palla attraversò anche il ponte, rasentando l'albero maestro. Se fosse passata pochi centimetri più a destra, il veliero sarebbe stato arrestato nella sua corsa.

Sandokan, nonostante quel pericoloso grandinare, non si muoveva. Guardava freddamente la nave nemica che forzava la sua macchina per guadagnare via, e sorrideva ironicamente.

Vi fu un momento però che Yanez lo vide balzare

in piedi e curvarsi come se fosse lì per slanciarsi verso il mortaio, ma poi riprese quasi subito il suo posto mormorando:

– Non ancora! Voglio che tu veda mia moglie!

Per altri dieci minuti il piroscafo bombardò il piccolo veliero, che non faceva alcuna manovra per sottrarsi a quella grandine di ferro, poi le detonazioni a poco a poco si diradarono, finché cessarono del tutto.

Guardando attentamente sull'alberatura della nave nemica, Sandokan vide sventolare una grande bandiera bianca.

– Ah! – esclamò il formidabile uomo – Tu mi inviti ad arrendermi!... Yanez!

– Che cosa vuoi, fratello!

– Spiega la mia bandiera. Voglio che si sappia che chi guida questo *prao* è la Tigre della Malesia.

– E ti saluterà con una pioggia di granate.

– Il vento comincia a diventare più fresco, Yanez. Fra dieci minuti saremo fuori di portata dei suoi colpi.

– Sia pure.

A un cenno del pirata, attaccò la bandiera alla drizza di poppa e la issò sulla punta dell'albero maestro. Un colpo di vento la sciolse e alla limpida luce della luna essa mostrò il suo colore sanguigno.

Due colpi di cannone furono la risposta. L'equipaggio dell'incrociatore aveva scorto la bandiera delle Tigri di Mompracem e riprendeva, con maggior vigore, il cannoneggiamento.

L'incrociatore accelerava la marcia per dare addosso al veliero.

Il suo camino fumava come un vulcano e le ruote

mordevano fragorosamente. Quando le detonazioni cessavano, si udivano perfino i sordi muggiti della macchina.

Il suo equipaggio dovette però ben presto convincersi che non era cosa facile gareggiare con un veliero attrezzato a *prao*. Essendo cresciuto il vento, il piccolo veliero, che fino allora non aveva potuto raggiungere i dieci nodi, aveva preso un'andatura più rapida. Le sue immense vele, gonfie come due palloni, esercitavano sul legno uno sforzo straordinario.

Non correva più: volava sulle tranquille acque del mare, sfiorandole appena.

L'incrociatore tirava furiosamente, ma ormai le sue palle cadevano tutte nella scia del *prao*.

Sandokan non si era mosso. Seduto accanto alla sua rossa bandiera, spiava attentamente il cielo. Pareva che non si occupasse nemmeno più del vascello che gli dava la caccia con tanto accanimento.

Il portoghese, che non capiva quale idea avesse Sandokan, gli si avvicinò dicendogli:

– Che cosa vuoi fare dunque, fratello mio? Fra un'ora saremo ben lontani da quell'incrociatore, se questo vento non cessa.

– Aspetta ancora un po', Yanez – rispose Sandokan. Guarda laggiù, a oriente: le stelle cominciano a impallidire, e nel cielo si diffondono già i primi chiarori dell'alba. Appena l'alba permetterà all'equipaggio di quel vascello di scorgermi, punirò quell'insolente.

– Tu sei un artigliere troppo abile per aspettare la luce del sole. Il mortaio è pronto.

– Voglio che vedano chi darà fuoco al pezzo.

– Forse lo sanno già.

– È vero, forse lo sospettano, ma non mi basta. Voglio mostrare loro anche la moglie della Tigre della Malesia.

– Marianna?...

– Sì, Yanez. Così si saprà a Labuan che la Tigre della Malesia ha osato violare le coste dell'isola e affrontare apertamente i soldati che vegliavano su Lord Guillonk.

Ancora pochi minuti e il sole sarebbe comparso.

Il vascello da guerra si trovava allora lontano circa millecinquecento metri. Forzava sempre le macchine, ma perdeva ugualmente cammino a ogni minuto.

Il veloce *prao* guadagnava rapidamente terreno, poiché il vento aumentava con lo spuntare dell'alba.

– Fa' prendere terzaruoli sulle vele di trinchetto e di maestra – disse Sandokan. – Quando sarà a cinquecento metri darò fuoco al mortaio.

Yanez diede subito il comando.

Dieci pirati s'inerpicarono sulle griselle, abbassarono le due vele ed eseguirono rapidamente la manovra. Ridotta la velatura, il *prao* cominciò a rallentare la corsa.

Occorse ancora una buona mezz'ora perché giungesse alla distanza desiderata da Sandokan.

Già le sue palle cominciavano a cadere sul ponte del *prao*, quando la Tigre, slanciandosi bruscamente giù dalla murata, si collocò dietro il mortaio. Un raggio di sole era sorto dal mare, illuminando le vele del *prao*.

– E ora a me!... – gridò Sandokan, con un sorriso

strano. – Yanez, metti il veliero attraverso il vento!...

Un istante dopo il piccolo veliero si poneva in posizione.

Sandokan si fece dare una miccia che Paranoa aveva già acceso e si curvò sul pezzo, calcolando con lo sguardo la distanza.

– Fuoco! – gridò a un tratto, facendo un salto indietro.

Si curvò sul pezzo fumante, trattendo il respiro, con le labbra strette e gli occhi fissi dinanzi a sé, come se volesse seguire l'invisibile traiettoria del proiettile.

Pochi istanti dopo una seconda detonazione si udì al largo.

La bomba era scoppiata fra i raggi della tambura di babordo, facendo saltare, con inaudita violenza, le ferramenta della ruota e le pale.

Il piroscafo, colpito gravemente, s'inclinò sul fianco lacerato, poi si mise a girare su se stesso sotto le battute dell'altra ruota che mordeva ancora le acque.

– Viva la Tigre! – urlarono i pirati gettandosi sui cannoni.

– Marianna! Marianna! – esclamò Sandokan, mentre il piroscafo, rovesciato sul fianco squarciato, imbarcava acqua a tonnellate.

La giovinetta, a quella chiamata, comparve sul ponte. Sandokan la prese fra le braccia, la sollevò fino alla murata e mostrandola all'equipaggio del piroscafo tonò:

– Ecco mia moglie!

Poi, mentre i pirati scagliavano sul vascello un uragano di mitraglia, il *prao* virò di bordo allontanandosi rapidamente verso ovest.

A Mompracem

Il *prao* coperto dalle sue immense vele si era subito allontanato, con la velocità propria di quel genere di navi.

Marianna, affranta da tante emozioni, si era nuovamente ritirata nella cabina, e anche buona parte dell'equipaggio aveva lasciato la coperta, non essendo il veliero minacciato da alcun pericolo, almeno per il momento.

Yanez e Sandokan però non avevano lasciato il ponte. Seduti sul coronamenteo di poppa parlavano fra loro, guardando di quando in quando verso est, dove si scorgeva ancora un sottile pennacchio di fumo.

– Quel piroscafo avrà molto da fare per trascinarsi fino a Vittoria – diceva Yanez. – La bomba lo ha ridotto in uno stato tale da rendergli impossibile ogni tentativo di inseguimento. Credi che ce l'abbia mandato dietro Lord Guillonk?...

– No, Yanez – rispose Sandokan. – Al *lord* sarebbe mancato il tempo di accorrere a Vittoria e di avvertire il governatore di ciò che è accaduto. Quella nave doveva cercarci da qualche giorno. Ormai nell'isola si doveva sapere che noi eravamo sbarcati.

– Credi che il *lord* ci lascerà tranquilli?...

– Ne dubito molto, Yanez. Io conosco quell'uomo e so quanto sia tenace e vendicativo. Dobbiamo aspettarci, e presto, un formidabile assalto.

– Che venga ad assalirci nella nostra isola?...

– Ne sono certo, Yanez. Lord James ha molta influenza e per di più so che è ricchissimo. A lui sarà quindi facile noleggiare molte navi, arruolare marinai, avere l'aiuto del governatore e assalire Mompracem.

– E che faremo?

– Daremo la nostra ultima battaglia. Venderemo cara la pelle, sta certo.

– L'ultima?... Perché dici così, Sandokan?

– Perché Mompracem perderà poi i suoi capi – disse la Tigre della Malesia con un sospiro. – La mia carriera sta per finire, Yanez. Questo mare, teatro delle mie imprese, non vedrà più *praos* della Tigre solcare le sue onde.

– Ah! Sandokan!

– Che cosa vuoi, Yanez: così era scritto. L'amore della fanciulla dai capelli d'oro doveva spegnere il pirata di Mompracem. È triste, immensamente triste, mio buon Yanez, dover dare un addio e per sempre a questi luoghi e dover perdere la fama e la potenza, eppure dovrò rassegnarmi. Non più battaglie, non più tuonare di artiglierie, non più fumanti carcasse che si inabissano nei baratri di questo mare, non più tremendi abbordaggi!... Ah!... Sento il mio cuore sanguinare, Yanez, pensando che la Tigre morirà per sempre e che questo mare e la mia stessa isola diventeranno d'altri.

– Povera Mompracem!... – esclamò Yanez con

profondo rammarico. – Io che l'amavo già come fosse la mia patria, la mia terra natia!

– E io credi che non l'ami?... Credi che non mi si stringa il cuore pensando che forse non la rivedrò mai più e che forse non solcherò più, con i miei *praos*, questo mare che chiamavo mio?... Orsù, così voleva il destino. Rassegniamoci, Yanez, e non pensiamo più al passato.

– Ebbene, sia; andiamo a impegnare l'ultima battaglia e poi si vada pur lontani – disse Yanez con accento rassegnato. – La lotta sarà però tremenda.

– Troverà la tana della Tigre inespugnabile. Nessuno finora è stato tanto audace da violare le coste della mia isola e non le toccherà nemmeno lui. Aspetta che siamo giunti e vedrai quali lavori intraprenderemo per non farci schiacciare dalla flottiglia che manderà contro di noi. Renderemo il villaggio talmente forte, da poter resistere al più terribile bombardamento. La Tigre non è ancora domata e ruggirà forte e getterà lo sgomento nelle file nemiche.

– E se dovessimo venire oppressi dal numero? Tu sai, Sandokan, che gli olandesi sono alleati degli inglesi nella repressione della pirateria. Le due flotte potrebbero unirsi per dare a Mompracem il colpo mortale.

– Se dovessi vedermi vinto, darò fuoco alle polveri e salteremo tutti, insieme con il nostro villaggio e i nostri *praos*. Non potrei rassegnarmi alla perdita della fanciulla. Piuttosto che vedermela rapire preferirei la mia morte e la sua.

– Speriamo che non succeda, Sandokan.

La Tigre della Malesia chinò il capo sul petto e sospirò, poi, dopo qualche istante di silenzio, disse:

– Eppure ho un triste presentimento.

– Quale? – chiese Yanez con ansietà.

Sandokan non rispose. Abbandonò il portoghese e si appoggiò alla murata di prua, esponendo l'ardente viso alla brezza notturna.

Era inquieto: profonde rughe solcavano la sua fronte e a tratti dei sospiri gli uscivano dalle labbra.

– Fatalità!... E tutto per quella creatura celeste – mormorò. – Per lei dovrò perdere tutto, tutto, perfino questo mare che chiamavo mio e consideravo parte della mia vita! Passerà a loro; a quegli uomini che da dodici anni combatto senza posa, senza tregua, a quegli uomini che mi hanno precipitato, dai gradini d'un trono, nel fango, che mi hanno ucciso madre, fratelli, sorelle!...

Portò le mani alla fronte come se volesse scacciare i pensieri che gli tumultuavano nel cervello, poi si raddrizzò e a lenti passi scese nella cabina.

Aprì la porta della cabina e guardò. Marianna dormiva. Il pirata la contemplò alcuni istanti con infinita dolcezza, poi si ritirò senza far rumore ed entrò nella sua cabina.

All'indomani il *prao*, che aveva navigato tutta la notte con velocità ragguardevole, si trovava a sole sessanta miglia da Mompracem.

Ormai tutti si consideravano al sicuro quando il portoghese, che sorvegliava con grande attenzione, scorse una sottile colonna di fumo che pareva si dirigesse verso est.

– Oh! – esclamò – Abbiamo un altro incrociatore

in vista? Che io sappia, non ci sono vulcani in questo tratto di mare.

Si armò di un cannocchiale e si arrampicò fino alla cima dell'albero di maestra, scrutando con profonda attenzione quel fumo che allora si era considerevolmente avvicinato. Quando ridiscese, la sua fronte era rannuvolata.

– Che cos'hai, Yanez? – chiese Sandokan che era tornato in coperta.

– Ho scoperto una cannoniera, fratello mio.

– Poco male.

– Lo so che non si arrischierà ad attaccarci, essendo quelle navi armate di un solo cannone, ma sono inquieto per un altro motivo.

– Quale mai?

– Quella nave viene da est e forse da Mompracem. Non vorrei che durante la nostra assenza una flotta nemica avesse bombardato la nostra isola.

– Mompracem bombardata? – chiese una voce argentina dietro di loro.

Sandokan si volse rapidamente e si trovò dinanzi Marianna.

– Ah, sei tu, amica mia! – egli esclamò – Ti credevo ancora addormentata.

– Mi sono alzata or ora, ma voi di che cosa parlavate? Forse un nuovo pericolo ci minaccia?

– No, Marianna – rispose Sandokan. – Siamo però inquieti nel vedere una cannoniera che viene dall'oriente, ossia dalla parte di Mompracem.

– Temi che abbia cannoneggiato il tuo villaggio?

– Sì, ma non solo; una scarica dei nostri cannoni sarebbe bastata per affondarla.

– Ehi! – esclamò Yanez, facendo due passi innanzi.

– Che cosa vedi?

– La cannoniera ci ha scorti e vira di bordo dirigendosi verso di noi.

– Verrà a spiarci – disse Sandokan.

Infatti il pirata non si era ingannato. La cannoniera, una delle più piccole, della portata di forse cento tonnellate, armata d'un solo cannone situato sulla piattaforma di poppa, si accostò fino a mille metri, poi virò di bordo, ma non si allontanò del tutto, poiché si vedeva sempre il suo pennacchio di fumo a una decina di miglia verso est.

I pirati non si preoccupavano per questo, ben sapendo che quella piccola nave non avrebbe ardito gettarsi contro il *prao*, le cui artiglierie erano così numerose da tenere testa a quattro di quei nemici.

Verso mezzogiorno un pirata, che si era arrampicato sul pennone di trinchetto per aggiustare una fune, segnalò Mompracem, il temuto covo della Tigre della Malesia.

Là dove il cielo si confondeva con il mare si scorgeva una lunga striscia ancora di colore indeciso, ma che a poco a poco diventava sempre più verdeggiante.

– Presto, presto! – esclamò Sandokan che era in preda a una viva ansietà.

– Che cosa temi? – chiese Marianna.

– Non so, ma il cuore mi dice che laggiù qualche cosa è accaduto. La cannoniera ci segue sempre?

– Sì, vedo sempre il pennacchio di fumo verso est – rispose Yanez.

– Brutto segno.

– Lo temo anch'io, Sandokan.

Il *prao*, spinto da un buon vento, in capo a un'ora giunse a poche miglia dall'isola e si diresse verso la baia che si apriva dinanzi al villaggio. Ben presto giunse tanto vicino da distinguere completamente le fortificazioni, i magazzini e le capanne.

Sulla grande rupe, sulla cima del vasto edificio che serviva di abitazione alla Tigre, si vedeva ondeggiare la grande bandiera della pirateria, ma parecchi bastioni apparivano gravemente danneggiati, molte capanne erano mezzo arse e parecchie navi mancavano.

– Ah! – esclamò Sandokan, comprimendosi il petto – Ciò che sospettavo è accaduto: il nemico ha assalito il mio covo.

– È vero – mormorò Yanez, con dolore.

– Povero amico! – disse Marianna colpita dal dolore che si rifletteva sul viso di Sandokan – I miei compatrioti hanno approfittato della tua assenza per assalire la tua isola.

– Sì, – rispose Sandokan scotendo tristemente il capo – la mia isola, un giorno temuta e inaccessibile, è stata violata!

La regina di Mompracem

Purtroppo Mompracem, l'isola ritenuta così formidabile da sgomentare i più coraggiosi al solo vederla, era stata non solo violata, ma per poco non era caduta nelle mani dei nemici.

Gli inglesi, probabilmente informati della partenza di Sandokan, certi di trovare un presidio debole, si erano improvvisamente portati contro l'isola, bombardando le fortificazioni, colando a fondo parecchi velieri e incendiando parte del villaggio. Avevano spinto la loro audacia fino a sbarcare delle truppe per tentare di impadronirsene, ma il valore di Giro-Batol e dei suoi tigrotti aveva finalmente trionfato, e i nemici erano stati costretti a ritirarsi per timore di venire sorpresi alle spalle dai *praos* di Sandokan, che ritenevano poco lontani.

Era stata una vittoria, è vero, ma per poco l'isola non era caduta nelle mani del nemico.

Quando Sandokan e i suoi uomini sbarcarono, i pirati di Mompracem, ridotti a metà, si precipitarono incontro a lui con immensi evviva, reclamando vendetta contro gli invasori.

– Andiamo a Labuan, Tigre della Malesia – urlavano. – Rendiamo le palle che hanno scagliato contro di noi!

– Fra poco avrete campo per rimandare ai nostri nemici le palle che essi scagliarono su queste coste – disse Sandokan.

– Stiamo per venire assaliti? – chiesero tutti.

– Il nemico non è lontano, miei prodi; potete scorgere la sua avanguardia in quella cannoniera che gira arditamente presso le nostre coste. Gli inglesi hanno forti motivi per assalirmi; vogliono vendicare gli uomini che noi uccidemmo nelle foreste di Labuan e strapparmi questa giovinetta. Tenetevi pronti, ché il momento forse non è lontano.

– Tigre della Malesia, – disse Giro-Batol avanzando – nessuno, finché uno di noi rimarrà vivo, verrà a rapire la Perla di Labuan ora che la ricopre la bandiera della pirateria. Ordinate: noi siamo pronti a tutto.

Sandokan, profondamente commosso, guardò quei prodi che acclamavano le parole del capo e che, dopo aver perduto tanti compagni, ancora offrivano la loro vita per salvare colei che era stata la principale causa delle loro sventure.

– Grazie, amici – disse con voce soffocata.

Sandokan e Marianna salirono la stretta gradinata che conduceva sulla rupe, seguiti dagli sguardi di tutti i pirati che li guardavano con un misto di ammirazione e di rammarico, e si fermarono dinanzi alla grande capanna.

– Ecco la tua dimora – egli disse entrando. – Era la mia; è un brutto nido dove si svolsero talora cupi drammi... È indegno di ospitare la Perla di Labuan, ma è sicuro, inaccessibile al nemico che non potrà forse mai giungere qui. Se tu fossi diventata la regina di Mompracem, l'avrei abbellita, ne avrei fatto una reggia... Orsù, perché parlare di cose impossibili? Tutto è morto o sta per morire qui.

– Sandokan, tu soffri, mi nascondi i tuoi dolori.

– No, anima mia, sono commosso, ma nulla più. Che cosa vuoi? Nel ritrovare la mia isola violata, le mie bande decimate, e nel pensare che fra poco dovrò perdere...

– Sandokan, tu rimpiangi dunque la tua passata potenza e soffri all'idea di dover perdere la tua isola. Ascoltami, mio eroe, vuoi che io rimanga in quest'isola fra i tuoi tigrotti, che impugni anch'io la scimitarra e che combatta al tuo fianco? Lo vuoi?

– Tu, tu! – egli esclamò – No, non voglio che tu diventi una donna simile. Sarebbe una mostruosità obbligarti a rimanere qui, assordarti sempre con il rombo delle artiglierie e con le urla dei combattenti ed esporti a un continuo pericolo. Due felicità sarebbero troppo e non le voglio.

– Tu dunque mi ami più della tua isola, dei tuoi uomini, della tua fama?

– Sì, Marianna. Questa sera radunerò le mie bande e dirò loro che noi, dopo aver combattuto l'ultima battaglia, abbasseremo per sempre la nostra bandiera e lasceremo Mompracem.

– E che cosa diranno i tuoi tigrotti a simile proposta? Essi mi odieranno, sapendo ch'io sono la causa della rovina di Mompracem.

– Nessuno oserà alzare la voce contro di te. Io sono ancora la Tigre della Malesia, quella Tigre che li ha fatti sempre tremare con un solo gesto. E poi mi amano troppo per non ubbidirmi. Orsù, lasciamo che si compia il nostro destino.

Depose un bacio sui biondi capelli della fanciulla, quindi chiamò i due malesi addetti all'abitazione:

– Ecco la vostra padrona – disse loro indicando la giovane. – Ubbiditele come a me stesso.

Ciò detto, dopo aver scambiato con Marianna un lungo sguardo, uscì a passi rapidi e discese sulla spiaggia.

La cannoniera fumava sempre in vista dell'isola, dirigendosi ora verso nord e ora verso sud.

Intanto i pirati, prevedendo ormai un non lontano attacco, lavoravano febbrilmente sotto la direzione di Yanez, rinforzando bastioni, scavando fossati e rialzando stecconate.

Sandokan si avvicinò al portoghese.

– Nessun'altra nave è comparsa? – gli chiese.

– No, – rispose Yanez – ma la cannoniera non lascia le nostre acque e questo è un brutto segno. Se il vento fosse tanto forte da superare la sua macchina, l'assalirei con molto piacere.

– Bisogna prendere delle misure per mettere al riparo le nostre ricchezze e in caso di sconfitta prepararci la ritirata.

– Temi di non poter far fronte agli assalitori?

– Ho dei presentimenti sinistri, Yanez: sento che sto per perdere quest'isola.

– Bah! Oggi o fra un mese è tutt'uno, giacché hai deciso di abbandonarla. I nostri pirati lo sanno?

– No, ma questa sera condurrai le bande nella mia capanna e là apprenderanno le mie decisioni.

– Sarà un brutto colpo per loro, fratello.

– Lo so, ma se vorranno continuare per proprio conto la pirateria, io non lo impedirò.

– Non pensarlo, Sandokan. Nessuno abbandonerà la Tigre della Malesia e tutti ti seguiranno dove vorrai.

– Lo so, mi amano troppo questi prodi. Lavoriamo, Yanez, rendiamo la nostra rocca, se non imprendibile, almeno formidabile.

Raggiunsero i loro uomini che lavoravano con accanimento senza pari, erigendo nuovi terrapieni e nuove trincee, piantando enormi palizzate che guarnivano di spingarde, accumulando immense piramidi di palle e di granate, riparando le artiglierie con barricate di tronchi d'albero, di macigni e di lastre di ferro strappate ai navigli saccheggiati nelle loro numerose scorrerie.

La sera la rocca presentava un aspetto imponente e poteva dirsi inespugnabile.

Calata la notte, Sandokan fece imbarcare le sue ricchezze su un grande *prao* e lo mandò, insieme con altri due, sulle coste occidentali, in modo che potesse prendere il largo se la fuga fosse diventata necessaria.

A mezzanotte Yanez, con i capi e tutte le bande, saliva alla gran capanna dove lo aspettava Sandokan.

– Amici, miei fedeli tigrotti, – disse Sandokan chiamando intorno a sé la formidabile banda – vi ho chiamato qui per decidere la sorte della mia Mompracem. Voi mi avete visto lottare per tanti anni senza posa e senza pietà contro quella razza spietata che assassinò la mia famiglia, che mi tolse una patria, che dai gradini di un trono mi precipitò a tradimento nella polvere e che mira ora alla distruzione della razza malese; voi mi avete visto lottare come una tigre, respingere sempre gli invasori che minacciavano la nostra selvaggia isola: ma ora basta. Il destino vuole che mi arresti, e così sia. Ormai sento che la mia missione vendicatrice è finita; sento di non saper più combattere come un tempo, sento d'aver bisogno di riposo. Combatterò ancora un'ultima battaglia con il nemico che verrà forse domani ad assalirci, poi darò un addio a Mompracem e andrò lontano a vivere con questa donna che amo e che diventerà mia moglie. Vorrete voi continuare le imprese della Tigre? Vi lascio le mie navi e i miei cannoni e, se preferite seguirmi nella mia nuova patria, vi considererò ancora come miei figli.

I pirati, che parevano atterriti da quella rivelazione inaspettata, non risposero, ma si videro quei volti, anneriti dalla polvere dei cannoni e dai venti del mare, bagnarsi di lacrime.

– Capitano, mio capitano! – esclamò Giro-Batol, che piangeva come un fanciullo – Rimanete ancora fra noi, non abbandonate la nostra isola. Noi la difenderemo contro tutti, raccoglieremo altri uomini, noi, se lo vorrete, distruggeremo Labuan, Varauni e Sarawak, in modo che più nessuno osi minacciare la felicità della Perla di Labuan.

– *Milady*! – esclamò Juioko – Rimanete anche voi, noi vi difenderemo contro tutti, faremo con i nostri corpi scudo contro i colpi del nemico e se vorrete conquisteremo un regno per darvi un trono.

Fra tutti i pirati vi fu un'esplosione di vero delirio. I più giovani supplicavano, i più vecchi piangevano.

– Rimanete, *milady*, rimanete a Mompracem! – gridavano tutti affollandosi dinanzi alla giovinetta. Questa, a un tratto, avanzò verso le bande, reclamando con un gesto il silenzio.

– Sandokan, – disse con un accento che non tremava – se ti dicessi: rinuncia alle tue vendette e alla pirateria, e se spezzassi per sempre il debole vincolo che mi lega ai miei compatrioti e adottassi per patria quest'isola, accetteresti tu?

– Tu, Marianna, rimanere sulla mia isola?

– Lo vuoi?

– Sì, e ti giuro che prenderò le armi solo in difesa della mia terra.

– Mompracem sia dunque la mia nuova patria: rimango, Sandokan!

Cento armi si alzarono e si incrociarono sul petto della giovinetta che era fra le braccia della Tigre, mentre i pirati a una voce gridarono:

– Viva la regina di Mompracem! Guai a chi la tocca!...

Il bombardamento di Mompracem

L'indomani pareva che il delirio si fosse impadronito dei pirati di Mompracem. S'affaccendavano attorno alle batterie, costruivano nuove trincee. Battevano furiosamente le rupi per staccare massi che dovevano rinforzare i ridotti, riempivano i gabbioni che disponevano dinanzi ai cannoni, abbattevano alberi per erigere nuove palizzate, costruivano nuovi bastioni che munivano con le artiglierie tolte ai *praos*, scavavano trabocchetti, preparavano mine, riempivano i fossati di ammassi di spine e piantavano nel fondo punte di ferro avvelenate con il succo dell'upas; fondevano palle, rinforzavano le polveriere, affilavano le armi.

Sandokan era alla testa di tutti e lavorava con un'attività febbrile che pareva pazzia. Correva dove era necessario il suo intervento, aiutava i suoi uomini a porre in batteria le artiglierie, spezzava rupi per ricavare materiali, dirigeva le opere di difesa su tutti i punti, validamente aiutato da Yanez, che pareva avesse perduto la sua calma abituale.

La cannoniera, che navigava sempre in vista dell'isola spiando i lavori, bastava a stimolare i pirati.

Verso mezzogiorno giunsero al villaggio parecchi

pirati che erano partiti la sera precedente con tre *praos*, e le notizie che recarono non erano inquietanti. Una cannoniera che pareva spagnola si era mostrata al mattino, diretta verso est, ma sulle coste occidentali nessun nemico era apparso.

– Temo un grande attacco – disse Sandokan a Yanez. – Gli inglesi non verranno soli ad assalirmi, vedrai.

– Che siano alleati con gli spagnoli e con gli olandesi?

– Sì, Yanez, fratello mio, e il cuore mi dice che non m'inganno.

– Troveranno pane per i loro denti. Il nostro villaggio è diventato inespugnabile.

– Forse, Yanez; ad ogni modo, in caso di sconfitta, i *praos* sono pronti a prendere il largo.

Si misero al lavoro, mentre alcuni pirati invadevano i villaggi indigeni disseminati nell'interno dell'isola per reclutare gli uomini più validi.

La sera il villaggio era pronto a sostenere la lotta e presentava una cinta di fortificazioni veramente imponente.

Tre linee di bastioni, gli uni più robusti degli altri, coprivano interamente il villaggio estendendosi in forma di semicerchio.

Palizzate e fossati ampi rendevano la scalata di quei fortini quasi impossibile. Quarantasei cannoni del calibro di dodici, diciotto e ventiquattro, collocati sul grande ridotto centrale, una mezza dozzina di mortai e sessanta spingarde difendevano la piazza, pronti a sparare palle, granate e mitraglia sulle navi nemiche.

All'alba del giorno dopo, Sandokan, Marianna e Yanez, che da alcune ore dormivano nella grande capanna, furono bruscamente svegliati da acuti clamori.

– Il nemico! Il nemico! – si gridava nel villaggio.

Si precipitarono fuori dalla capanna e si spinsero sull'orlo della gigantesca rupe.

Il nemico era là, a sei o sette miglia dall'isola, e avanzava lentamente in ordine di battaglia. Nel vederlo, una profonda ruga solcò la fronte di Sandokan, mentre il viso di Yanez si oscurava.

– Ma è una vera flotta – mormorò questi.

– È una lega che quelli di Labuan mandano contro di noi – disse Sandokan. – Guarda, ci sono navi inglesi, olandesi, spagnole e perfino dei *praos* di quella canaglia del sultano di Varauni, pirata quando vuole e che è geloso della mia potenza.

Era proprio vero. La squadra assalitrice si componeva di tre incrociatori di grande tonnellaggio, battenti bandiera inglese, di due corvette olandesi potentemente armate, di quattro cannoniere e d'un *cutter* spagnolo, e di otto *praos* del sultano di Varauni. Potevano disporre tutti insieme di centocinquanta o centosessanta cannoni e di millecinquecento uomini.

– Ho paura, Sandokan – disse Marianna.

– Il mio buon genio, che per tanti anni mi protesse, non mi abbandonerà oggi che combatto per te. Vieni, Marianna, i minuti sono preziosi.

Scesero la gradinata e si recarono al villaggio, dove i pirati avevano già preso posto dietro i cannoni, pronti a impegnare con grande coraggio la titanica lotta. Duecento indigeni, uomini che sapevano, se non resistere a un urto, almeno trarre archibugiate e anche cannonate, manovra che avevano appreso con facilità sotto i loro maestri, erano già giunti e si erano disposti nei punti assegnati dai capi della pirateria.

– Bene – disse Yanez. – Saremo in trecentocinquanta a sostenere l'urto.

Sandokan chiamò sei dei più valorosi uomini e affidò loro Marianna, perché la conducessero nei boschi per non esporla al pericolo.

– Va', mia diletta – egli disse stringendola al petto – se io vinco, tu sarai ancora la regina di Mompracem, e se la fatalità mi farà perdere lasceremo quest'isola e andremo a cercare la felicità su altre terre.

– Ah! Sandokan, ho paura! – esclamò la giovinetta piangendo.

– Tornerò da te, non temere. Le palle risparmieranno la Tigre della Malesia anche in questa battaglia.

La baciò sulla fronte, poi fuggì verso i bastioni, tuonando:

– Su, tigrotti, che la Tigre è con voi! Il nemico è forte, ma noi siamo ancora le tigri della selvaggia Mompracem.

Un urlo solo gli rispose.

– Viva Sandokan! Viva la nostra regina!...

La flotta nemica si era arrestata a sei miglia dall'isola. Alle dieci le navi e i *praos*, sempre schierati in ordine di battaglia, movevano verso la baia.

– Tigri di Mompracem! – gridò Sandokan, che era in piedi sul gran ridotto centrale, dietro un cannone da ventiquattro – Rammentatevi che difendete la

Perla di Labuan e che quegli uomini che vengono ad assalirci sono coloro che assassinarono sulle coste di Labuan i nostri compagni!

– Vendetta! – urlarono i pirati.

Un colpo di cannone partì in quel momento dalla cannoniera che da due giorni spiava l'isola, e per un caso strano la palla abbatté la bandiera della pirateria, che sventolava sul bastione centrale.

Sandokan sussultò e sul suo viso si dipinse un vivo dolore.

– Vincerai, o flotta nemica! – esclamò con voce triste – Il cuore me lo dice!

La flotta si avvicinava sempre, mantenendosi su una linea il cui centro era occupato dagli incrociatori e le ali dai *praos* del sultano di Varauni.

Sandokan lasciò che si avvicinasse fino a mille passi, poi alzando la scimitarra, tuonò:

– Ai nostri pezzi, tigrotti! Non vi trattengo più: spazzatemi il mare da questi prepotenti. Fuoco!...

Al comando della Tigre, i ridotti, i bastioni, i terrapieni avvamparono su tutta la linea, formando una sola detonazione capace di essere udita fino alle Romades. Sembrò che l'intero villaggio saltasse in aria, e la terra fremette fino al mare. Nubi densissime di fumo avvolsero le batterie, ingigantendo sotto nuovi colpi che si succedevano furiosamente a destra e a sinistra, dove tiravano le spingarde.

La squadra, quantunque assai maltrattata da quella formidabile scarica, non tardò molto a rispondere.

Gli incrociatori, le corvette, le cannoniere e i *praos* si coprirono di fumo, tempestando le opere di difesa con palle e granate, mentre un gran numero di abili tiratori apriva un vivo fuoco di moschetteria che, se riusciva inefficace contro i bastioni, molestava non poco gli artiglieri di Mompracem.

Non si perdeva colpo né da una parte né dall'altra, si gareggiava di celerità e di precisione, risoluti tutti a sterminarsi da lontano prima, e poi da vicino.

Era bello vedere quel villaggio, difeso da un pugno di prodi, che avvampava da tutti i lati rispondendo colpo su colpo.

Sandokan, in mezzo alle sue valorose bande, con gli occhi in fiamme, ritto dietro un grosso cannone calibro ventiquattro che lanciava enormi proiettili, tuonava sempre:

– Fuoco, miei prodi! Spazzatemi il mare, distruggetemi queste navi che vengono per rapire la nostra regina!

La sua voce non andava perduta. I pirati, conservando un ammirabile sangue freddo fra quella fitta pioggia di palle che abbatteva le palizzate, forava i terrapieni, sfasciava i bastioni, puntavano intrepidamente le artiglierie incoraggiandosi con clamori tremendi.

Un *prao* del sultano fu incendiato e fatto saltare mentre cercava, con una insolente bravata, di approdare ai piedi della grande rupe.

Una cannoniera spagnola, che cercava di avvicinarsi per sbarcare i suoi uomini, fu completamente disalberata e venne ad arenarsi dinanzi al villaggio, essendo scoppiata la macchina. Neppure uno dei suoi uomini si salvò.

Era chiaro che finché i bastioni non fossero crollati e le polveri non fossero venute a mancare, nessuna nave sarebbe riuscita ad avvicinarsi alle coste della terribile isola.

Disgraziatamente per i pirati, verso le sei pomeridiane, quando già la flotta semidistrutta stava per ritirarsi, giunse nelle acque dell'isola un inaspettato soccorso: erano altri due incrociatori inglesi e una grossa corvetta olandese, seguiti a breve distanza da un brigantino a vela, munito di numerose artiglierie.

Sandokan e Yanez, nel vedere quei nuovi nemici, compresero che la caduta della rocca era questione di ore, pure non si perdettero d'animo e volsero parte dei loro cannoni contro quei nuovi navigli.

La squadra così rinforzata riprese nuova lena, avvicinandosi alla piazza, battendo furiosamente le opere di difesa già gravemente danneggiate.

In capo a un'ora la prima linea di bastioni non era più che un ammasso di rovine.

Sedici cannoni erano inservibili e una dozzina di spingarde giacevano fra le macerie.

Sandokan tentò un ultimo colpo. Diresse il fuoco dei suoi cannoni sulla nave ammiraglia, lasciando alle spingarde il compito di rispondere al fuoco degli altri navigli.

Per venti minuti l'incrociatore resistette a quella pioggia di proiettili che lo attraversavano da parte a parte, gli frantumavano le manovre e gli uccidevano l'equipaggio, ma una granata da ventun chilogrammi, lanciatagli da Giro-Batol con un mortaio, gli aprì a prua una falla enorme.

La nave s'inclinò su un fianco affondando rapidamente. L'attenzione delle altri navi si rivolse a salvare i naufraghi e numerose imbarcazioni solcarono i flutti, ma ben pochi scamparono alla mitraglia dei pirati.

In pochi minuti l'incrociatore affondò, trascinando con sé gli uomini che ancora restavano in coperta.

La squadra per alcuni minuti sospese il fuoco, ma poi lo riprese con maggior forza e avanzò fino a soli quattrocento metri dall'isola.

Le batterie di destra e di sinistra, oppresse dal fuoco, furono ridotte al silenzio in un'ora e i pirati furono costretti a ritirarsi dietro la seconda linea dei bastioni e poi dietro la terza che stava già andando in rovina. In piedi e ancora in buono stato, non rimaneva che il grande ridotto centrale, il meglio armato e il più robusto.

Mezz'ora dopo una polveriera saltò con terribile violenza, sconquassando le cadenti trincee e seppellendo fra le macerie dodici pirati e venti indigeni.

Fu tentato un altro sforzo per arrestare la marcia del nemico, concentrando il fuoco su un altro incrociatore, ma i cannoni erano troppo pochi, poiché molti erano stati smontati.

Alle sette e dieci minuti anche il grande ridotto franava, seppellendo parecchi uomini e le più grosse artiglierie.

– Sandokan! – gridò Yanez precipitandosi verso il pirata, che stava puntando il suo cannone – La partita è perduta.

– È vero – rispose la Tigre della Malesia con voce bassa e soffocata.

– Comanda la ritirata o sarà troppo tardi.

Sandokan lanciò uno sguardo disperato alle rovine: la partita era irreparabilmente perduta. Fra pochi minuti gli assalitori, trenta o quaranta volte più numerosi, sarebbero sbarcati per attaccare alla baionetta le cadenti trincee e distruggere gli ultimi difensori.

Un ritardo di pochi minuti poteva diventare funesto e compromettere la fuga verso le coste occidentali.

Sandokan raccolse tutte le forze per pronunciare quella parola mai uscita dalle sue labbra e comandò la ritirata.

Nel momento in cui i tigrotti della perduta Mompracem, con le lacrime agli occhi, il cuore straziato, si salvavano nei boschi e gli indigeni fuggivano in tutte le direzioni, il nemico sbarcava irrompendo furiosamente, con le baionette calate, contro le trincee, dietro le quali credeva di trovare ancora i difensori.

La stella di Mompracem si era estinta per sempre!

Sul mare

I pirati, ridotti a soli settanta, la maggior parte feriti, ma ancora desiderosi di vendetta, ancora pronti a riprendere la lotta, si ritiravano guidati dai valorosi loro capi, la Tigre della Malesia e Yanez, miracolosamente scampati al ferro e al piombo nemico.

Sandokan, quantunque avesse ormai perduto per sempre la sua potenza, la sua isola, il suo mare, tutto, conservava in quella ritirata una calma veramente ammirabile. Nondimeno sul suo volto si scorgevano le tracce di una forte commozione che invano si sforzava di nascondere.

Affrettando il passo, i pirati giunsero in breve selle rive di un torrente disseccato, dove trovarono Marianna e i sei uomini posti a sua guardia.

La giovinetta si precipitò tra le braccia di Sandokan che la strinse teneramente al petto.

– Dio sia ringraziato – ella disse. – Tu mi ritorni ancora vivo.

– Vivo sì, ma sconfitto – rispose egli con voce triste.

– Così ha voluto il destino, mio prode.

– Partiamo, Marianna, il nemico non è lontano. Orsù, tigrotti, non facciamoci raggiungere dai vincitori. Forse ci rimane ancora da combattere terribilmente.

In lontananza si udivano le grida dei vincitori e appariva una luce intensa, segno evidente che il villaggio era stato incendiato.

Sandokan fece salire Marianna su di un cavallo, fatto condurre lì il giorno precedente, e la piccola truppa si mise rapidamente in cammino per guadagnare le coste occidentali, prima che il nemico giungesse in tempo a tagliare loro la ritirata.

Alle undici di notte, essi giungevano in un piccolo villaggio della costa, dinanzi al quale stavano ancora i tre *praos*.

– Presto, imbarchiamoci – disse Sandokan. – I minuti sono preziosi.

Egli si spinse sulla spiaggia e scrutò il mare che era nero come inchiostro.

– Non vedo alcun fanale – disse a Marianna. – Forse potremo abbandonare la mia povera isola senza essere disturbati.

Emise un profondo sospiro e si asciugò la fronte madida di sudore.

– Imbarchiamoci – disse poi.

I pirati s'imbarcarono con le lacrime agli occhi; trenta presero posto sul *prao* più piccolo, gli altri, parte su quello di Sandokan e parte su quello comandato da Yanez, che portava gli immensi tesori del capo.

Al momento di salpare le ancore, si vide Sandokan portare le mani al cuore come se nel petto gli si fosse spezzato qualche cosa.

Chinò il capo ed emise un singhiozzo soffocato, ma poi sollevandolo con energia tuonò:

– Al largo!...

I tre velieri sciolsero le gomene e si allontanarono dall'isola, portando con sé gli ultimi superstiti di quella formidabile banda che per dodici anni aveva sparso tanto terrore su mare della Malesia.

Avevano già percorso sei miglia, quando un urlo di furore scoppiò a bordo dei velieri. Fra le tenebre erano improvvisamente apparsi due punti luminosi, che correvano addosso alla flottiglia con cupo fragore.

Sandokan, che si era seduto a poppa con gli occhi fissi sull'isola che scompariva lentamente fra le tenebre, si alzò gettando un vero ruggito.

– Ancora il nemico! – esclamò egli con terribile accento, stringendosi al petto la fanciulla che gli stava accanto. – Anche in mare, maledetti, venite a inseguirmi? Tigrotti, ecco i leopardi che ci corrono addosso! Su tutti con le armi in pugno!

Non occorreva di più per animare i pirati che ardevano dal desiderio di vendetta e che già si illudevano di riconquistare, con un combattimento disperato, l'isola perduta. Tutti brandirono le armi, pronti a montare all'abbordaggio al comando dei capi.

– Marianna, – disse Sandokan volgendosi verso la giovinetta che guardava con terrore quei due punti luminosi scintillanti fra le tenebre – nella tua cabina, anima mia!

– Gran Dio, siamo perduti! – ella mormorò. – Non tentare un nuovo combattimento, mio prode amico. Forse quelle due navi non ci hanno ancora scorto e si potrebbe ingannarle.

– È vero, Lady Marianna, – disse uno dei capi malesi – ci cercano, di questo sono certo, ma dubito molto che ci abbiano visto. La notte è scura e non abbiamo alcun fanale acceso a bordo, quindi è impossibile che si siano già accorti della nostra presenza. Sii prudente, Tigre della Malesia. Se possiamo evitare una nuova lotta, avremo tutto da guadagnare.

– Sia – rispose Sandokan dopo alcuni istanti di riflessione. – Cercherò di sfuggire al loro abbordaggio, ma guai a loro se dovessero seguirmi nella nuova rotta!... Sono deciso a tutto, anche ad assalirli.

– Non compromettiamo inutilmente gli ultimi avanzi delle tigri di Mompracem – disse il capo malese. – Siamo prudenti per ora.

L'oscurità favoriva la ritirata.

A un comando di Sandokan il *prao* virò di bordo, dirigendosi verso le coste meridionali dell'isola, dove esisteva una baia profonda abbastanza per accogliere una piccola flottiglia. Gli altri due velieri s'affrettarono a eseguire la manovra, avendo ormai compreso qual era il piano della Tigre della Malesia.

Il vento, piuttosto fresco, era favorevole, soffiando da nord-est, quindi c'era la possibilità per i *praos* di giungere alla baia prima dello spuntare del sole.

– Hanno cambiato rotta le due navi? – chiese Marianna che scrutava il mare con viva ansietà. – Mi pare che si tengano sempre al largo, è vero, Sandokan? M'inganno forse?

– T'inganni, Marianna – rispose il pirata, dopo alcuni istanti. – Anche quei due punti luminosi hanno virato di bordo.

– E muovono su di noi?

– Mi sembra.

– E non riusciremo a fuggire loro? – chiese la giovinetta con angoscia.

– Come lottare con le loro macchine? Il vento è ancora debole per imprimere ai nostri velieri tale velocità da gareggiare con il vapore. Chissà però, l'alba non è lontana e, all'avvicinarsi del sole, in questi paraggi il vento aumenta sempre.

– Sandokan! Ho dei tristi presentimenti!

– Non temere, mia fanciulla. Le tigri di Mompracem sono pronte a morire tutte per te.

Una voce, partita dal secondo *prao* lo interruppe:

– Ehi, fratello!

– Che cosa vuoi, Yanez? – chiese Sandokan, che aveva riconosciuto la voce del portoghese.

– Mi pare che quei due vascelli si preparino a tagliarci la via. I fanali che prima proiettavano una luce rossa, ora sono diventati verdi e ciò indica che hanno cambiato rotta.

– Allora gli inglesi si sono accorti della nostra presenza.

– Lo temo, Sandokan.

– Che cosa mi consigli?

– Muovere audacemente al largo e tentare di passare in mezzo ai nemici. Guarda: si allontanano l'uno dall'altro per prenderci in mezzo.

I due vascelli nemici, che da qualche tempo pareva eseguissero una manovra misteriosa, si erano bruscamente allontanati.

Mentre uno si dirigeva verso le coste settentrionali di Mompracem, l'altro moveva rapidamente verso quelle meridionali.

Ormai non c'era più da dubitare sulle loro intenzioni. Volevano frapporsi fra i velieri e la costa per impedire a quelli di cercare un rifugio in qualche seno o in qualche baia, e costringerli a prendere il largo per poi assalirli in mare.

Sandokan, accortosene, aveva mandato un urlo di rabbia.

– Ah! – gridò – Volete darmi battaglia? Ebbene, l'avrete!

– Non ancora fratello! – gridò Yanez, che era salito sulla prora del suo veliero. – Moviamo al largo e cerchiamo di passare fra quei due avversari.

– Ci raggiungeranno, Yanez. Il vento è ancora debole.

– Tentiamo, Sandokan. Ohé! Alle scotte voi e viriamo a ovest! I cannonieri ai loro posti!

I tre velieri, un istante dopo, cambiavano rotta, dirigendosi risolutamente verso ovest.

I due vascelli, quasi si fossero accorti di quell'audace manovra, avevano quasi subito cambiato direzione, muovendo al largo. Certamente volevano prendere in mezzo i tre *praos*, prima che potessero giungere a qualche altra isola.

Per venti minuti i tre velieri continuarono ad avanzare, tentando di sfuggire alla stretta dei due vascelli da guerra che tendevano a riunirsi.

Tutti i pirati non staccavano i loro sguardi dai fanali, cercando d'indovinare la manovra dei nemici. Erano però pronti a far tuonare i cannoni e i fucili al comando dei loro capi. Già con alcune bordate si erano portati molto al largo, quando videro i fanali virare nuovamente di bordo e gettarsi all'inseguimento.

Un momento dopo si udì Yanez gridare:

– Ohé! Non vedete che ci danno la caccia?

– Ah! Canaglie! – urlò Sandokan – anche sul mare venite ad assalirmi? Avremo ferro e piombo per tutti!

In quell'istante un colpo di cannone echeggiò al largo. Una palla passò con un tonfo rauco al disopra del *prao*, attraversando due vele.

La corvetta forzava le sue macchine, emettendo nuvoloni di fumo rossastro e di scorie, e si dirigeva verso il *prao* di Sandokan, mentre la cannoniera cercava di gettarsi contro quello comandato da Yanez.

– Nella tua cabina! – gridò Sandokan a Marianna mentre una seconda cannonata veniva sparata dalla corvetta. – Qui c'è la morte.

Afferrò fra le vigorose braccia la giovinetta e la trasportò nella cabina. In quel momento un nembo di mitraglia spazzava la coperta del veliero, scrosciando sullo scafo e contro l'alberatura.

Marianna si aggrappò disperatamente a Sandokan.

– Non lasciarmi, mio valoroso – disse con voce soffocata dai singhiozzi. – Non allontanarti dal mio fianco! Ho paura, Sandokan!

Il pirata la scostò con dolce violenza.

– Non tremare per me – le disse. – Lascia che vada a combattere l'ultima battaglia, e che oda ancora il rombo delle artiglierie.

– Ho dei sinistri presentimenti, Sandokan. Lascia che resti accanto a te. Ti difenderò contro le armi dei miei compatrioti!

– Basterò io a ricacciare in mare i miei nemici.

Il cannone tuonava allora furiosamente sul mare. Sul ponte si udivano le urla selvagge delle tigri di Mompracem e i gemiti dei primi feriti.

Sandokan lasciò la giovinetta e si precipitò sulla scala incitando i suoi:

– Avanti, miei prodi! La Tigre della Malesia è con voi!

La battaglia infuriava da ambo le parti. La cannoniera aveva assalito il *prao* del portoghese, tentando di abbordarlo, ma aveva avuto subito la peggio.

Le artiglierie di Yanez l'avevano già assai mal ridotta, frantumandole le ruote, fracassandole le murate e troncandole perfino l'albero. La vittoria da quel lato non era dubbia, però c'era la corvetta, una nave poderosa, armata di molti cannoni e montata da un equipaggio numerosissimo.

Essa si era gettata addosso ai due *praos* di Sandokan, coprendoli di ferro e facendo strage di pirati.

La comparsa della Tigre della Malesia rianimò i combattenti che cominciavano a sentirsi impotenti in una battaglia tanto aspra.

La sua presenza non valeva però a cambiare le sorti dell'aspra battaglia. Quantunque non mancasse i suoi colpi e spazzasse le murate della corvetta con nembi di mitraglia, le palle e le granate piombavano incessantemente sul suo veliero, devastandolo e uccidendo i suoi uomini. Era impossibile resistere a tanta furia. Ancora pochi minuti e i due poveri *praos* sarebbero stati ridotti all'impotenza: tutta l'attrezzatura stava cedendo e molti cannoni erano inservibili.

Sandokan, con un solo sguardo, s'accorse della gravità della situazione. Vedendo l'altro *prao* ormai devastato, che stava per affondare, lo abbordò, facendo imbarcare sul proprio veliero i superstiti, poi sfoderando la scimitarra urlò:

– Su, tigrotti! All'abbordaggio!

La disperazione centuplicava le forze dei pirati.

Scaricarono d'un solo colpo i due cannoni e le spingarde per spazzare la murata dai fucilieri che la occupavano, poi quei trenta valorosi lanciarono i grappini d'abbordaggio.

Alla testa dei suoi valorosi, mentre Yanez più fortunato di tutti faceva saltare la cannoniera lanciandole una granata nella santabarbara, montò all'abbordaggio, precipitandosi sul ponte nemico come un toro ferito.

– Largo! – tuonò roteando la sua terribile scimitarra – Sono la Tigre!...

Seguito dai suoi uomini, andò a cozzare contro i marinai che accorrevano con le scuri alzate e li respinse fino a poppa, ma da prua irrompeva un'altra fiumana d'uomini guidati da un ufficiale che Sandokan subito riconobbe.

– Ah, sei tu, baronetto! – esclamò la Tigre precipitandosi contro di lui.

– Dov'è Marianna? – chiese l'ufficiale con voce soffocata dal furore.

– Eccola – rispose Sandokan – prendila!

Con un colpo di scimitarra lo atterrò, ma quasi nel medesimo istante fu colpito al cranio con il rovescio di una scure...

I prigionieri

Quando tornò in sé, ancora stordito dal colpo ricevuto si trovò non più libero sul ponte del proprio veliero, ma incatenato nella stiva della corvetta.

Si alzò scuotendo furiosamente i ferri e gettò intorno uno sguardo smarrito come se non fosse ancora ben sicuro di non trovarsi più sul veliero, poi un urlo gli irruppe dalle labbra.

– Prigioniero!... – esclamò digrignando i denti e tentando i torcere le catene – Che cos'è accaduto dunque?... Siamo stati ancora una volta vinti dagli inglesi?... Morte e dannazione!... Qual terribile risveglio! E Marianna?... Che cos'è successo a quella povera fanciulla?

Uno spasimo gli strinse il cuore a quel pensiero.

– Marianna! – urlò continuando a torcere i ferri – Fanciulla mia, dove sei tu?... Yanez!... Juioko!... Tigrotti!... Nessuno risponde!... Siete tutti morti dunque?... Ma non è vero, io sogno o sono pazzo!...

Quell'uomo, che non aveva mai saputo che cosa fosse la paura, in quel momento la provò. Sentì che smarriva la ragione e si guardò intorno con spavento.

Poi, preso da un impeto di disperazione o di follia, si scagliò avanti scotendo furiosamente le catene e gridando:

– Uccidetemi!... La Tigre della Malesia non può più vivere!...

A un tratto s'arrestò, udendo una voce gridare:

– La Tigre della Malesia!... È ancora vivo il mio capitano?

Sandokan si guardò intorno.

Una lanterna, sospesa a una punta, illuminava scarsamente, ma quella luce era ugualmente sufficiente per poter distinguere una persona.

Dapprima Sandokan non vide altro che delle botti, ma poi, guardando meglio, scorse una forma umana accovacciata in un angolo.

– Chi siete voi? – gridò.

– Chi parla della Tigre della Malesia? – domandò invece la voce di prima.

Sandokan trasalì, poi un lampo di gioia gli balenò nello sguardo. Quell'accento non gli era ignoto.

– C'è uno dei miei uomini qui? – chiese. – Juioko forse?

– Il capitano! – esclamò l'altro.

Poi, slanciandosi innanzi, cadde ai piedi della Tigre della Malesia, ripetendo:

– Il capitano!... Il mio capitano!... E io l'avevo pianto come morto!...

Quel nuovo prigioniero era il comandante del terzo *praos*; un valoroso daiako che godeva fama grandissima fra le bande di Mompracem per il suo valore e la sua abilità marinaresca.

Era un uomo di statura alta, ben proporzionato, come lo sono in generale i bornesi dell'interno, dagli occhi grandi e intelligenti e la pelle giailo dorata. Come i suoi compatrioti, portava i capelli lunghi e aveva le braccia e le gambe adorne d'un gran numero di anelli di rame e di ottone.

Il brav'uomo, vedendosi dinanzi la Tigre della Malesia, piangeva e rideva a un tempo.

– Vivo!... Ancora vivo!... – esclamava – Oh quale felicità!... Almeno voi siete sfuggito alla strage.

– Alla strage!... – gridò Sandokan – Sono morti tutti dunque i valorosi che io trascinavo all'abbordaggio di questa nave?...

– Ohimé!... Sì tutti – rispose il daiako con voce rotta.

– E Marianna? È scomparsa insieme al *prao*? Dimmelo, Juioko, dimmelo.

– No, è ancora viva.

– Viva!... La mia fanciulla, viva!... – urlò Sandokan fuori di sé per la gioia – Sei certo di quello che dici?

– Sì, mio capitano. Voi eravate caduto, ma io e altri quattro compagni resistevamo ancora, quando la fanciulla dai capelli d'oro fu portata sul ponte della nave.

– E da chi?

– Dagli inglesi, capitano. La fanciulla, spaventata dall'acqua che doveva aver invaso la cabina, era salita sulla tolda chiamandovi ad alta voce. Alcuni marinai, avendola vista, furono pronti a gettare in mare una scialuppa e raccoglierla.

– Ed era ancora viva?...

– Sì. Ella vi chiamava ancora quando la portavano sul ponte.

– Maledizione!... E non poter correre in suo aiuto.

– Lo abbiamo tentato, capitano. Non eravamo che in quattro e avevamo intorno più di cinquanta uomini che ci intimavano la resa, pure ci avventammo contro i marinai che portavano la regina di Mompracem. Eravamo troppo pochi per impegnare ancora la lotta. Io fui atterrato, calpestato e poi legato e trascinato qui.

– E gli altri?

– Si fecero uccidere dopo aver fatto strage di coloro che li accerchiavano.

– E Marianna si trova a bordo di questa nave?

– Sì, Tigre della Malesia.

– Non è stata trasbordata sulla cannoniera?

– La cannoniera è stata colata a fondo.

– Da Yanez?

– Sì capitano.

– Allora Yanez è ancora vivo.

– Poco prima che mi trascinassero qui, vidi a una grande distanza il suo *prao* fuggire con tutte le vele spiegate. Durante la nostra battaglia aveva messo fuori combattimento la cannoniera, frantumandole le ruote, poi l'ha incendiata. Ho visto le fiamme alzarsi sul mare e ho udito, poco dopo, un rombo lontano. Doveva essere la santabarbara che scoppiava.

– E dei nostri non è fuggito nessuno?

– Nessuno, capitano – disse Juioko con un sospiro.

– Tutti morti! – mormorò Sandokan con cupo dolore.

In un tale uomo però lo scoramento non poteva durare molto. Non erano trascorsi dieci minuti che Juioko lo vide balzare in piedi con lo sguardo sfavillante.

– Dimmi, – gli disse, volgendosi verso il daiako – credi che Yanez ci segua?

– Ho questa convinzione, mio capitano. Il signor Yanez non ci abbandonerà nella sventura.

– Allora fuggiremo.

Il daiako lo guardò con stupore, domandandosi in cuor suo se la Tigre della Malesia avesse perduto la ragione.

– Fuggiremo!... – esclamò – E come? Non abbiamo nemmeno un'arma e per di più siamo incatenati.

– Ho il mezzo per farci gettare in mare.

– Non vi comprendo, capitano. Chi ci butterà in acqua.

– Quando un uomo muore a bordo d'una nave, che cosa si fa?

– Lo si mette in un'amaca con una palla di cannone e lo si manda a tenere compagnia a i pesci.

– E di noi faranno altrettanto – disse Sandokan.

– Volete suicidarvi?

– Sì, ma in modo da poter ritornare poi in vita.

– Se lo dite voi, devo credervi.

– Tutto dipende da Yanez.

– Egli deve essere lontano.

– Ma se segue la corvetta, preso o tardi ci raccoglierà.

– E poi?

– Poi torneremo a Mompracem o a Labuan a liberare Marianna. Dubiti di quanto ti ho detto?

– Un poco, lo confesso, mio capitano. Penso che non possediamo nemmeno un *kriss* e che siamo incatenati.

– Incatenati! – esclamò Sandokan – La Tigre della

Malesia può spezzare i ferri che la tengono prigioniera. Guarda!...

Torse con furore gli anelli, poi con uno strappo irresistibile li aperse e gettò lontano da sé la catena.

Quasi nel medesimo istante il boccaporto di poppa si alzò e la scala scricchiolò sotto il passo di alcuni uomini.

– Eccoli!... – esclamò il daiako.

Tre uomini avanzarono verso di loro. Uno era un tenente di vascello, probabilmente il comandante della corvetta, gli altri due erano marinai.

A un cenno del loro capo, i due ultimi inastarono le baionette e puntarono le loro carabine verso i due pirati.

Un sorriso sdegnoso comparve sulle labbra della Tigre della Malesia.

– Avete forse paura? – egli chiese. – O siete sceso, signor tenente, per presentarmi quei due uomini armati?... Vi avverto che i loro fucili non mi fanno tremare, potevate quindi fare a meno di un così grottesco spettacolo.

– So che la Tigre della Malesia non ha paura – rispose il tenente. – Ho preso semplicemente delle precauzioni.

– Eppure sono inerme, signore.

– Ma non più incatenato, mi pare.

– Lasciate le chiacchiere, signore, e ditemi che cosa volete da me.

– Sono stato mandato qui per vedere se avevate bisogno di cure.

– Non sono ferito, signore.

– Eppure avevate ricevuto una mazzata sul cranio.

– Che il mio turbante è stato sufficiente a riparare.

– Quale uomo! – esclamò il tenente, con sincera ammirazione.

– Orsù, che cosa volete?

– Mi ha mandato qui una donna.

– Marianna? – gridò Sandokan.

– Sì, Lady Guillonk – riprese il tenente.

– È viva, è vero? – chiese Sandokan, mente un'ondata di sangue gli saliva al viso.

– Sì, Tigre della Malesia. Io l'ho salvata nel momento in cui il vostro *prao* stava per inabissarsi.

– Oh!... Parlatemi di lei, ve ne prego!...

– Lady Guillonk è perduta per voi. Quali speranze potete avere ancora?

– È vero – mormorò Sandokan, con un sospiro. – Io sono un uomo ormai condannato a morte, è vero?

Il tenente non rispose, ma quel silenzio valeva quanto un'affermazione.

– Così era scritto – rispose Sandokan. – Le mie vittorie dovevano fruttarmi una morte ignominiosa. Dove mi conducete?

– A Labuan.

– E mi impiccherete?

Anche questa volta il tenente rimase silenzioso.

– Potete dirmelo francamente – disse Sandokan. – La Tigre della Malesia non ha mai tremato di fronte alla morte.

– Non vi siete ingannato, voi sarete impiccato.

– Avrei preferito la morte dei soldati.

– La fucilazione, è vero?

– Sì – rispose Sandokan. – Ma non siamo ancora

a Labuan e potrebbe succedere qualche cosa prima che vi giungessimo.

– Che cosa volete dire? – chiese il tenente guardandolo con una certa apprensione. – Pensate a suicidarvi?

– Che cosa importerebbe a voi? Che io muoia in un modo o nell'altro, il risultato sarebbe identico.

– Forse non ve lo impedirei – disse il tenente. – Vi confesso che mi rincrescerebbe molto vedervi impiccare.

Sandokan stette un momento silenzioso, guardando fisso il tenente come se dubitasse della verità di quelle parole, poi chiese:

– Non vi opporreste voi se mi suicidassi?

– No – rispose il tenente. – A un valoroso come voi, non negherei un simile favore.

– Allora consideratemi come un uomo morto.

– Io però non vi offro i mezzi per finire la vostra vita.

– Ho con me il necessario.

– Qualche veleno forse?

– Fulminante. Ma prima di andarmene all'altro mondo, vorrei pregarvi di un favore.

– A un uomo che sta per morire non si può rifiutare nulla.

– Vorrei vedere un'ultima volta Marianna.

Il tenente rimase muto.

– Ve ne prego – insistette Sandokan.

– Io avevo ricevuto l'ordine di tenervi separati, nel caso vi avessi catturato. E poi credo che sarebbe meglio per voi e per Lady Marianna imperdirle di rivedervi. A quale scopo farla piangere?

– Me lo negate, dunque? Non credevo che un prode marinaio potesse diventare un aguzzino.

Il tenente impallidì.

– Vi giuro che ne ebbi l'ordine – disse poi. – Mi rincresce che dubitiate della mia parola.

– Perdonatemi – disse Sandokan.

– Non vi serbo rancore e per dimostrarvi che non ho mai avuto alcun odio contro un valoroso vostro pari, vi condurrò qui Lady Guillonk. Le darete però un grande dolore.

– Non le parlerò del suicidio.

– E allora, che cosa vorreste dirle?

– Ho lasciato, in un luogo nascosto, degli immensi tesori e tutti lo ignorano.

– E vorreste donarli a lei.

– Sì, perché ne disponga come meglio le piacerà. Tenente, quando potrò vederla?

– Prima di questa sera.

– Grazie, signore.

– Addio, Tigre della Malesia – disse il tenente.

– Ho la vostra promessa!

– Fra poche ore rivedrete Lady Marianna.

Il tenente chiamò i soldati che avevano liberato dalle catene Juioko e risalì lentamente in coperta. Sandokan rimase lì a guardarlo, con le braccia incrociate e uno strano sorriso sulle labbra.

– Vi ha recato buone nuove? – chiese Juioko avvicinandosi e guardandolo ansioso.

– Questa notte saremo liberi – rispose Sandokan.

La fuga

Partito il tenente, Sandokan si era seduto sull'ultimo gradino della scala, con la testa fra le mani, immergendosi in profondi pensieri.

Juioko si era accoccolato a breve distanza, guardando con ansietà.

Erano trascorsi quindici o venti minuti, quando il boccaporto tornò ad alzarsi. Sandokan, vedendo entrare uno sprazzo di luce, si era precipitosamente alzato, guardando verso la scala.

Una donna scendeva rapidamente. Era la giovane dai capelli d'oro, pallida, anzi livida, e in lacrime.

Il tenente l'accompagnava, tenendo però la destra sul calcio d'una pistola che aveva infilato nella cintura.

Sandokan era scattato in piedi, mandando un urlo: la fanciulla si slanciò verso il pirata, che la strinse forte al petto.

– Amor mio, – esclamò, conducendola dalla parte opposta della stiva, mentre il comandante sedeva a mezza scala con le braccia incrociate e la fronte rabbuiata – finalmente!

– Sandokan, – ella mormorò scoppiando in singhiozzi – credevo di non rivederti mai più!...

– Coraggio, Marianna, non piangere, asciuga queste lacrime che mi addolorano tanto.

– Sono affranta, mio prode amico. Ah, non voglio che tu muoia, non voglio che ti separino da me. Io ti difenderò contro tutti, ti libererò, voglio che tu sia ancora mio.

– Tuo! – egli esclamo emettendo un profondo sospiro – Sì, ritornerò tuo, ma quando?

– Perché quando?

– Ma non sai, sventurata fanciulla, che mi portano a Labuan per uccidermi?

– Ma io ti salverò.

– Tu sì, forse, se mi aiuterai.

– Hai un progetto dunque! – ella esclamò con gioia.

– Sì, se Iddio mi protegge. Ascoltami, amor mio.

Lanciò uno sguardo sospettoso al tenente, che non si era mosso dal suo posto, poi, portando la giovinetta il più lontano possibile, le disse:

– Progetto una fuga e ho speranza di riuscire, ma tu non potrai venire con me.

– Perché, Sandokan? Dubiti che non sia capace di seguirti? Temi forse che mi manchi il coraggio per affrontare i pericoli? Sono energica e non temo più nessuno; se vuoi pugnalerò le tue sentinelle, o farò saltare questo vascello con tutti gli uomini che lo montano, se è necessario.

– È impossibile, Marianna. Mi è necessario il tuo aiuto per fuggire o tutto sarà vano; ma ti giuro che non rimarrai molto tempo fra i tuoi compatrioti, dovessi assoldare un intero esercito e guidarlo contro Labuan.

Marianna nascose fra le mani il viso inondato di lacrime.

– Rimanere qui, senza di te – mormorò.

– È necessario, mia povera fanciulla. Ascoltami ora.

Si trasse dal petto una microscopica scatoletta e, apertala, mostrò a Marianna alcune pillole d'una tinta rossiccia e che mandavano un odore acutissimo.

– Vedi questa pallottoline? – le chiese. – Contengono una droga potente, ma non mortale, che ha la proprietà di sospendere la vita, in un uomo robusto, per sei ore. È un sonno che somiglia perfettamente alla morte e che inganna il medico più esperto.

– E che cosa vuoi fare?

– Io e Juioko ne inghiottiremo una ciascuno; ci crederanno morti, ci getteranno in mare, ma poi risusciteremo liberi.

– Ma non annegherete?

– No, poiché conto su di te.

– Che cosa devo fare? Parla, comanda, Sandokan, sono pronta a tutto pur di rivederti libero.

– Sono le sei – disse il pirata estraendo il suo orologio. – Fra un'ora io e il mio compagno inghiottiremo le pillole e manderemo un acuto grido. Tu osserverai esattamente sul tuo orologio il minuto secondo in cui quel grido sarà emesso, conterai sei ore e due secondi prima di farci gettare in mare. Procurerai di lasciarci senza amaca e senza palla ai piedi, cercherai di gettare qualche galleggiante in mare perché possiamo poi servircene e possibilmente vedrai di nascondere qualche arma sotto le nostre vesti. Mi hai compreso bene?

– Ho scolpito tutto nella mia memoria, Sandokan. Ma dove andrai?

– Ho la certezza che Yanez ci segua e che ci raccoglierà. Poi radunerò armi e pirati e verrò a liberarti, dovessi porre Labuan a ferro e fuoco e sterminare i suoi abitanti.

– Sandokan!...

– Lascia che ti guardi un'ultima volta – disse vedendo il tenente alzarsi e avvicinarsi.

La Tigre della Malesia soffocò un gemito e si terse rapidamente una lacrima.

– Parti, Marianna, parti – disse bruscamente. – Se tu rimanessi, piangerei come un fanciullo.

– Sandokan!... Sandokan!...

Il pirata si nascose il viso fra le mani e fece due passi indietro.

– Ah! Sandokan! – esclamò Marianna, con accento straziante.

Volle slanciarsi verso di lui, ma le forze le vennero meno e cadde fra le braccia del tenente, che si era avvicinato.

– Partite! – gridò la Tigre della Malesia, volgendosi altrove.

Quando rialzò il capo, il boccaporto era già stato abbassato.

– Tutto è finito! – esclamò con voce triste – Non mi rimane che addormentarmi sulle onde del mare malese. Possa un giorno rivedere felice colei che amo tanto!...

Si lasciò cadere ai piedi della scala con il viso fra le mani e rimase così quasi un'ora. Juioko lo strappò a quella muta disperazione.

– Capitano, – disse – coraggio, non disperiamo ancora.

Sandokan si alzò con un gesto energico.

– Fuggiamo.

– Non domando di meglio.

Estrasse la scatoletta dalla quale tolse due pillole, porgendone una al daiako.

– Bisogna inghiottirla al mio segnale – disse.

– Sono pronto.

Estrasse l'orologio e guardò.

– Sono le sette meno due minuti – riprese Sandokan. – Fra sei ore torneremo in vita sul libero mare.

Chiuse gli occhi e inghiottì la pillola, mentre Juioko lo imitava. Subito quei due uomini cominciarono a contorcersi come sotto un violento e improvviso spasimo, quindi stramazzarono al suolo emettendo due acute urla.

Quelle grida, malgrado lo sbuffare della macchina e il fragore delle onde sollevate dalle possenti ruote, furono udite in coperta da tutti e anche da Marianna, che già le attendeva in preda a mille ansie.

Il tenente scese precipitosamente nella stiva, seguito da alcuni ufficiali e dal medico di bordo. Ai piedi della scala urtò contro i due finti cadaveri.

– Sono morti – disse. – Quello che temevo è avvenuto.

Il medico li esaminò, ma quel brav'uomo non poté far altro che constatare la morte dei due prigionieri.

Mentre i marinai li sollevavano, il tenente risalì in coperta e si avvicinò a Marianna, che si teneva appoggiata alla murata di babordo, facendo sforzi sovrumani per soffocare il dolore che l'opprimeva.

– *Milady*, – le disse – una disgrazia è toccata alla Tigre e al suo compagno.

– La indovino... Sono morti.

– È vero, *milady*.

– Signori, – ella disse con voce rotta ma energica – vivi appartenevano a voi, morti appartengono a me.

– Vi lascio libera di fare di loro ciò che meglio vi aggrada, ma voglio darvi un consiglio.

– Quale?

– Fateli gettare in mare prima che l'incrociatore giunga a Labuan. Vostro zio potrebbe far appendere Sandokan anche morto.

– Accetto il vostro consiglio; fate portare i due cadaveri a poppa e lasciatemi sola con loro.

Il tenente s'inchinò e diede gli ordini necessari perché si eseguisse la volontà della giovane *lady*.

Un momento dopo i due pirati venivano collocati su due tavole e portati a poppa, pronti per essere gettati in mare.

Marianna si inginocchiò accanto a Sandokan irrigidito e contemplò quel volto scomposto dalla potente azione del narcotico, ma che conservava ancora fierezza e incuteva timore e rispetto.

Attese che nessuno facesse attenzione a lei e che le tenebre fossero calate, poi tolse dal corsetto due pugnali e li nascose sotto le vesti dei due pirati.

– Almeno potrete difendervi, o miei valorosi – mormorò con profonda emozione.

Poi sedette ai loro piedi, contando sull'orologio le ore, i minuti, i secondi, con pazienza inaudita.

All'una meno due minuti si alzò, pallida ma risoluta.

S'avvicinò alla murata di babordo e, non vista, staccò due salvagenti che gettò in mare, poi si diresse verso prua e si fermò di fronte al tenente che pareva l'attendesse:

– Signore, – disse – si compia l'ultima volontà della Tigre della Malesia.

A un ordine del tenente, quattro marinai si recarono a poppa e alzarono le due tavole, su cui posavano i cadaveri, fino al capo di banda.

– Non ancora – disse Marianna rompendo in pianto.

S'avvicinò a Sandokan e posò le labbra su quelle di lui. Sentì a quel contatto un lieve tepore e una specie di fremito. Un momento di esitazione e tutto era perduto.

Retrocesse rapidamente e con voce soffocata disse:

– Lasciate andare!

I marinai alzarono le due tavole e i due pirati scivolarono in mare inabissandosi nei neri flutti, mentre il vascello si allontanava rapidamente, portando la sventurata giovinetta verso le coste dell'isola maledetta.

Yanez

La sospensione della vita, come aveva detto Sandokan, doveva durare sei ore, né un secondo di più, né un secondo di meno, e così infatti doveva essere, poiché, appena inabissatisi, i due pirati tornarono prontamente in sé senza provare la minima alterazione di forze.

Ritornati a galla con un vigoroso colpo di tallone, girarono subito gli occhi intorno, a meno di una gomena scorsero l'incrociatore, che si allontanava a piccolo vapore verso oriente.

La Tigre, con gli occhi fissi sulla nave che gli rapiva la disgraziata fanciulla, esclamò rabbiosamente:

– Tu fuggi, orribile nave, portando con te la mia adorata Marianna, ma per quanto l'oceano sia ampio, ti raggiungerò un giorno e ti distruggerò!

Si rovesciò rapidamente sui flutti e raggiunse Juioko che lo aspettava ansiosamente.

– Andiamo – disse con voce soffocata. – Ormai tutto è finito.

– Coraggio, capitano, la salveremo e forse prima di quanto crediate.

– Taci!... Non riaprire la ferita.

– Cerchiamo il signor Yanez, capitano.

– Sì cerchiamolo, perché lui solo può salvarci.

Il vasto mare della Malesia si stendeva dinanzi a loro, immerso in fitte tenebre, senza un isolotto su cui approdare, senza una vela o un lume che segnalasse la presenza di una nave amica o nemica.

Non si vedevano che onde spumeggianti, che si urtavano con fragore, aizzate dal vento notturno.

I due nuotatori, per non consumare le loro forze tanto preziose in quel terribile frangente, procedevano lentamente, a breve distanza l'uno dall'altro, cercando di scorgere una vela sull'oscura superficie.

Di quando in quando, Sandokan si arrestava per volgersi verso oriente, come se cercasse di scorgere ancora i fanali del piroscafo, poi proseguiva la via emettendo dei profondi sospiri.

Avevano già percorso un buon miglio e già cominciavano a sbarazzarsi delle vesti per essere più liberi nei movimenti, quando Juioko urtò in un oggetto che cedette.

– È un salvagente gettato da Marianna! – esclamò Sandokan – Ah cara fanciulla!... La tua generosità è pari solo alla tua bellezza e al tuo amore!

– Speriamo che ce ne sia un altro.

– Cerchiamo, amico mio.

Si misero a nuotare intorno cercando dovunque e riuscirono a trovare l'altro salvagente che non si era troppo allontanato dal primo.

– Ecco una fortuna che non mi aspettavo – disse Juioko con tono allegro. – Dove ci dirigeremo ora?

– La corvetta veniva da nord-ovest, credo dunque che sarà in quella direzione che potremo trovare Yanez.

– Ci occorreranno però parecchie ore. Il vento è debole e il *prao* del signor Yanez non deve camminare molto.

– Che cosa importa? Pur di trovarlo, rimarrei in acqua anche ventiquattro ore – disse Sandokan.

– E non pensate ai pescecani, capitano? Voi sapete che questi mari abbondano di tali ferocissimi squali.

Sandokan involontariamente rabbrividì e gettò intorno uno sguardo inquieto.

– Non vedo finora emergere alcuna coda né alcuna pinna – disse poi. – Speriamo quindi che gli squali ci lascino tranquilli. Orsù, spingiamoci verso nord-ovest. Se non incontreremo Yanez, continuando in quella direzione approderemo a Mompracem o sulle scogliere che si estendono verso sud.

Si avvicinarono l'uno all'altro per essere più pronti a proteggersi in caso di pericolo e si misero a nuotare verso la direzione già scelta, cercando però di risparmiare le forze, non ignorando che la terra era molto lontana.

Quantunque fossero entrambi decisi a tutto, la paura di venire da un istante all'altro sorpresi da qualche pescecane si faceva strada in loro.

Specialmente il daiako si sentiva assalire da un vero terrore. Di quando in quando si arrestava per guardarsi alle spalle, credendo di udire dietro di sé dei colpi di coda e dei rauchi sospiri e istintivamente raggrinziva le gambe per paura di sentirsele mozzare dai denti formidabili di quelle tigri del mare.

– Io non ho mai provato la paura – egli diceva. – Ho preso parte a più di cinquanta abbordaggi, ho ucciso non pochi nemici e mi sono perfino misurato con le grandi scimmie del Borneo e anche con le tigri della giungla, eppure ora io tremo come se avessi la febbre. L'idea di trovarmi, da un istante all'altro, dinanzi a uno di quei ferocissimi squali, mi fa gelare il sangue. Capitano, vedete nulla?

– No – rispondeva invariabilmente Sandokan con voce tranquilla.

– E il signor Yanez non si vede!...

– Deve essere ancora molto lontano.

– Lo incontreremo, capitano?

– Ho questa speranza... Yanez mi ama troppo per abbandonarmi al mio triste destino. Il cuore mi dice che egli seguiva la corvetta.

Continuarono a nuotare, l'uno vicino all'altro, per un'altra ora, scrutando sempre attentamente l'orizzonte e guardandosi intorno per paura di veder comparire i temuti squali, poi improvvisamente sostarono guardandosi a vicenda.

– Hai udito? – chiese Sandokan.

– Sì – rispose il daiako.

– Il fischio d'una nave a vapore, è vero?

– Sì, capitano.

– Sta' fermo! – comandò Sandokan con voce imperiosa, rivolto a Juioko.

S'appoggiò alle spalle del daiako e con una spinta uscì fuori dall'acqua con il busto. Guardando verso nord, vide due punti luminosi solcare il mare a una distanza di due o tre miglia.

– Una nave avanza verso di noi.

– Allora possiamo farci raccogliere – disse Juioko.

– Non sappiamo a quale nazione appartenga e se è mercantile o da guerra.

– Da dove viene?

– Da nord.

– Rotta pericolosa, mio capitano.

– Così penso anch'io. Può essere qualche nave che ha preso parte al bombardamento di Mompracem e che va in cerca del *prao* di Yanez.

– E la lasceremo andare senza farci raccogliere?

– La liberà costa troppo cara per perderla nuovamente, Juioko. Se venissimo nuovamente presi, più nessuno ci salverebbe, e dovrei rinunciare per sempre alla speranza di rivedere Marianna. Ma può essere una nave mercantile.

– Non siamo sulla rotta di quelle navi. Vediamo un po' se si può distinguere qualche cosa.

Sandokan tornò ad appoggiarsi sulle spalle di Juioko, guardando attentamente dinanzi a sé. Non essendo la notte molto buia, poté distinguere chiaramente la nave che muoveva loro incontro.

– Non un grido, Juioko! – esclamò, ricadendo in acqua – È una nave da guerra, di questo sono certo.

– Grossa?

– Un incrociatore, credo. Non muoverti, Juioko, o siamo perduti!

– Sarà inglese?

– Non ho dubbi sulla sua nazionalità

– Lo lasceremo passare?

– Non possiamo fare assolutamente nulla. Preparati a immergerti, poiché quella nave passerà a poca distanza da noi. Presto, abbandoniamo i salvagenti e teniamoci pronti.

L'incrociatore avanzava rapidamente, sollevando sui fianchi grandi ondate a causa del movimento delle ruote. La sua direzione era sempre il sud, quindi doveva passare a brevissima distanza dai due pirati.

Sandokan e Juioko, appena lo videro a centocinquanta metri, si inabissarono mettendosi a nuotare sott'acqua.

Fortunatamente per loro, quando ricomparvero, videro il vascello allontanarsi rapidamente verso sud.

Si trovavano allora in mezzo alla scia ancora biancheggiante di spuma. Le onde sollevate dalle ruote li sballottavano a destra e a sinistra, ora spingendoli in alto e ora facendoli precipitare negli avvallamenti.

– Capitano, in guardia – gridò improvvisamente il daiako. – Abbiamo una zigena nelle nostre acque.

– Prepara il pugnale – rispose Sandokan.

– Verremo assaliti?

– Lo temo, mio povero Juioko. Simili mostri vedono male, però hanno un fiuto incredibile. Il maledetto non avrà seguito la nave, te lo assicuro.

– Ho paura, capitano – disse il daiako che si agitava fra le onde.

– Sii calmo. Finora non la vedo.

– Può arrivarci sott'acqua.

– Forse la sentiremo giungere. Stai pronto, Juioko, e non perderti d'animo.

– E i salvagenti?

– Stanno innanzi a noi. Due bracciate e li raggiungeremo.

– Non oso muovermi, capitano.

Il povero uomo era in preda a uno spavento tale che le sue membra si rifiutavano quasi di agire.

– Juioko, non perdere la testa – gli disse Sandokan. – Se ti preme salvare le gambe non devi rimanere lì, inerte. Aggrappati al tuo salvagente e tira fuori il pugnale.

Il daiako, rimessosi un po', ubbidì e raggiunse il suo gavitello, che ondeggiava proprio in mezzo alla spuma della scia.

– Ora vediamo se si vede questo pesce martello – disse Sandokan. – Forse potremo sfuggirlo.

Per la terza volta si appoggiò a Juioko e si spinse fuori dall'acqua, girando intorno un rapido sguardo.

Là, in mezzo alla candida spuma, aveva scorto una specie di gigantesco martello sorgere improvvisamente tra le acque.

– Stiamo in guardia – disse a Juioko. – Non dista da noi che cinquanta o sessanta metri.

– Non ha continuato a seguire la nave? – disse il daiako.

– Ha fiutato l'odore della carne umana. Non muoverti e non abbandonare il pugnale – rispose Sandokan.

Si avvicinarono l'uno all'altro e si tennero immobili, aspettando con ansietà la fine di quella pericolosa avventura.

Le zigene, chiamate anche pesci martello, sono avversari pericolosissimi. Appartengono alla specie dei pescecani, però hanno una forma molto diversa, avendo la testa foggiata a martello. Sono audacissimi, hanno una grande passione per la carne umana e quando s'accorgono della presenza d'un nuotatore non indugiano ad assalirlo. Anche a loro però riesce un po' difficile afferrare la preda, avendo la bocca quasi all'inizio del ventre, e perciò devono rovesciarsi sul dorso per poter mordere.

Sandokan e il daiako rimasero alcuni minuti immobili, ascoltando attentamente, poi, non udendo nulla, cominciarono a operare una prudente ritirata.

Avevano già percorso cinquanta o sessanta metri, quando all'improvviso videro comparire, a breve distanza, l'orribile testa della zigena.

Il mostro stette alcuni istanti immobile, lasciandosi dondolare dalle onde, quindi si precipitò innanzi sferzando furiosamente le acque.

– Capitano!... – gridò Juioko.

La Tigre della Malesia, che cominciava a perdere la pazienza, invece di continuare a ritirarsi, abbandonò bruscamente il salvagente e, messosi il pugnale fra i denti, mosse risolutamente contro lo squalo.

– Anche tu vieni a combattermi!... – gridò – Vedremo se la tigre del mare sarà più forte della Tigre della Malesia!...

Il pesce martello, spaventato forse dalle grida e dall'attitudine risoluta di Sandokan, invece di continuare la corsa, s'arrestò rovesciando a destra e a sinistra due ondate, poi si tuffò.

– Ci viene sotto, capitano – gridò il daiako.

S'ingannava. Lo squalo, un istante dopo, ricompariva a galla e, contrariamente ai suoi istinti feroci, invece di ritentare l'attacco si spinse al largo, giocherellando nella scia della nave.

Sandokan e Juioko stettero alcuni istanti fermi, seguendo con gli occhi lo squalo, poi, vedendo che non pensava più a loro, almeno per il momento, ripresero la ritirata dirigendosi verso nord-est.

Il pericolo non era però ancora cessato, anzi la zigena, pur continuando a giocherellare, non li perdeva di vista. Probabilmente voleva attendere il momento propizio per ritentare l'attacco.

Infatti poco dopo Juioko, che si trovava un po' indietro, vide lo squalo avanzare rumorosamente, scuotendo la testa e avventando poderosi colpi di coda.

Esso descrisse intorno ai due nuotatori un grande cerchio, poi cominciò a volteggiare ora sotto e ora a fior d'acqua, tendendo a restringere sempre più i suoi giri.

– Badate, capitano! – gridò Juioko.

– Sono pronto a riceverlo – rispose Sandokan.

– E io ad aiutarvi.

– Ti è passata la paura?

– Comincio a sperarlo.

– Non abbandonare il gavitello prima che io ne dia il segnale. Cerchiamo intanto di forzare il cerchio.

Con la sinistra stretta attorno al salvagente e la destra armata di pugnale, i due pirati si misero a battere in ritirata, volgendo sempre il viso allo squalo.

Questi non li abbandonava, anzi continuava a stringerli da vicino, sollevando, con la possente coda, vere ondate e mostrando i suoi acuti denti che biancheggiavano sinistramente nell'oscurità.

A un tratto fece un balzo gigantesco, uscendo quasi tutto dall'acqua, e si precipitò addosso a Sandokan che gli stava più vicino.

La Tigre della Malesia, abbandonato il gavitello, fu pronta a immergersi, mentre Juioko, reso audace dall'imminenza del pericolo, si scagliava innanzi con il pugnale alzato.

La zigena, vedendo Sandokan scomparire sott'acqua, con un colpo di coda si sottrasse all'attacco di Juioko e a sua volta si cacciò sott'acqua.

Sandokan l'aspettava. Appena se la vide vicino, le si gettò addosso afferrandola per una delle pinne del dorso e con un terribile colpo di pugnale le squarciò il ventre.

L'enorme pesce, ferito forse a morte, con un brusco contorcimento si sbarazzò dell'avversario che stava per ritentare il colpo e risalì a galla. Vedendo a due passi il daiako si rovesciò sul dorso per tagliarlo in due, ma anche Sandokan era emerso.

Il pugnale che aveva già ferito la zigena, la colpì questa volta in mezzo al cranio e con tale forza che la lama rimase infissa.

– E prendi anche questi – urlò il daiako, tempestandola di colpi.

La zigena finalmente s'immerse per sempre, lasciando alla superficie una grande macchia di sangue che rapidamente si allargava.

– Credo che non tornerà più alla superficie – disse Sandokan. – Che cosa dici, Juioko?

Il daiako non rispose. Appoggiato al gavitello cercava di alzarsi per spingere lontano lo sguardo.

– Che cosa cerchi? – gli chiese Sandokan.

– Là... guardate... verso nord- ovest! – urlò Juioko – Per Giove! Vedo una grande ombra... un veliero!

– Yanez, forse? – chiese Sandokan, con viva emozione.

– L'oscurità è troppo profonda per ben distinguere, ma sento che il cuore mi batte forte, capitano.

– Lascia che salga sulle tue spalle.

Il daiako si avvicinò a Sandokan che appoggiandosi a lui uscì più che poté fuori dalle onde.

– Che cosa vedete, capitano?

– È un *prao*, Juioko!... Se fosse lui!... Maledizione!... Maledizione!...

– Perché imprecate?

– Sono tre, i velieri che avanzano.

– Siete certo?

– Sicurissimo.

– Che Yanez abbia trovato dei soccorsi?

– È impossibile!

– Che cosa facciamo dunque? Sono tre ore che nuotiamo e vi confesso che comincio a essere affranto.

–Ti comprendo: amici o nemici facciamoci raccogliere. Chiama aiuto.

Juioko radunò le proprie forze e con voce tonante gridò:

– Ohè!... della nave!... Aiuto!...

Un momento dopo si udì al largo un colpo di fucile e una voce che gridava:

– Chi chiama?

– Naufraghi.

– Aspettate.

Si videro subito i tre velieri virare di bordo e avvicinarsi rapidamente, essendo il vento alquanto forte.

– Dove siete? – chiese la medesima voce di prima.

– Accosta – rispose Sandokan.

Seguì un breve silenzio, poi un'altra voce esclamò:

– Per Giove!... O m'inganno molto o è lui!... Chi vive?

Sandokan, con una spinta, uscì dalle onde fino a mezzo busto gridando:

– Yanez!... Yanez!... Sono io, la Tigre della Malesia!...

A bordo dei tre velieri partì un solo urlo:

– Il capitano!... La Tigre!...

Il primo *prao* era vicino. I due nuotatori afferrarono una gomena che era stata loro lanciata e si issarono sul ponte con grande rapidità.

Un uomo corse verso Sandokan, stringendolo al petto con frenesia:

– Ah, mio povero fratello!... – esclamò – Credevo di non rivederti mai più!...

Sandokan strinse il bravo portoghese, mentre gli equipaggi gridavano sempre:

– Viva la Tigre!...

– Vieni nella mia cabina – disse Yanez. – Devi narrarmi tante cose che desidero ardentemente conoscere.

Sandokan lo seguì senza parlare e scesero nella cabina, mentre i velieri proseguivano la via con tutte le vele spiegate.

Il portoghese stappò una bottiglia di gin e la porse a Sandokan.

– Orsù, narra, come mai ti ho raccolto in mare mentre ti sospettavo prigioniero o morto a bordo del piroscafo che da venti ore seguo accanitamente?

– Ah, tu seguivi l'incrociatore? L'avevo sospettato.

– Per Giove! Dispongo di tre velieri e di centoventi uomini e volevi che non lo seguissi?

– Ma dove hai raccolto tante forze? – domandò Sandokan incuriosito.

– Sai chi comanda i due velieri che mi seguono?

– No, di certo.

– Paranoa e Maratua.

– Non erano dunque affondati, durante la burrasca che ci colse presso Labuan?

– No, come vedi. Maratua fu spinto verso l'isola di Pulo Gaja e Paranoa si rifugiò nella baia di Ambong. Rimasero là parecchi giorni a riparare le gravi avarie riportate, poi scesero verso Labuan dove s'incontrarono. Non avendoci trovati alla piccola baia, tornarono a Mompracem; li incontrai ieri sera mentre stavano per recarsi in India, sospettando che ci fossimo diretti là.

– E sono sbarcati a Mompracem? Chi occupa l'isola della Tigre della Malesia?

– Nessuno, poiché gli inglesi l'abbandonarono dopo aver incendiato il nostro villaggio e fatti saltare gli ultimi bastioni.

– Meglio così – mormorò Sandokan sospirando.

– E ora, che cosa accadde a te? Ti vidi abbordare il vascello mentre affondavo la cannoniera a colpi di cannone, poi udii gli urràh di vittoria degli inglesi, indi più nulla. Fuggii per salvare almeno i tesori che portavo, ma poi mi misi sulle tracce dell'incrociatore con la speranza di raggiungerlo e di abbordarlo.

– Sono caduto sul ponte della nave nemica, mezzo accoppato da un colpo di mazza, e poi sono stato fatto prigioniero insieme a Juioko. Le pillole che, come tu sai, portavo sempre indosso, mi hanno salvato.

– Comprendo – disse Yanez scoppiando in una risata. – Vi hanno gettati in mare credendovi morti. Ma di Marianna, che cosa è successo.

– È prigioniera sull'incrociatore – rispose Sandokan con voce cupa.

– Chi guidava il vascello?

– Il baronetto, ma nella mischia l'uccisi.

– L'avevo immaginato. Perbacco! Che brutta fine ha fatto quel povero rivale.

– Che cosa pensi di fare ora?

– Che cosa faresti tu?

– Io seguirei il piroscafo e l'abborderei.

– È ciò che volevo proporti. Sai dove si dirige il vascello?

– Lo ignoro, ma mi pare che navigasse verso le Tre Isole, quando lo lasciai.

– Che cosa andrà a fare là? Qui gatta ci cova, fratello mio. Camminava molto?

– Filava a otto nodi all'ora.

– Quale vantaggio può avere su di noi?

– Forse trenta miglia.

– Allora possiamo raggiungerlo, se il vento si mantiene buono. Ma...

Si fermò, udendo sul ponte un movimento insolito e un vociare acuto e concitato.

– Che cosa succede? – chiese.

– Che abbiano scoperto l'incrociatore?

– Saliamo, fratello mio.

Abbandonarono precipitosamente la cabina e salirono in coperta.

Proprio in quel momento alcuni uomini stavano traendo dall'acqua una cassetta di metallo che un pirata, alla prima luce dell'alba, aveva scorto a poco dozzine di metri dal tribordo.

– Oh!... Oh!... – esclamò Yanez – Che cosa vuol dire ciò? Che contenga qualche documento prezioso? Non mi sembra una scatola comune.

– Siamo sempre sulle tracce del piroscafo, è vero? – chiese Sandokan, che senza sapere il motivo si sentiva agitato.

– Sempre – rispose il portoghese.

Sandokan estrasse il *kriss* e con un colpo rapido aprì la scatola. Subito, nell'interno, si scorse una carta un po' umida sulla quale si rilevavano nettamente alcune righe di una calligrafia fine ed elegante.

– Yanez!... Yanez!... – balbettò Sandokan con voce tremante.

– Leggi, fratello mio, leggi.

– Mi pare di essere diventato cieco...

Il portoghese gli tolse la carta e lesse:

Aiuto! Mi trasportano alle Tre Isole dove mi raggiungerà mio zio per condurmi a Sarawak.

Marianna

Sandokan, nell'udire quelle parole, emise un urlo di belva ferita.

Yanez e i pirati lo avevano circondato e lo guardavano con ansietà, con profonda commozione.

– Sandokan! – esclamò il portoghese – Noi la salveremo, te lo giuro, dovessimo abbordare il vascello del *lord* o assalire Sarawak e James Brooke che la governa.

La Tigre, un istante prima abbattuto dal dolore, scattò in piedi con il viso contratto e gli occhi in fiamme.

– Tigri di Mompracem! – tuonò – Abbiamo dei nemici da sterminare e la nostra regina da salvare. Tutti alle Tre Isole!...

– Vendetta!... – urlarono i pirati – Morte agli inglesi e viva la nostra regina!

Un istante dopo i tre *praos* virarono di bordo verso le Tre Isole.

L'ultima battaglia della Tigre

Cambiata la rotta, i pirati si misero febbrilmente all'opera, per prepararsi alla battaglia che doveva essere senza dubbio tremenda, e forse l'ultima che impegnavano contro il nemico.

Sandokan li animava tutti con il gesto e la voce.

– Sì, lo distruggerò quel maledetto, lo incendierò! – egli esclamava – Spero di giungere in tempo per impedire al *lord* di rapirmela.

– Assaliremo anche il *lord*, se sarà necessario – disse Yanez.

– Ma se giungessimo troppo tardi e il *lord* fosse già partito per Sarawak a bordo di una rapida nave?

– Lo raggiungeremo nella città di James Brooke. Piuttosto, quello che mi inquieta è il modo d'impadronirci dell'incrociatore che a quest'ora deve essere già ancora alle Tre Isole. Bisognerebbe sorprenderlo, ma... ah...

– Che cosa vuoi dire?

A un tratto Yanez si batté la fronte con violenza, esclamando:

– Ci sono! Ecco il progetto. Tu sai che nella squadra che ci assalì a Mompracem c'erano dei *praos* del sultano del Borneo.

– Non l'ho dimenticato.

– Io mi camuffo da ufficiale del sultano, inalbero la bandiera di Varauni e abbordo l'incrociatore fingendomi mandato da Lord James.

– Benissimo.

– Al comandante dirò che devo consegnare una lettera a Lady Marianna e, appena mi trovo nella sua cabina, mi barrico con lei. Al mio primo fischio, voi balzate sul vascello e cominciate la lotta.

In quell'istante si udì gridare sul ponte:

– Le Tre Isole!...

Sandokan e Yanez si affrettarono a salire in coperta. Le isole segnalate apparivano a sette o otto miglia. Tutti gli occhi dei pirati scandagliarono quell'ammasso di rupi, cercando avidamente l'incrociatore.

– Eccolo – esclamò un daiako. – Vedo del fumo laggiù.

– Sì, – confermò Sandokan, i cui occhi parvero incendiarsi – un pennacchio nero si alza dietro quelle scogliere. L'incrociatore è là!

– Procediamo con ordine e prepariamoci all'attacco – disse Yanez. – Paranoa, fa imbarcare altri quaranta uomini sul nostro *prao*.

Il trasbordo fu subito operato e l'equipaggio, forte di settanta uomini, si radunò intorno a Sandokan che accennava a voler parlare.

– Tigrotti di Mompracem, – egli disse con quel tono di voce che affascinava e infondeva in quegli uomini un coraggio sovrumano – la partita che noi giochiamo sarà terribile, poiché avremo da lottare contro un equipaggio numeroso più di voi e agguerrito, ma rammentatevi che sarà l'ultima battaglia che voi combatterete sotto la Tigre della Malesia e sarà l'ultima volta che vi troverete di fronte a coloro che distrussero la nostra potenza e violarono la nostra isola, la nostra patria adottiva.

– Li stermineremo tutti – esclamarono i pirati, agitando freneticamente le armi.

– Grazie, amici; ai vostri posti di combattimento ora, e sugli alberi spiegate le bandiere del sultano.

– Yanez, – disse Sandokan – preparati, fra un'ora saremo alla baia.

– È presto fatto – rispose il portoghese, che scomparve sotto il ponte.

I *praos* continuavano intanto ad avanzare con le vele spiegate e la gran bandiera del sultano di Varauni sulla cima dell'albero di maestra. I cannoni erano preparati, le spingarde anche e i pirati tenevano le armi sottomano, pronti a slanciarsi all'abbordaggio.

L'orologio di bordo segnava mezzogiorno quando i tre *praos* giunsero all'imboccatura della baia.

L'incrociatore era ancorato proprio nel mezzo. Sul picco della randa sventolava la bandiera inglese e sulla cima della maestra il gran nastro delle navi da guerra. Sul ponte si vedevano passeggiare parecchi uomini. I pirati, nel vederselo a portata dei cannoni, si precipitarono come un solo uomo sulle artiglierie, ma Sandokan con un gesto li arrestò.

– Non ancora – disse. – Yanez!...

Il portoghese saliva allora camuffato da ufficiale del sultano di Varauni, con una grande casacca verde, larghi calzoni e un grande turbante in capo. In mano teneva una lettera.

– Che cos'hai in quella carta? – chiese Sandokan.

– È la lettera che consegnerò a Lady Marianna.

– E che cos'hai scritto?

– Che siamo pronti e che non si tradisca.

– Ma bisognerà che gliela consegni tu, se vuoi barricarti insieme a lei nella cabina.

– Non la cederò a nessuno, sta certo, fratello mio.

– E se il comandante ti accompagnasse dalla *lady*?

– Se vedo che la faccenda s'imbroglia, lo uccido – rispose Yanez freddamente.

Strinse forte la mano a Sandokan, si accomodò il turbante e gridò:

– Alla baia!...

Il veliero entrò arditamente nel piccolo seno e si avvicinò all'incrociatore, seguito a breve distanza dagli altri due.

– Chi vive? – chiese una sentinella.

– Borneo e Varauni – rispose Yanez. – Notizie importanti da Vittoria. Ehi, Paranoa, lascia andare l'ancorotto e fila catena, e voi fuori i parabordi!

Prima che le sentinelle aprissero bocca per impedire al *prao* di venire bordocontro bordo, la manovra era stata eseguita. Il veliero andò a urtare l'incrociatore sotto l'ancora di tribordo e vi rimase come appiccicato.

– Dov'è il comandante? – chiese Yanez alle sentinelle.

– Scostate il veliero – disse un soldato.

– Al diavolo i regolamenti – rispose Yanez. – Per Giove, avete paura che i miei velieri affondino il vostro? Su, spicciatevi, chiamatemi il comandante, che ho degli ordini da comunicargli.

Il tenente saliva allora sul ponte con i suoi ufficiali.

Egli si avvicinò alla murata di poppa e, vedendo Yanez che gli mostrava una lettera, fece abbassare la scala.

– Capitano, – egli disse, inchinandosi spigliatamente dinanzi a lui – ho una lettera da consegnare a Lady Marianna Guillonk.

– Da dove venite?

– Da Labuan.

– Che cosa fa il *lord*?

– Stava armando un vascello per venirvi a raggiungere.

– Vi diede nessuna lettera per me?

– Nessuna, comandante.

– Ciò è strano. Date la lettera e la consegnerò a Lady Marianna.

– Scusate, comandante, ma devo consegnarla io – rispose Yanez.

– Venite, dunque.

Yanez si sentì gelare il sangue nelle vene.

«Se Marianna fa un gesto, io sono perduto» pensò.

Seguì il capitano e scesero insieme la scala che conduceva a poppa. Il povero portoghese si sentì rizzare i capelli quando udì il capitano bussare a una porta e Lady Marianna rispondere:

– Entrate.

– Un messo di vostro zio Lord James Guillonk – disse il capitano entrando.

Marianna stava ritta in mezzo alla cabina, pallida, ma fiera. Vedendo Yanez non poté frenare un sussulto, ma non emise alcun grido. Aveva compreso tutto. Ricevette la lettera, l'aprì macchinalmente e la lesse con calma ammirevole.

A un tratto Yanez, che era diventato pallido come

un morto, si avvicinò alla finestra di babordo, esclamando:

– Capitano, vedo un piroscafo che si dirige a questa volta.

Il comandante si precipitò verso il finestrino per accertarsi con i propri occhi. Pronto come un lampo, Yanez gli balzò addosso e lo percosse con l'impugnatura del *kriss*.

Il capitano stramazzò al suolo mezzo accoppato, senza emettere un sospiro. Lady Marianna non poté trattenere un grido d'orrore.

– Silenzio, sorellina mia! – disse Yanez, che imbavagliava e legava il povero comandante.

– E Sandokan dov'è?

– È pronto a cominciare la battaglia. Aiutatemi a barricarci.

– Ma cosa sta per succedere? – chiese Marianna.

– Lo saprete subito, sorellina – rispose Yanez estraendo la scimitarra e le pistole.

Si affacciò al finestrino ed emise un fischio acuto.

– Attenzione, sorellina – disse poi mettendosi dietro la porta con le pistole in pugno.

In quell'istante urla terribili scoppiarono sul ponte.

– Vendetta!... Viva la Tigre della Malesia!...

Seguirono colpi di fucile e di pistola, poi urla indescrivibili, invocazioni, gemiti, lamenti, un cozzar furioso di ferri, un calpestio, un accorrere e un rumore sordo di corpi che cadevano.

– Yanez! – gridò Marianna, che era diventata pallidissima.

– Coraggio, tuoni e fulmini! – gridò il portoghese – Viva la Tigre della Malesia!...

Si udirono dei passi scendere le scale e alcune voci che chiamavano:

– Capitano!... Capitano!...

Yanez si appoggiò contro la barricata, mentre Marianna faceva altrettanto.

Fuori si udirono imprecazioni e urla di furore, poi un colpo violento scosse la porta, producendo una larga fessura.

Una canna di fucile fu introdotta, ma Yanez, pronto come un lampo, l'alzò e scaricò attraverso l'apertura una pistola.

Si udì un corpo stramazzare pesantemente a terra, mentre gli altri risalivano precipitosamente la scala, gridando:

– Tradimento!... Tradimento!...

Marianna era caduta in ginocchio e Yanez, smanioso di sapere come stavano le cose fuori, s'affaccendava a rimuovere i mobili.

Improvvisamente si udirono alcune voci gridare:

– Al fuoco!... Si salvi chi può!...

Il portoghese impallidì.

– Tuoni e fulmini! – esclamò.

Con uno sforzo disperato rovesciò la barricata, tagliò con un colpo di scimitarra i legami che stringevano il povero comandante, afferrò Marianna fra le braccia e uscì correndo.

Dense nubi di fumo avevano già invaso la corsia.

La battaglia stava per finire. La Tigre della Malesia assaliva allora il castello di prua, sul quale si erano trincerati trenta o quaranta inglesi.

– Al fuoco! – gridò Yanez.

A quel grido gli inglesi, che ormai si vedevano

perduti, balzarono confusamente in mare. Sandokan si volse verso Yanez, rovesciando con impeto irresistibile gli uomini che lo circondavano.

– Marianna! – esclamò, prendendo fra le braccia la giovinetta – Mia!... Infine!...

– Sì, tua e questa volta per sempre.

Nel medesimo istante si udì un colpo di cannone rombare in alto mare.

Sandokan emise un vero ruggito:

– Il *lord*!... Tutti a bordo dei *praos*!... – gridò Sandokan.

In un lampo le vele furono spiegate, i pirati diedero mano ai remi e i tre *praos* uscirono rapidamente dalla baia, inoltrandosi verso l'alto mare.

Sandokan condusse Marianna a prua e le mostrò un piccolo brigantino che si dirigeva verso la baia.

A prua, appoggiato all'albero di bompresso, si scorgeva un uomo.

– Lo vedi Marianna? – le chiese Sandokan.

La giovinetta gettò un grido e si coprì il volto con le mani in un gesto di doloroso terrore.

– Mio zio!... – balbettò.

– Guardalo per l'ultima volta!...

– Tuoni e fulmini!... è lui!... – esclamò Yanez.

Strappò a un malese la carabina e la puntò verso il *lord*, ma Sandokan gli fece cadere l'arma.

– Egli è per me sacro – disse con aria tetra.

Il brigantino avanzava rapidamente, cercando di tagliare la strada ai tre *praos*, ma era ormai troppo tardi. Il vento spingeva i rapidi velieri verso est.

– Fuoco su quei miserabili! – si udì gridare il *lord*.

Un colpo di cannone partì e la palla abbatté la

bandiera della pirateria, che Yanez aveva allora fatto spiegare.

Sandokan portò la destra al cuore e il suo viso divenne più tetro.

– Addio, pirateria, addio, Tigre della Malesia! – mormorò dolorosamente.

Abbandonò bruscamente Marianna e si abbassò sul cannone di poppa, mirando a lungo.

Il brigantino tuonava allora furiosamente, lanciando sui tre velieri palle e nembi di mitraglia. Sandokan non si moveva, mirava sempre.

D'improvviso s'alzò, accostando la miccia. Il cannone s'infiammò ruggendo e un istante dopo l'albero di trinchetto del brigantino, spaccato alla base, precipitava in mare schiantando le murate.

– Guarda!... guarda!... – esclamò Sandokan – seguimi ora...

Il brigantino si era arrestato di colpo virando di bordo, ma continuava a cannoneggiare.

Sandokan retrocesse a lenti passi con la fronte rabbuiata, gli occhi torvi e i pugni chiusi, mormorando:

–Yanez, la prua a Giava!...

Quell'uomo, che non aveva mai pianto in vita sua, scoppiò in singhiozzi mormorando:

– La Tigre è morta e per sempre!...

I pirati di Pavese

In una delle sue poesie più celebri e più belle, I mari del Sud, *il grande scrittore italiano Cesare Pavese ricorda con profondo rimpianto gli anni in cui giocava "ai pirati malesi". Era un affezionato lettore di Emilio Salgari e amava rammentare le ore felici in cui si lasciava trasportare nelle burrasche di sogno, in mezzo a strepitosi abbordaggi e a sanguinosi combattimenti. Come tanti altri lettori illustri delle pagine salgariane, anche Pavese aveva contratto un debito con lo sfortunato creatore di tante avventure.*

Nelle pagine di Salgari si entra pienamente, si è sempre al centro dell'azione, si è colpiti come da suoni, rumori, imprecazioni. I pirati salgariani sono diversi da tutti gli altri pirati della tradizione storica e della letteratura avventurosa. Questi tigrotti di Mompracem, per esempio, hanno perfino un nemico che è veramente esistito, sir James Brooke, il Rajah bianco, un implacabile distruttore di covi, di navi, di fortificazioni. Contro di lui, e contro tutti gli inglesi, Sandokan, la Tigre della Malesia, ha un odio che non gli concede tregua.

Nelle ore e ore di lettura in quei giorni in cui, vincendo la stanchezza, l'avvilimento, le difficoltà della vista, Salgari stava chino in biblioteca su memorie di viaggio, su atlanti, su carte geografiche, su riviste, su almanacchi, si era convinto di un fatto molto chiaro ed evidente: lo strapotere del colonialismo inglese un po' in tutte le parti del mondo.

E si era lasciato trasportare dal suo desiderio di giustizia, prendendo subito le parti dei più deboli, degli oppressi, dei disperati. Del resto non erano trascorsi molti anni dal tempo in cui anche l'Italia era in parte sottomessa ad una potenza straniera, l'Austria, e alcuni territori, fra l'altro vicinissimi alla sua Verona, erano ancora in possesso degli austriaci. Così c'è perfino chi ha voluto vedere in Sandokan un erede di Giuseppe Garibaldi, del resto, in gioventù, anche se non pirata, però corsaro anche lui.

Il fascino di Sandokan nasce così anche dal desiderio di giustizia, di libertà, di lotta contro i tiranni. Come ha dimostrato il successo di una nota trasposizione televisiva, Sandokan è sempre attuale, sempre affascinante. È una delle grandi figure del sogno collettivo, e noi facciamo nostri anche i suoi difetti.

Perché non è certo un moderato, un riflessivo, uno che ci pensa su due volte prima di agire, questo pirata della Malesia, sembra dominato da certe nostre rabbie quotidiane, sembra disposto a cedere all'ira, non vuole mediazioni, non accetta compromessi. È molto diverso dai pirati di Stevenson, dal furbo e calcolatore Silver, anzi sembra proprio l'opposto del famosissimo cuoco di bordo della nave Hispaniola e non solo perché lui è un nemico giurato degli inglesi.

Sandokan si innamora e se lo rammentiamo davvero gli mettiamo sempre accanto Marianna, la Perla di Labuan, e poi non fa accurate strategie, finzioni, manipolazioni, si butta in avanti furibondo, non rie-

scono neppure a seguirlo i suoi pirati. Però si riserva sempre il tempo necessario per vestirsi benissimo, i suoi abiti "da guerra" sono splendidi.

Si deve fare attenzione anche a come è composta la ciurma dei suoi praos: c'è davvero un po' di tutto, e poi che facce, che tatuaggi, che pelli, che colori, quante stature differenti. Salgari non ha paura di comunicarci che alcuni di questi pirati sono proprio bruttissimi. Infatti, ciò che rende così attuale Salgari è il suo modo di procedere originale, senza subire condizionamenti.

Lettore appassionato e furibondo, grande conoscitore dei libri sui pirati scritti dai maestri dell'Avventura, Salgari non segue questi modelli, ma raccoglie - come è stato attentamente chiarito - i suoi pirati in altri tipi di libri, come, per esempio, Le razze umane o simili testi in uso ai suoi tempi. I pirati di Mompracem non sono pirati semplici, in realtà sono proprio i veri precursori di quei ribelli che nel Ventesimo secolo combatteranno in tanti paesi, in tante foreste, in tanti mari, contro i colonialisti, contro i James Brooke. Ne appariranno, di veri, in Indonesia e perfino in Irlanda.

Chiamato, giustamente "il padre degli eroi", suicida con un gesto degno proprio di Sandokan, Salgari non vedrà combattere i ribelli veri (salvo quelli che seguirono il Mahdi, a cui dedicherà un libro), ma è come se li avesse conosciuti tutti. La rossa bandiera con la tigre che sventola su Mompracem anticipa tanti vessilli in tante parti del mondo: appariranno tanti Sandokan e forse più ancora dei condottieri simili a Yanez de Gomera.

Splendido creatore di innumerevoli, indimenticabili personaggi, Salgari ne ha ideati pochi che siano grandi come il portoghese "fratellino" della Tigre. Un po' di-

staccato, fumatore accanito, dotato di senso dell'umorismo, coraggioso ma intelligente e ponderato, Yanez è uno dei tanti celebri "doppi" della storia della letteratura, come Sancio o il dottor Watson. Ma ha un suo fascino tutto speciale, perché è più moderno e nostro degli eroi dell'Avventura classica.

Quando i lettori di Salgari diventano anche lettori di Pavese, allora capiscono il perché di un omaggio tanto affettuoso. Sia nel sogno di Salgari che in quello di Pavese c'era un profondo desiderio di giustizia, così come c'era un intenso desiderio d'amore. Sarebbe un gran brutto mondo quello in cui nessuno giocasse più ai pirati malesi. I due "fratellini" che osano sfidare i potenti incrociatori della massima potenza marinara del mondo di allora ci dicono che le sfide non possono mai finire, le sfide sono l'umanità, e la scelta dell'avversario contro cui issare la bandiera rossa con la testa di tigre non può essere calcolata.

Ci si deve tornare spesso, tanto a Mompracem quanto a Labuan. Là c'è quanto abbiamo di meglio in noi, l'Avventura ci chiama sempre, i praos devono salpare. Poi faremo anche un po' di conti, ma prima andiamo via con i tigrotti, così vari, così diversi, così piacevolmente brutti.

Antonio Faeti, 2000

Indice

Finito di stampare nel mese di gennaio 2019 presso
Grafica Veneta S.p.A. – via Malcanton, 2 – Trebaseleghe (PD)
Printed in Italy